Nelia Black

the perfect lie

Wenn die Lüge dein Leben bestimmt

Bibliografische Information der Deutschen Nationalbibliothek: Die Deutsche Nationalbibliothek verzeichnet diese Publikation in der Deutschen Nationalbibliografie; detaillierte bibliografische Daten sind im Internet über dnb.d-nb.de abrufbar.

TWENTYSIX – der Self-Publishing-Verlag
Eine Kooperation zwischen der Verlagsgruppe Random House und BoD – Books on Demand

© 2020 Nelia Black

Lektorat und Korrektorat: Kristina Licht
Covergestaltung: Kristina Licht - Coverdesign
Buchsatz und Kapitelzierden: Heartcraft Design
Herstellung und Verlag:
BoD – Books on Demand, Norderstedt

ISBN: 9783740770822

Warnung

Mein Name ist Diego und in diesem Buch wird euch kein Leben auf dem Ponyhof erwarten.

Meine Vergangenheit hat mich zu einem Menschen werden lassen, der ich nie sein wollte. Aber ein Zurück gibt es für mich nicht mehr.

Das, was in dieser Geschichte geschieht, könnte einige von euch triggern.

Die Aussprache mancher Protagonisten lässt zu wünschen übrig. Es werden Drogen und Alkohol konsumiert und in den Clubs gibt es viel nackte Haut.

Am Ende der Geschichte wird sogar jemand ums Leben kommen. Ob es ein Happy End geben wird? Vielleicht, aber nur vorerst …

Wenn du mit alldem nicht klarkommen solltest, dann hast du jetzt noch die Gelegenheit umzukehren. Ansonsten betrittst du eine Welt, aus der es für dich kein Entkommen geben wird.

Prolog

William

Lügen sind ein Fundament unserer Gesellschaft. Einer Gesellschaft, in der man die Wahrheit jederzeit so verdrehen kann, dass man selbst nicht mehr weiß, ob es jetzt die Wahrheit oder eine Lüge ist.

Schon im Kindesalter lernen wir zu lügen, obwohl wir es da noch eher als Flunkern bezeichnen. Vorerst schwindeln Kinder aus niederen Gründen, etwa, um sich selbst vor Ärger zu schützen. Sie waren es nicht, die die Glasur vom frisch gebackenen Kuchen gegessen haben, und wüssten auch nicht, wer es hätte sein können. Solche kleinen Schwindeleien schaden niemandem und bringen einen eher zum Schmunzeln, aber wenn sie älter werden, flunkern Kinder immer öfter, um den bestmöglichen Nutzen daraus zu ziehen. Irgendwie lacht man dann nicht mehr so einfach darüber.

Warum aber lügen erwachsene Menschen?

Sie lügen, wenn sie sich nicht sicher fühlen oder sich selbst beruhigen müssen. Wir reden uns oft vieles schöner, als es tatsächlich ist, um ruhiger schlafen zu können.

Hin und wieder schwindeln wir auch andere Menschen an, um einen positiven Eindruck zu hinterlassen und um die für uns besten Chancen zu erzielen, weswegen Lügner auch meist erfolgreicher sind.

Auch ich muss zugeben, dass mich meine Lügen dahin gebracht haben, wo ich heute bin. Sie haben mir ein besseres Leben beschert, mir neue Wege offengelegt, die ich sonst nie erreicht hätte, und mich teilweise zu einem besseren Menschen gemacht. Auch wenn ich von mir behaupten kann, dass ich nie einer von der guten Sorte war.

Jede Lüge hat auch einen bitteren Beigeschmack.

So auch jene, mit der alles anfing.

Kapitel eins

Joana

Donnerstagvormittag und ich kann in wenigen Minuten meinen Wochenendmodus hochfahren.

Ich erledige die letzten Handgriffe an dem Layout für die Facebook und Instagram Werbung des neuen Romans einer unserer Jungautorinnen.

Seit knapp über zwei Jahren arbeite ich bereits für den Buchverlag *Honey & Letterman*. Anfänglich nur als Assistentin der Marketingleitung, mittlerweile besetze jedoch ich diese Position. Ich konnte mich etablieren, meine Ideen einfließen lassen und dadurch die beiden CEOs und unsere Autoren von mir überzeugen.

Hier und da füge ich noch Anmerkungen zur Schriftart und Größe in den Bildern hinzu und überfliege nochmals den Text, welchen unsere Texterin für das Posting verfasst hat.

Ich nehme den Hörer meines Telefons in die Hand, um meine Assistentin anzurufen. »Layla, ich habe dir soeben den überarbeiteten Entwurf zu ›Eine Liebe mit Hindernissen‹ gesendet. Bitte kümmere dich darum, dass unser Grafiker noch ein wenig die Farben abschwächt und die Änderungen vornimmt. Am Wochenende können den Beitrag dann auch unsere Blogger veröffentlichen. Bitte schicke die Info, so wie immer, an alle raus.«

»Geht klar, Joana. Die Bücher habe ich gestern versendet und sie sollten heute, spätestens morgen, bei allen ankommen«, lässt mich Layla wissen.

»Sehr gut. Ich werde jetzt dann gehen. Falls was sein sollte, erreichst du mich per Mail.«

»Es wird bestimmt alles wie geplant ablaufen. Ich wünsche dir ein schönes Wochenende und genieße die Zeit mit William.«

»Danke, Layla. Trotzdem, wenn was ist, melde dich«, sage ich noch, bevor ich auflege. Layla ist eine der wenigen, die ich als Freundin bezeichnen würde. Sie ist vierundzwanzig und hat einen Charakter der Goldwert ist. Viel zu gutmütig, stets freundlich und charmant. Sie ist der Ruhepol in meinem Team und ich schätze ihre Arbeit und sie als Menschen sehr.

Ich räume meinen Schreibtisch auf und packe die wichtigsten Sachen in meine Handtasche.

Mein Arbeitspensum darf ich mir einteilen, so wie ich es für passend halte. Daher beschloss ich Anfang der Woche, mich ordentlich reinzuhängen, um ein verlängertes Wochenende mit meinem Verlobten verbringen zu können.

Nachdem er zwei Wochen auf Geschäftsreise war, kommt er heute endlich nach Hause. Da ich ihn überraschen möchte, werde ich mit meiner besten Freundin einen kleinen Abstecher in den Dessous-Laden machen und etwas Schönes aussuchen. Normalerweise ist das ja nichts für mich, aufreizende Dessous zu kaufen, aber für William nehme ich Veränderungen gern in Kauf.

Schnell packe ich die Unterlagen für unsere Location und Caterer zusammen, die überall auf meinem Schreibtisch herumliegen. Meine Planungsfreude ist so riesig, dass ich selbst auf der Arbeit nicht damit aufhören kann.

Bald würde ich nicht mehr Joana Monroe heißen, sondern Joana Prince.

Zweimal kontrolliere ich noch alles, bevor ich den Computer herunterfahre, das Büro verlasse und mit einem Taxi zum vereinbarten Treffpunkt fahre.

Es ist bereits Mitte Mai und der Frühling taucht New York in ein Farbenmeer aus bunten Blüten und grünen Bäumen. Filmtrucks schmücken die Straßen und nutzen das schöne Wetter, um die nächsten Filme oder Serien zu drehen.

»Ich kann es kaum erwarten, William wiederzusehen«, teile ich meiner besten Freundin freudestrahlend mit.

»Das kann ich mir gut vorstellen, immerhin war er jetzt wie lange weg? Zwei Wochen?«, fragt mich Suzy, als wir den Dessousladen betreten.

»Ja. Ganze zwei Wochen und wir haben uns nur einmal über FaceTime gesehen. Jetzt ist es schon echt an der Zeit, dass er nach Hause kommt. Da unten ist in den zwei Wochen ein Urwald entstanden, der locker dem Amazonas Konkurrenz machen kann.« Ich grinse und Suzy lacht laut auf, was uns prompt einen bösen Blick der Verkäuferin beschert.

»Na, wenn das so ist …« Suzy klatscht in die Hände. »Dann nimm doch dieses sexy Dessous-Set mit und zeig Will, was er in diesen zwei Wochen verpasst hat.« Sie hält mir ein schwarzes Spitzenset vor die Nase.

Ein Hauch von Nichts, getarnt als String, ein schwarzer BH, der vorne durch einige Bänder verziert ist und dessen Rest aus feiner Spitze besteht, durch die mit Sicherheit die Nippel durchblitzen. Sowie Strapse und dem dazu passenden Halter.

Okay, was ist denn das? Kann man das überhaupt als Unterwäsche bezeichnen? Das entspricht so gar nicht meinem Geschmack, obwohl … ich könnte es ja mal anprobieren. Wenn es mir nicht gefällt, kann ich es immer noch zurückhängen.

Ich bin nicht prüde und in meinem Kopf durchlebe ich sehr wohl die eine oder andere schmutzige Fantasie, allerdings habe ich diese in der Realität noch nie umgesetzt. Daher finde ich dieses Outfit ziemlich gewagt. Vor allem, weil ich nicht weiß, ob William es an mir gefallen wird, da er mich in so etwas noch nie gesehen hat. Aber Veränderungen sind gut und müssen ab und an sein.

Auf dem Weg zu den Umkleiden erspähe ich bei einem Kleiderständer noch einen schwarzen Korsagen Body, der aus einem feingehäkelten Spitzenstoff besteht.

Der kommt ebenfalls mit.

»Und? Hast du es schon an? Wie sieht es aus?«, höre ich Suzy vor meiner Kabine mit einem etwas verruchten Unterton sagen.

»Äh … ja … aber so kann ich mich nicht zeigen, dass ist sehr … freizügig«, stottere ich und betrachte mich zögerlich im Spiegel.

Ich habe mir das Endergebnis weitaus schlimmer vorgestellt. Es schmiegt sich so perfekt an meinen Körper, als wäre es für mich gemacht. Trotzdem ist es sehr gewagt.

Plötzlich wird der Vorhang zur Seite gerissen und Suzy betrachtet mich mit geweiteten Augen und einem offen stehenden Mund.

»Spinnst du?«, kreische ich aufgebracht und halte mir schnell die Hände vor den Oberkörper. Sie kann doch nicht einfach so den Vorhang aufreißen. Was, wenn gerade ein weiterer Kunde vorbeigeht und mich darin sieht? Ich würde vor Scham im Boden versinken.

Suzy zieht die Hände von meinem Oberkörper und reißt ihre haselnussbraunen Augen noch weiter auf. »Wow Joana … du siehst … du siehst darin verdammt heiß aus.«

»Findest du?« Ich betrachte mich nochmals eingehend im Spiegel und finde langsam immer mehr Gefallen an dem Set.

»Also wenn ich nicht schon verheiratet und hetero wäre, würde ich dich hier und jetzt vernaschen«, meint Suzy und kann ihren Blick nicht von meinem Körper nehmen.

Mir schwirren gerade so viele verruchte Gedanken durch den Kopf, die ich momentan nicht haben sollte. Vor allem, wenn nur knapp zwanzig Prozent meiner Haut bedeckt sind. Ich spüre, wie sich die Stelle zwischen meinen Beinen langsam zu erhitzen beginnt.

»Findest du nicht, dass es zu gewagt ist?«

»Schätzchen … es ist überhaupt nicht gewagt, eher sexy und verspielt. Glaub mir, Will wird es lieben. Was denkst du, wie er reagieren wird, wenn du ihn heute Abend damit überraschst?«, fragt sie und deutet mit ihrer Hand auf das Set.

»Ich weiß es ehrlich gesagt nicht, ob ihm das an mir gefallen würde. So kennt er mich nicht. Er weiß nur, wie ich in langweiligen Slips und BHs aussehe.«

»Eben genau deswegen solltest du es kaufen! Er wird dich darin sehen, dich gegen die Wand drücken und so hart nehmen, dass dir Hören und Sehen vergeht und du euer gesamtes Hochhaus zusammenschreien wirst, wenn du kommst.«

Ich seufze leise und verpasse Suzy einen leichten Klaps auf die Schulter.

Ich hoffe, das hat niemand mit angehört.

»Geh jetzt wieder und ziehe hinter dir den Vorhang zu.«

»Wirst du das Set kaufen? Ja oder ja? Und du solltest dir vielleicht auch schon langsam mal Gedanken darüber machen, was du in der Hochzeitsnacht tragen möchtest.« Sie grinst mich verschmitzt an und wackelt dabei mit den Augenbrauen.

»Ja, werde ich! Damit du endlich Ruhe gibst. Mal schauen, wie dieses Set bei William ankommen wird. Je nachdem hole ich mir dann ein ähnliches in weiß.« Ich schubse sie aus der Kabine und ziehe selber den Vorhang zu.

Mein Blick ist in den Spiegel gerichtet und ich betrachte meinen halb nackten Körper eingehend. Ich bin nicht sonderlich groß, habe auch keinen durchtrainierten Körper, aber die perfekten Rundungen. Mein langes braunes Haar hat sonnengeküsste Highlights und fällt glatt über meine Schultern. Es reicht mir bis zu den Brüsten und rahmt mein herzförmiges Gesicht mit den kaffeebraunen Augen und den vollen Lippen ein.

Langsam hebe ich die linke Hand an meine Brust und streiche über den Spitzenstoff des BHs. Meine Augen heften sich auf den Verlobungsring und ich beobachte die grauen Farbreflektionen der Diamanten. Jeden Tag sehe ich ihn mir an, und kann noch immer nicht glauben, dass ich bald heiraten werde.

Als William vor knapp einem Jahr vor mir auf die Knie ging und mich fragte, ob ich seine Frau werden möchte, fiel ich ihm um den Hals und sagte so oft »Ja«, dass wir beide anfingen zu lachen.

Ich bin ein sehr bodenständiger Mensch und auch wenn er sich den teuersten Ring der Welt leisten kann, wusste er, dass ich diesen nie tragen würde. Er steckte mir einen Ring an, der nicht schöner hätte sein können. Er ist aus Platin und in der Mitte thront ein lupenreiner, nicht allzu großer Diamant, und winzig kleine rahmen ihn ein. Sie funkeln wie kleine Sterne.

Meine Hände fahren an den Seiten hinunter zu meiner Taille und verharren an dem Strumpfhalter. Ich kann nicht aufhören, mir vorzustellen, dass es Williams Hände sind, die meinen Körper erkunden, anstatt meine. Aber ich sollte.

»Joana, bist du schon umgezogen?«, fragt Suzy und reißt mich damit aus meinen, vor Lust vernebelten, Gedanken.

»Ja gleich. Ich muss nur noch den Body anprobieren. Gib mir zehn Minuten.« Zum Glück hat sie nicht wieder den Vorhang beiseite gerissen.

Schnell entledige ich mich des Sets, um den Body anzuziehen. Auch dieser sitzt perfekt an meinem Körper, was dazu führt, dass ich nicht lange überlegen muss, um mich zu entscheiden, ihn ebenfalls zu kaufen.

Als wir die Unterwäsche bezahlen, teile ich Suzy mit, dass ich noch einen Termin zum Waxing habe, um das Problem Down Under zu beseitigen.

Mit einem Küsschen links und rechts verabschieden wir uns voneinander. Dabei verlangt sie noch, dass ich sie umgehend anrufe, nachdem wir es wie die Tiere getrieben hätten und sobald ich die Zeit dazu fände. Auch wenn sie meistens ein wenig durchtrieben und durch den Wind ist, bin ich trotzdem froh, dass Will sie mir damals vorgestellt hat.

Durch ihn lernte ich sie als die Frau seines langjährigen und besten Freundes Philippe, Milliardär und CEO von *Silver Internet Security Investigations* und dem wohl heißesten Nerd auf dem Planeten, kennen. Wir verstanden uns auf Anhieb und verbrachten viel Zeit miteinander. Damals kannte ich noch so gut wie niemanden in New York und war froh über eine Freundin. Auch wenn ich mich neben ihr immer wie das graue Mäuschen fühlte. Und das tue ich teilweise auch heute noch, denn ihre langen schlanken Beine und ihre Figur, die der eines Models ähnelt, tragen dazu bei, dass ihr die Männer reihenweise zu Füßen liegen. Doch sie hat nur Augen für ihren Ehemann.

Meine monatlichen Besuche bei meiner Kosmetikerin habe ich in letzter Zeit etwas vernachlässigt, daher war die heutige Sitzung schmerzhafter als sonst.

Endlich zu Hause angekommen, plane ich, wie ich Will in meinem neuen Set überraschen kann. Soll ich mich ins Wohnzimmer auf die Couch setzen, mit einer Flasche Wein und das Licht dimmen? Oder soll ich lieber im Schlafzimmer auf ihn warten?

Fragen über Fragen, welche mich viel Zeit kosten, denn er hat mir gerade geschrieben, dass er soeben gelandet ist und in einer halben Stunde zu Hause sein wird.

Endlich werde ich ihn wiedersehen und mit ihm schlafen – das hoffe ich zumindest. Er muss dafür in Stimmung sein, ansonsten beiße ich bei ihm auf Granit. Vor allem, wenn die Geschäfte mal wieder nicht so gelaufen sind, wie er sich diese erhofft hatte.

Schnell mache ich mich zurecht und ziehe mir das Dessous-Set und meinen schwarzen, seidenen Morgenmantel an. Ich weiß, man sollte neugekaufte Kleidung vor dem ersten Tragen waschen, aber ehrlich, wer macht das ab und zu denn nicht? Hätte mir die Verkäuferin keinen frisch verpackten String mitgegeben, dann müsste ich jetzt einen von meinen wenigen anziehen, und davon passt mal so keiner zu dem Set.

Auf dem Weg ins Wohnzimmer habe ich mir aus der Küche eine Flasche Wein und zwei Gläser geschnappt. Diese platziere ich auf dem gläsernen Couchtisch, dann lasse ich mich auf das Sofa fallen und schalte mit der Fernbedienung die Soundanlage an. Sofort ertönt eine leise und stimmungsvolle Musik aus den Boxen.

In eines der beiden Gläser schenke ich mir von dem Rotwein ein und versuche, mich so graziös wie möglich auf dem Sofa zu positionieren.

Ob es ihm gefallen wird, was ich extra für ihn angezogen habe? Wird es ihm überhaupt auffallen? Und wenn, würden wir es dann jetzt und hier treiben?

Lange kann ich meinen Gedanken nicht hinterher hängen, denn schon kündigt ein Klingeln den Aufzug an. Die Aufzugtüren öffnen sich und ich höre, wie Will diesen in einem aufgebrachten und strengen Tonfall verlässt. Er spricht schon wieder auf Spanisch, was heißt, dass er mit einem seiner Geschäftspartner telefonieren muss.

Allmählich bewegt er sich ins Wohnzimmer, wobei er seinen Koffer im Vorraum stehen lässt. William nähert sich mir und haucht mir einen flüchtigen Kuss auf die Wange, um gleich darauf weitertelefonierend in seinem Arbeitszimmer zu verschwinden.

Was war das? Ist das sein Ernst? Nach zwei Wochen, in denen wir uns kaum gesehen haben, kommt er heim, ist schon wieder am Telefonieren und gibt mir nur einen flüchtigen Kuss auf die Wange? Die Wange!?

Während ich auf ihn warte, trinke ich einen großen Schluck aus meinem Glas.

Nach weiteren Stunden des Wartens und einer zweiten Weinflasche, habe ich mich dazu entschieden, schlafen zu gehen.

Betrunken torkle ich in den ersten Stock. Ich steuere geradewegs auf unser Badezimmer zu, um eine Dusche zu nehmen. Ich will mir meine Wut über mich selbst und Will vom Körper waschen. Und den Geruch, als wäre ich aus einem Weinfass entsprungen.

Wie konnte ich nur denken, dass es jemals anders werden würde, wenn er von einer Geschäftsreise nach Hause kommt? Es ist immer dasselbe.

Nach jeder seiner Reisen zieht er sich immer in sein Arbeitszimmer zurück, wo ich wohlgemerkt keinen Fuß hineinsetzen darf. Und das respektiere ich auch. Seine Dokumente verstehe ich sowieso nicht und ich will auch seine „Ordnung", welche eher einem Chaos ähnelt, nicht zerstören. Allerdings erwarte ich mir dann wenigstens ein bisschen mehr Aufmerksamkeit.

Frisch geduscht und mit geputzten Zähnen betrachte ich wehmütig das anzügliche Set, dass nun achtlos am Boden liegt. Schnell hebe ich es auf, und packe es in den Wäschekorb, bevor ich aus dem Bad in Richtung Bett steure, um mich hinzulegen.

Der viele Wein vernebelt mir die Sinne, und ich werde von einer Welle der Müdigkeit überrollt.

Kapitel zwei

William

In einer halben Stunde landen wir am Flughafen von New York. Bereits vor über einer Stunde leuchteten die Anschnallzeichen auf und man bat uns, Platz zu nehmen. Durch den starken Wind hatten wir einige Turbulenzen, wodurch die Landung dementsprechend holprig und unsanft ausfällt.

Wie ich diese Geschäftsreisen und die Speichellecker, auch Geschäftspartner genannt, hasse. Aber ich darf mich nicht beklagen, denn die einen oder anderen Verträge und Übereinkünfte wurden abgeschlossen, und das bei beiden meiner Firmen.

Beim Verlassen des Flughafengebäudes wartet schon mein Bodyguard, Dominic, bei einer schwarzen Mercedes Limousine auf mich. Eines der wenigen Autos aus meinem Fuhrpark das ich nicht selbst fahre.

Er hält mir die hintere Türe auf und begrüßt mich mit einem Nicken, bevor ich einsteige und er dann hinter dem Steuer Platz nimmt. Schnell tippe ich eine Nachricht an Joana, dass ich in etwa einer halben Stunde zu Hause sein werde. Danach gehe ich meine Aktien durch und stelle erfreut fest, dass dank der hohen Nachfrage der Wert gestiegen ist.

Dominic fädelt uns in den Verkehr ein, während er mich im Rückspiegel betrachtet. »Wie war Ihre Geschäftsreise, Sir?«

Ich erwidere seinen Blick nur kurz, ehe ich mich wieder den Zahlen auf dem Handy widme und antworte »Es lief besser als erwartet. Wir haben einen neuen Investor aus Paris, welcher bei *Prince Investments* miteinsteigen möchte. Das Ziel ist es, die erst kürzlich übernommene Rechtsanwaltskanzlei wieder auf Vordermann zu bringen, um sie dann gewinnbringend weiterzuverkaufen.«

Durch den Nachnamen Prince, der auf einem Zettel stand und mit mir zusammen, als ich noch ein Baby war, vor einer Kirche in Mexiko abgelegt wurde, verschaffte ich mir schnell ein hohes Ansehen. Meine Mutter war eine Studentin und machte zwei Auslandssemester in Mexiko. Sie wusste nicht, wer mein Vater war und kam in ihren jungen Jahren nicht damit klar, ein Kind großzuziehen. Jahrelang stellte ich Nachforschungen an, aber alle verliefen im Dunkeln und somit gab ich auf.

Ich war schon im Kindesalter ein kleiner Stratege gewesen und ein Genie, was Zahlen anging. Nun führe ich schon seit fünf Jahren meine eigene Investmentfirma und bin nebenbei noch ein stiller Gesellschafter eines weiteren Unternehmens, von welchem ich aber tatsächlich auch der Geschäftsführer bin. Ein Unternehmen, das aus Korruption, Gewalt und Prostitution besteht, und das Fundament für all meine Lügen ist. Man kann sagen, dass ich mit einunddreißig schon ausgesorgt habe.

»Was ist mit Secret Events Society?«, möchte Dominic wissen. Er ist einer meiner engsten Vertrauten und weiß, in welchen Kreisen ich mich bewege.

Seit ich in New York lebe, zu den Topverdienern unter den Geschäftsführern zähle und das zweite Geschäft am Laufen erhalte, weiß ich, dass ein Personenschützer hermüsse. Ich musste mich auf jemanden verlassen können, der mich und Joana schützen könnte. Daher stellte ich den ehemaligen CIA Agenten Dominic Jackson ein. Er war der einzige Kandidat, welcher in Frage kam, zumal es nur von Vorteil war, wenn man einen Ex Agenten als seinen Bodyguard hatte. Ich brachte ihn in einer meiner Wohnungen in meinem Haus unter, denn ich brauchte ihn abrufbereit zu jeder Tages- und Nachtzeit. Seitdem weihe ich Dominic in mein Leben und meine Geschäfte ein. Auf meine Reisen nehme ich ihn allerdings nie mit, sondern lasse ihn bei Joana, falls etwas sein sollte. Wenn jemand herausfindet, dass Diego und ich ein doppeltes Spiel spielen, wird man zuallererst die Familie angreifen. Und Joana ist meine Familie und alles, was ich habe. Dominic hat Kontakte in fast jedes Land und daher sorgt er immer für einen Begleitschutz vor Ort, wenn ich allein reisen sollte.

»Hier waren wir dieses Mal sehr erfolgreich. Die Clubs werden von den neuen Investitionen profitieren, vor allem der neue, welcher in drei Wochen in Dubai Eröffnung feiert«, ließ ich ihn wissen.

Dominic nickt, zufrieden mit meiner Antwort, und konzentriert sich wieder auf den Verkehr. Um im Ernstfall die bestmöglichen Schutzmaßnahmen zu erzielen, muss er über alles Bescheid wissen.

Es ist schon spät am Abend und die Rush Hour hat uns fest im Griff. Jedes Mal ärgere ich mich darüber, das Hochhaus, jenes in den unteren Etagen Büros und in den darüber liegenden Wohnungen beherbergt, mitten in New York City gekauft zu haben. Nur das Penthouse war für mich von Interesse, da es einen faszinierenden Ausblick auf den Central Park bietet.

In der Tiefgarage angekommen, verlasse ich die Limousine und steuere direkt auf den Aufzug zu, welcher einen ohne Umwege in die oberste Etage befördert. Für diesen haben nur drei Leute einen Schlüssel: Joana, Dominic und meine Wenigkeit.

Auf dem Weg nach oben lockere ich mein Hemd, indem ich die beiden obersten Knöpfe öffne. Meine Gedanken wandern automatisch zu Joana, wie jedes Mal, wenn ich mich auf dem Weg in unser Zuhause befinde.

Sie ist der hellste Stern am Nachthimmel, der meiner Dunkelheit Licht gegeben hat. Ich werde ihr in einem Monat mein Leben schenken, indem ich ihr mein Jawort gebe. Dafür werde ich mein zweites Leben aufgeben und mich nur ihr widmen, auch wenn es mich alles kostet. Ich habe schon mit einem Testament vorgesorgt: ab dem Zeitpunkt, an dem ich entweder ablebe oder kein Junggeselle mehr sein werde, gehen all meine Anteile als stiller Gesellschafter auf Diego über und ich bin endgültig raus aus dem Geschäft.

Ich kann es mir einfach nicht erlauben, mich bei ihr vollkommen zu öffnen und ihr von meinen Vorlieben und meinem zweiten Leben zu erzählen. Meine Vergangenheit wird für immer vor ihr verschlossen bleiben. Sie wird mein Verhalten, meine Art, einfach mich nicht verstehen und daran würde sie zerbrechen - oder ich.

Plötzlich vibriert mein Handy in der Jackentasche und ich nehme es aus der Innenseite heraus. Mit einem finsteren Blick starre ich auf das Display und gehe ran.

»José, was gibt es?«, keife ich auf Spanisch.

»Bitte entschuldigen Sie, Boss-Boss, aber wir haben hier ein kleines Problem.«

Ich balle die rechte Hand zur Faust. Was kann es denn für ein Problem geben? Ich bin seit gerade einmal dreizehn Stunden fort, und schon brennt der Hut. »Was ist passiert?«

»Eines der Mädchen wollte fliehen. Wir haben sie dabei erwischt, wie sie über die Mauer klettern wollte. Im letzten Moment hat sie allerdings den Halt verloren und ist in die Tiefe gestürzt. Dabei brach sie sich das Genick.«

Die Aufzugtüren öffnen sich und ich setze mich in Bewegung. Den Koffer lasse ich im Vorraum stehen, bevor ich das Wohnzimmer betrete. Ich merke, dass heute irgendetwas anders ist als sonst. Das Licht ist gedimmt, im Hintergrund spielt leise Musik, und Joana sitzt graziös in ihrem Morgenmantel mit einem Glas Wein auf der Couch. In ihrem Blick spiegeln sich Verlangen und Lust.

Dafür habe ich jetzt keine Zeit, würde ich sie am liebsten anschnauzen, aber ich muss mich beherrschen, meinen Groll nicht an ihr auszulassen. Denn der würde gröber ausfallen, als sie es von mir gewohnt ist.

»Moment, José, ich gehe in mein Arbeitszimmer, dann können wir weiterreden.« Wie gut, das Joana nichts von meinen Gesprächen auf Spanisch mithören kann. Sie beherrscht keine Fremdsprachen neben ihrer Muttersprache Englisch.

Ich hauche ihr einen flüchtigen Kuss auf die Wange, bevor ich meinen Weg in das Arbeitszimmer fortsetze.

Nachdem ich die Türe hinter mir abgeschlossen habe, gestikuliere ich wild und mein Ärger platzt aus mir heraus. »Wie konnte sie euch entkommen?«

Gott sei Dank hatte ich damals, als ich das Hochhaus bauen ließ, das Arbeitszimmer im Penthouse schalldicht isolieren lassen, sodass keine Gespräche nach außen dringen können.

»Gonzales hat den neuen Mädchen was zu essen gebracht. Scheinbar ließ er sich von einer ablenken, während die andere so klug und mutig war, ihm eine Schüssel über den Kopf zu ziehen. So konnte die andere ihm den Schlüssel entwenden. Sie hat sich und das andere Mädchen aus ihrer Zelle befreit und gemeinsam sind sie dann auf die Mauer zugelaufen. Eine der beiden konnten wir rechtzeitig fassen und in den Bunker sperren, aber die andere ... «, stottert er, »haben wir verloren.«

Wie dumm kann man sein?

Kein einziges Mal kann dieser Vollidiot aufpassen. Bis jetzt ist bei seinen ganzen Fehltritten noch niemand umgekommen. Vielleicht verpasse ich meinen Leuten, speziell Gonzales, mal einen Denkzettel, indem ich ihn in den Bunker stecke. So erkennen sie vielleicht den Ernst der Lage und gehen mit meinen Investitionen anders um.

»Um welche der Frauen handelt es sich?«, möchte ich wissen, obwohl ich mir die Antwort bereits denken kann.

»Eines der beiden Blondchen, welche uns Malik letztens übergeben hat.«

Mit meiner freien Hand streiche ich mir übers Gesicht. Die Verluste tanzen schon vor meinem inneren Auge. Sie werden mir kein Geld mehr einbringen. Die einen oder anderen Mitglieder, welche meine Clubs in Mexiko besuchen, hätten sich bestimmt an dem Anblick der beiden erfreut.

»Was habt ihr mit ihrer Leiche gemacht?«, will ich wissen.

»Wir haben sie tief im Dschungel vergraben.«

»Habt ihr wenigstens daran gedacht, alle Spuren zu beseitigen?«

Ich kann jetzt keine weiteren Probleme, verursacht durch diesen Vollpfosten von Angestellten, so kurz vor der Eröffnung des neuen Clubs gebrauchen.

»Natürlich«, kommt es von José wie aus der Pistole geschossen.

»Haltet Gonzales von den Mädchen fern, setzt ihn von mir aus fürs Erste hinter die Bildschirme der Überwachungskameras. Amira soll sich um die Mädchen kümmern und sie ein wenig besänftigen.«

Mit diesen Worten lege ich auf, stütze mich mit einer Hand am Fensterrahmen ab, und bestaune das Lichtermeer New Yorks. Dabei schweifen meine Gedanken ab.

Woher José weiß, wer ich bin? Ganz einfach, die kleine süße Amira hatte sich einmal verplappert und gab so meine Identität preis. Wir drohten José, dass, sollte er jemals darüber ein Wort verlieren, wir seine komplette Familie, einschließlich ihm, auslöschen würden. Er bekam natürlich auch als kleinen Denkanstoß, das Richtige zu tun, eine Stange Geld. Und Diego machte ihn zu seiner rechten Hand, um ihn besser im Auge behalten zu können. Somit galt es, nur noch Amira für den Fehltritt zu bestrafen und dies fiel ganz nach meinem Geschmack aus. Allein beim Gedanken daran, zuckt mein Schwanz.

Da ich ein wenig Zeit mit meinem Engel verbringen möchte, und einen kleinen Fick vertragen könnte, werde ich für heute Schluss machen.

Als ich mein Arbeitszimmer verlasse, ist es schon stockdunkel in der Wohnung. Es spielt keine Musik mehr und auf dem Couchtisch stehen die Gläser und zwei leere Weinflaschen.

Da wird morgen jemand mit riesigen Kopfschmerzen aufwachen. Ich schmunzle, gehe ins Badezimmer, springe unter die Dusche und putze mir anschließend die Zähne.

Durch eine zweite Türe gelange ich direkt in unser Schlafzimmer und halte im Türrahmen inne. Für einen Moment betrachte ich meinen schlafenden Engel, wie sie daliegt, mit leicht geöffnetem Mund und roten Wangen.

Mein schöner, von Alkohol trunkener Engel.

Das wird dann heute wohl nichts mehr werden, Kumpel.

Ich denke darüber nach, wie unsicher Joana immer ist und sich ständig wegen ihres Aussehens niedermacht. Sie hat permanent irgendetwas an sich auszusetzen, obwohl sie absolut keinen Grund dazu hat.

Ihr langes dunkles Haar liegt auf dem Kopfpolster verteilt und umrahmt ihr makelloses Gesicht. Die vollen Lippen, die süße kleine Stupsnase und die schwarzen, dichten Wimpern, welche auf ihren Wangen ruhen, lassen sie für mich als die schönste Frau der Welt erscheinen. Sie passt so gut zu mir, doch ich bin einfach nur abgefuckt und mein Leben gleicht einem kompletten Chaos.

Aufgrund meiner korrupten Geschäfte, passt momentan keine Frau in mein Leben. Doch ihre wunderschönen, kaffeebraunen Augen haben mich eigensinnig handeln lassen. Ihre unschuldige und schüchterne Art machte mich neugierig. Ich musste sie einfach haben ...

Vor knapp zwei Jahren sprach sie mich auf der Straße an, um mich nach dem Weg zu fragen. Augenblicklich verfiel ich in eine Art Schockstarre, da mich ihr Anblick so faszinierte, und vergaß, was ihre Frage war. Mit einem Räuspern holte sie mich damals wieder ins Hier und Jetzt und bevor ich ihr den Weg erklärte, verwickelte ich sie in ein Gespräch. Ich erfuhr, dass sie erst vor kurzem für ihren großen Traum nach New York gezogen war, nachdem sie ihre Eltern bei einem Autounfall verloren hatte. Sie liebte Bücher und arbeitete erst seit einer Woche als Assistentin der Marketingleitung für einen weltweit bekannten Buchverlag namens *Honey & Letterman*.

Ja, diesen Verlag kenne ich nur zu gut, denn Jake Honey und Peter Letterman sind zwei unserer besten Mitglieder und immer gern gesehen in den Clubs. Aber das konnte ich ihr nicht erzählen. Genauso wenig wie von meinem zweiten Leben oder meinen Begierden.

So erklärte ich ihr den Weg und überreichte ihr meine Visitenkarte. Als sie diese dankend entgegennahm und ich dabei ihre samtig weiche Haut berührte, bat ich sie, ohne zu zögern, um ein Date. Sie willigte, nach einem kurzen Moment des Abwägens, ein und schenkte mir das schönste Lächeln, bevor sie sich zum Gehen von mir abwandte.

Wir verbrachten viel Zeit miteinander und lernten uns immer besser und intensiver kennen. Nach einem Jahr voller Liebestrunkenheit machte ich ihr einen Heiratsantrag und bat sie, dass sie doch gleich bei mir einziehen solle. Freudestrahlend und mit Tränen in den Augen nahm sie den Antrag an und zog innerhalb kürzester Zeit bei mir ein. Ich legte mich für sie ins Zeug, und als ich hatte, was ich wollte, vernachlässigte ich sie. Nicht weil ich sie nicht mehr wollte oder liebte, sondern wegen der Arbeit, die ich während meiner Bemühungen um sie auf andere übertragen hatte. Der Zustand hält nun fast zwei Jahre an.

Ich gehe auf meine Seite des Bettes und hebe die Decke an, um mich von hinten an sie zu schmiegen.

Sie dreht sich zu mir um und kuschelt sich an meine Brust. Meine Arme umschließen ihren Oberkörper und ich drücke sie näher an mich, um ihr einen Kuss auf die Stirn zu hauchen. Mich überkommt ein Gefühl der Ruhe, als ich ihren Duft von Pfingstrosen und Jasmin einatme. Sobald ich Joana in meiner Nähe habe, ist meine Welt ein klein wenig besser. Meine schlaflosen und von Albträumen geplagten Nächte sind Geschichte. Sie lässt mich all das Leid, jenes ich erfahren habe, vergessen. Auch, dass ich ein zweites Leben führe.

Die Frage, was passiere, wenn sie von diesem, meinen Geschäften und meinen skurrilen Fantasien wüsste, bereitet mir immer öfter Bauchschmerzen und auch jetzt kann ich nicht anders, als daran zu denken.

Ich könnte es nicht ertragen, wenn sie von all dem eine Ahnung hätte, denn sie ist mein Ein und Alles und ich würde sie immer beschützen vor dieser grausamen Welt und vor meinen skrupellosen Geschäftspartnern. Wenn diese von ihr erfahren würden, wäre sie das perfekte Druckmittel gegen mich. Daher entschied ich mich auch nach der Investition dazu, mich weiterhin im Hintergrund zu halten und Diego alles abwickeln zu lassen. Ich schreite erst ein, wenn es massive Probleme gibt. Solange die Zahlen stimmen, das Geschäft läuft und Malik seine Füße still hält, ist alles gut.

Kapitel drei

Joana

Am nächsten Tag öffne ich die Augen nur sehr zaghaft, da mein Kopf dröhnt. Warum musste ich auch die ganzen zwei Flaschen Wein allein austrinken? Das war eine schlechte Idee, wie ich jetzt im Nachhinein feststellen muss.

Noch etwas schlaftrunken taste ich an Wills Bettseite auf und ab, aber er ist nicht mehr da. Ein tiefer Seufzer entkommt meiner Kehle, bevor ich mich umdrehe, um aufzustehen.

Sofort erfasst mich ein Schwindelgefühl und ich muss mehrmals blinzeln, bevor ich wieder scharf sehen kann. Um nicht hinzufallen, stütze ich mich mit einer Hand am Nachttisch ab und ertaste mit den Finger einen Zettel. Als ich den Blick hebe, um den Zettel zu lesen, sehe ich, dass da noch ein volles Wasserglas steht und außerdem eine Advel daneben liegt.

Nimm erst mal die Tablette zu dir und komm dann in die Küche. Ich habe uns ein leckeres Frühstück zubereitet. Will

Ich muss schmunzeln, was ich aber sofort wieder einstelle, da meine Kopfschmerzen nach wie vor präsent sind.

Auch wenn er manchmal zu viel arbeitet und die Zeit zu zweit dadurch zu kurz kommt, ist er trotzdem ein aufmerksamer Mann. Er kümmert sich um mich und schaut, dass es mir gut geht. Bevor ich in das Badezimmer gehe, um mich frisch zu machen, gebe ich die Advel ins Glas.

Ich putze mir die Zähne und bändige meine zerzausten Haare. Je öfter ich mit der Bürste durch meine Längen fahre, umso schwerer wird mein Herz. Früher hat mich meine Mutter immer frisiert, und ich habe es geliebt. Ja, sogar als ich schon über zwanzig war, hat sie es ab und an getan. Es hat mir immer ein Gefühl von Geborgenheit und Liebe vermittelt. Beides werden mir meine Eltern nicht mehr geben können. Nie wieder.

Ich wische mir die Träne beiseite, welche sich aus meinem linken Augenwinkel gelöst hat, sperre die Gedanken wieder in ihre Kiste und gehe in das Ankleidezimmer. Schnell schlüpfe ich in einen frischen Slip, ein Seidentop und die dazu passende kurze Shorts. Kurz bevor ich das Schlafzimmer verlasse, um nach unten zu gehen, trinke ich das Glas aus.

Auf der Treppe nach unten folge ich dem herrlichen Duft, welcher mich in die Küche führt. Im Durchgang bleibe ich stehen und sehe William dabei zu, wie er alles schön am Tisch drapiert und die letzten Pancakes aus der Pfanne nimmt.

»Guten Morgen, mein Engel. Hast du gut geschlafen?«, fragt er und dreht sich mit dem vollen Teller Pancakes zu mir um und stellt sie auf den Tisch.

Wie schafft er es jedes Mal, mich, ohne, dass ich mich in irgendeiner Form bemerkbar mache, sofort wahrzunehmen? Manchmal ist dieser Mann, mein Zukünftiger, ein Mysterium durch und durch.

Mit einem Grinsen im Gesicht gehe ich auf Will zu, umarme und küsse ihn. Er erwidert den Kuss, schlingt seine Arme um mich, und drückt mich dabei fest an sich.

So lege ich alles in diesen Kuss, und vergrabe meine Finger in seinem blonden Haar. Will unterbricht den Kuss, und murmelt an meinem Mund: »Wenn wir jetzt nicht sofort aufhören, muss ich über dich herfallen und dann werden die Pancakes kalt. Ich habe mir richtig viel Mühe gegeben, immerhin muss ich mich ja für gestern bei dir entschuldigen.«

Über seine Bemerkung verdrehe ich mit einem Lächeln die Augen und drücke ihm noch einen Kuss auf die Wange. Ich setze mich an den Tisch und fülle meinen Teller mit Pancakes, Früchten und Ahornsirup. Will nimmt gegenüber von mir Platz, befüllt seinen Teller ebenfalls mit allem Möglichen und schnappt sich die New York Times.

Ich schiebe mir genüsslich eine Gabel voller süßes Zeug in den Mund und muss ein Stöhnen unterdrücken. Wills Pancakes sind, nach denen von Mum, die besten, die ich je gegessen habe. Nachdem ich den Bissen heruntergeschluckt habe, frage ich William: »Hast du heute Zeit, um mir bei ein paar Entscheidungen unserer Hochzeit betreffend behilflich zu sein?«

Er senkt die Zeitung gerade so, dass ich seinen Kopf sehen kann. »Natürlich, mein Engel.« Will schenkt mir ein süßes Lächeln, sodass seine Grübchen zum Vorschein kommen. Wie ich diese süßen kleinen Dinger liebe.

»Hast du dir eigentlich schon einen Termin bei deinem Schneider gemacht?«, frage ich und schiebe mir das letzte Stück von meinem Pancake in den Mund.

»Nein noch nicht, aber danke, dass du mich daran erinnerst. Ich werde ihm dann nachher gleich schreiben«, sagt er, während er weiter in der Zeitung liest.

Da ich nun mit meinem Frühstück fertig bin und einen Nachschlag der anderen Art möchte, beschließe ich, dass ich mein Vorhaben von gestern in die Tat umsetzen werde. Ich stehe auf, umrunde den Tisch und nehme ihm die Zeitung aus der Hand, um mich auf seinen Schoß zu setzen.

»Na, konnte ich deine Wut über mich mit dem Frühstück besänftigen?«, fragt er mich, und stupst mit seinem Zeigefinger gegen meine Nasenspitze.

Sofort schlage ich seine Hand beiseite und setze meinen Ich-bin-noch-ein-klein-wenig-wütend-auf-dich-Blick auf, beuge mich zu seinem Ohr und flüstere: »Ich wüsste da etwas, wie sich mein letztes bisschen Wut über dich ganz schnell verflüchtigen würde.«

Er fährt mit seinen Händen an meinen Seiten auf und ab, während ich an seinem Ohrläppchen knabbere. Mit meinen Lippen wandere ich hinunter zu seinem Hals, und bedecke jeden Zentimeter mit zarten Küssen.

Als ich an seinem Kinn ankomme, unterbreche ich meine zärtlichen Küsse und schaue ihm kurz in seine grau-blauen Augen, bevor meine Lippen auf seine treffen.

Während er sich mit mir aus dem Stuhl erhebt, schlinge ich automatisch meine Beine um seine Hüften und meine Arme verschränke ich in seinem Nacken. Er unterbricht nicht ein einziges Mal unseren Kuss, auch dann nicht, als er sich auf der Couch niederlässt und mich auf seinem Schoß drapiert. Ich kann die Härte seines Schwanzes an meiner Mitte spüren. Das heizt meine Lust auf ihn noch mehr an.

Ich unterbreche unseren Kuss, um mir mein Top über den Kopf zu streifen. Dabei entkommt ihm ein tiefes Brummen, da ich nun halb nackt auf ihm sitze und meine Nippel sich ihm vor Lust entgegenstrecken. Er beugt sich nach vorne, küsst und leckt über eine der beiden Brustwarzen, während er die andere zwischen seinem Zeigefinger und Daumen zwirbelt. Mir entkommt ein leises Stöhnen, da meine Brüste sehr empfindlich sind und ich es liebe, wenn er mich dort berührt.

Ich lege meinen Kopf in den Nacken, reibe mich an seinem Schwanz und stöhne erneut. Will legt seine rechte Hand an meinen Hals und packt plötzlich mit einem leichten Druck zu.

Etwas erschrocken lasse ich meinen Kopf wieder nach vorne schnellen und sehe, dass sich sein Blick verfinstert hat. Irgendwie fühlt sich seine Hand an meinem Hals seltsam, schon fast bedrohlich an, aber irgendwie erregt es mich auch. Sofort prallen seine Lippen für einen tiefen und unersättlichen Kuss auf meine. Zu sehen, wie sehr er mich begehrt, beflügelt mich, mich weiter an ihm zu reiben. Ich spüre, wie es immer feuchter in meinem Höschen wird.

Plötzlich legt er auch seine linke Hand an meinen Hals und packt mich noch fester, bevor er mir in meine Unterlippe beißt. Sofort schmecke ich etwas Metallisches auf meiner Zunge. Blut. Auch ihm dürfte dieser Geschmack nicht entgangen sein, denn plötzlich küsst er mich noch intensiver und der Druck um meinen Hals nimmt zu. Ich bekomme keine Luft mehr und schlage gegen seine Hände.

Was soll das denn werden? Will er mich umbringen? Anfänglich fand ich es ja noch heiß, aber jetzt bekomme ich keine Luft mehr und daran ist nichts mehr erregend.

Doch er hört nicht auf, packt immer fester zu und drückt dabei seine Erektion gegen meine Mitte. Mit meiner letzten Kraft und meinen vermutlich letzten Atemzügen, krächze ich: »Will ... Du. Tust. Mir. Weh!«

Aber er reagiert nicht auf mich, sondern macht einfach weiter.

Schon bald wird mir schwarz vor Augen und Sterne tanzen hinter meinen geschlossenen Lidern. Eine Träne löst sich aus meinem Augenwinkel und bahnt sich einen Weg über meine Wange. Ich bündele meine gesamte noch verbliebene Energie, und verpasse ihm eine Ohrfeige. Sie war zwar nicht sonderlich fest, aber erfüllt ihren Zweck.

Augenblicklich löst er den Griff um meinen Hals und starrt mich mit einem erschrockenen Blick an.

Langsam füllen sich meine Lungen wieder mit Sauerstoff, das Schlucken fällt mir jedoch schwer. Tränen bahnen sich ihren Weg an die Oberfläche und mit ihnen meine restliche Kraft.

Ich muss hier weg.

Das ist zu viel für mich.

Wieder bei Sinnen, kralle ich mir mein Top, springe von seinem Schoß und renne nach oben in Richtung Badezimmer. Dabei ziehe ich mir unbeholfen den kühlen Stoff über meine erhitzte Haut.

Im Badezimmer angekommen, knalle ich die Tür hinter mir zu, schließe diese und die, die in unser Schlafzimmer führt, ab. Anschließend lehne ich mich dagegen und gleite langsam zu Boden.

Das Herz schlägt mir bis zum Hals. Ich vergrabe mein Gesicht in meinen Händen und weine. Meine Schultern beben, da die Schluchzer so heftig sind, dass ich Schluckauf bekommen habe.

Was sollte das denn eben? So kenne ich ihn gar nicht. Er hat mir noch nie körperlich wehgetan.

Nachdem ich mich eine gefühlte halbe Stunde ausgeheult habe und meine Tränen langsam versiegt sind, erhebe ich mich vom

Boden und gehe zum Waschbecken. Am Beckenrand stütze ich mich ab und sehe voller Entsetzen mein Spiegelbild an.

Ich reiße meine von Tränen unterlaufenen Augen auf und fasse mir an den Hals. Dort sind, von Wills festem Händedruck, zartrosa Striemen zu sehen. Obwohl ich dachte, dass mein Reservoir an Tränen erschöpft sei, fließt plötzlich ein neuer Schwall salziger Tropfen über meine bleichen Wangen.

Ein Klopfen an der Tür reißt mich aus meinem Kummer und ich höre Wills gedämpfte Stimme. »Schatz, es tut mir so unendlich leid. Ich weiß nicht, was in mich gefahren ist. Ich wollte dir nicht wehtun. Bitte, mach die Tür auf.«

Ich reiße mich zusammen, wasche mein verheultes Gesicht und kühle meine geschwollenen Augen. Schnell schnappe ich mir ein Handtuch und tupfe meine Haut damit ab. Früher oder später muss ich dieses Badezimmer verlassen und mich ihm stellen und fragen, was das sollte. Warum würgte er mich? Und warum reagierte er nicht auf meine Bitte, die Hände wegzunehmen, um damit aufzuhören?

Ich entriegele die Tür, welche sofort aufschwingt und mich um ein Haar im Gesicht erwischt. Will stürmt hinein und schließt mich in seine starken Arme, in denen mein Körper in sich zusammensackt. All meine zurechtgelegten Worte verflüchtigen sich. Ich vergrabe mein Gesicht an seiner Brust, atme seinen Duft aus Kiefer und Erde ein.

Will ist mit seinen knapp 1,90m, den blonden Haaren, graublauen Augen, seinem athletischen Körper und seinem Waschbrettbauch für mich der Inbegriff von Perfektion. Auch wenn er geschäftlich viel unterwegs ist, macht seine liebevolle und fürsorgliche Art meinen Kummer darüber wieder wett.

Doch was da vorhin passiert ist, kann ich mir nicht erklären. Auch wenn es mir am Anfang gefallen hat, ist es mir dann doch zu viel gewesen.

Immer wieder flüstert er mir ins Ohr, wie leid es im täte und das er das nicht wollte. Zwischen seinen Worten küsst er mich sanft an meiner Halsbeuge und entfacht wieder das Feuer der Lust.

Warum muss mich mein Körper nur so hintergehen? Ich sollte ihn von mir stoßen und Abstand gewinnen, aber das Verlangen ist zu groß. Diese hauchzarten Berührungen treiben mir eine Gänsehaut über jeden Zentimeter meiner noch immer erhitzten Haut.

Ich unterbreche seine sanften Liebkosungen, indem ich meinen Kopf von seiner Brust hebe, um ihn auf seine weichen Lippen zu küssen. Nicht zärtlich oder liebevoll, sondern hart und fordernd.

»Ich glaube nicht, dass das ... «

Ich lege meinen Zeigefinger auf seinen Mund. »Sage jetzt nicht, dass das keine gute Idee ist. Hier geht es gerade um Gefühle, um *meine* Gefühle, und ich will dich. Jetzt.« Ich will endlich erlöst werden und mich in ihm verlieren wie schon lange nicht mehr.

Er intensiviert den Kuss nur sehr zögerlich und berührt mich sehr vorsichtig, so, als bestünde ich aus Glas und würde jeden Moment zerbrechen. Aber ich will mehr. Mehr von seinen Küssen. Mehr von seinen Berührungen. Mehr von ihm!

Meine Hände wandern in sein Haar und ich lecke verführerisch über seine Lippen.

Meine stumme Bitte um Einlass wird mir prompt gewährt und als ich in seine feuchte Wärme eintauche, seine Zunge mit meiner spielt und alles in mir explodiert, weiß ich, dass er mein sicherer Hafen ist. Schwer atmend lösen wir uns voneinander – aber nicht vollständig –, denn seine Hände wandern unter meine Pobacken und heben mich hoch. Meine Beine an seinem Rücken ineinander verhakt, spüre ich seine Erektion und meinen feuchten Slip.

Er trägt mich küssend und langsamen Schrittes in unser Schlafzimmer. Auf dem Bett legt er mich ab, streift mir meine Hose samt Slip von den Hüften und zieht mir mein Top wieder aus.

Ich richte mich auf befreie ihn aus seiner Kleidung. Seine Bauchmuskeln lassen mich aufseufzen. Wie ich diese gemeißelten Muskeln liebe, vor allem wenn sie durch seine Bewegungen zu tanzen anfangen.

Mein Blick wandert langsam zu seinem erigierten Schwanz. Ich lasse meine Hände an seinen Oberschenkeln bedachtsam hinauf wandern, nehme ihn in meine Hand und bewege diese langsam auf und ab. Er schließt die Augen und ich merke, wie er meine Berührung genießt.

Weiterhin bearbeite ich ihn mit meiner Hand und die andere wandert zu seinen Hoden, um auch diesen Aufmerksamkeit zu schenken.

»Jetzt bist du dran, mein Engel«, sagt er mit belegter Stimme und drückt sachte meinen Oberkörper auf die Matratze. Ich ziehe mich mittig aufs Bett und William beginnt mit sanften Küssen bei meinen Fußknöcheln, und arbeitet sich über meine Beine langsam bis zu meinem Hals hinauf, wo er kurz innehält und mit seiner Hand meine Mitte berührt.

»So verdammt feucht«, raunt er vor meinen Lippen, bevor er mich küsst und mit zwei Finger in mich eindringt.

Mein Rücken biegt sich aufgrund dieser Berührung leicht durch und mir entkommt ein leises Stöhnen. Er lässt seine Finger aus mir gleiten, greift nach seinem Schwanz und positioniert ihn, um dann langsam in mich zu geleiten.

Er beobachtet meine Reaktion und nimmt sich Zeit, langsam in mich einzudringen. Dieser Moment ist unglaublich schön, aber auch extrem beängstigend …

Gerade bin ich ihm hilflos ausgeliefert. Wenn William wollte, könnte er mich erneut am Hals packen und würgen. Doch er sorgt dafür, dass ich mich in seiner Nähe entspanne und dass ich so viel Lust empfinde, wie schon lange nicht mehr.

William streichelt mir mit seinem Handrücken über meine Wange und unsere Blicke verhaken sich ineinander. »Ich liebe dich, Joana. Vergiss das bitte nie.«

KAPITEL VIER

Joana

Nach dem besten Entschuldigungssex der Welt steigt Will aus dem Bett, küsst mich nochmal zärtlich und verschwindet im Badezimmer. Ich liege noch eine Weile zugedeckt im Bett und betrachte meinen Verlobungsring.

Ich male mir unser zukünftiges Leben in den schönsten Farben aus. Wie wir vielleicht eines Tages in ein schönes Haus am Stadtrand ziehen oder gleich in ein anderes Land. Er meinte, wenn wir einmal Kinder haben, dass er in seinem Job kürzer treten würde. Am liebsten hätte er sofort ein Kind mit mir, aber das ginge mir dann doch zu schnell. Auch wenn ich schon neunundzwanzig bin und die Uhr bald abläuft, bin ich trotzdem noch nicht bereit dazu.

Ich mag Kinder. Sie bilden ein unzerreißbares Band und ich will auf jeden Fall mal welche haben. Aber ich habe schon eine Fehlgeburt hinter mir, von der ich ihm oder meinen bisher wenigen Freundinnen nie etwas erzählt habe.

Am College war ich mit Chase zusammen und es war Liebe auf den ersten Blick. Wir lernten uns durch Freunde kennen und kamen ziemlich schnell zusammen. Er war meine erste große Liebe, auch wenn ich mit meinen damals neunzehn Jahren noch nie so richtig verliebt war. Nach einer durchzechten Partynacht schliefen wir miteinander und vergaßen die Verhütung. In den darauf folgenden Wochen ging es mir nicht sonderlich gut und ich schob es auf eine Grippe.

Auch nach der vierten Woche ging es mir nicht besser und ich besorgte mir einen Schwangerschaftstest, nachdem ich die Symptome in eine Suchmaschine eingab. Das waren die schlimmsten drei Minuten meines bisherigen Lebens. Als dann noch beide Striche zum Vorschein kamen, waren wir anfänglich geschockt, aber wir entschieden uns für das Baby.

Wir erzählten es unseren Eltern und auch wenn diese nicht sonderlich begeistert waren, wollten sie uns trotzdem unterstützen. Daher freuten wir uns noch umso mehr auf das kleine Würmchen.

Doch in der zehnten Schwangerschaftswoche erlitt ich eine Fehlgeburt. Mein Körper hat das kleine Wesen abgestoßen und es schmerzte -, allerdings kaum körperlich.

Die Einsamkeit und die Angst veränderten mich und auch Chase entwickelte sich weiter und entfernte sich immer mehr von mir. Wir wurden uns fremd, verstanden uns nicht mehr und konnten die Liebe des anderen nicht mehr im Herzen fühlen.

Von diesem Kapitel aus meinem Leben weiß Will bis heute nichts, und das wird auch so bleiben. Dieses kleine Geheimnis gehört meiner Vergangenheit an und ich blicke in meine Zukunft, die gerade, nur mit einem Handtuch um die Hüften geschlungen, aus dem Badezimmer kommt.

Während er an mir vorbei und in Richtung Ankleidezimmer geht, heftet sich mein Blick auf seinen nackten Oberkörper und ich schmelze nur so dahin und bekomme Lust auf eine zweite Runde. Daher folge ich ihm, nur mit dem Bettlaken um meinen Körper geschlungen, und lasse dieses abrupt los, sobald ich mich ebenfalls im Ankleidezimmer befinde. Nun stehe ich komplett nackt hinter ihm.

Er dreht sich, bereits mit einer Jeans und einem T-Shirt bekleidet, um und hat ein dreckiges Grinsen im Gesicht, als ich mich lasziv auf ihn zu bewege. Ich schlinge meine Arme um seinen Nacken und flüstere in sein Ohr: »Ich wäre bereit für Runde zwei.«

Daraufhin lacht er laut auf und schiebt mich dabei ein Stück von sich, um mich eingehend zu betrachten. »Mein unermüdlicher Engel. Auch wenn ich noch so gerne eine zweite Runde mit dir einlegen möchte, ich kann nicht. Ich muss die Papiere nochmals durchgehen und überarbeiten«, sagt er und lässt mich wie ein kleines schmollendes Kind zurück.

Zurechtgemacht in meiner Lieblingskleidung - Jeans und T-Shirt -, verlasse ich das obere Stockwerk. Sollte ich ihn noch einmal auf das ansprechen, was vorhin passiert ist? Bevor wir unglaublichen Sex hatten? Dass er mich aus heiterem Himmel so stark gewürgt hat, möchte ich nur ungern auf sich beruhen lassen. *Einfach klipp und klar ansprechen, was Sache ist, Joana. Das bekommst du hin.*

Unten angekommen löst sich mein Vorhaben jedoch in Luft auf, als ich Wills Stimme aus dem Arbeitszimmer vernehme. Die Tür steht einen Spalt breit offen und leise Gesprächsfetzen dringen an mein Ohr.

»Das war so nicht abgesprochen! Muss ich da jetzt ernsthaft hinfliegen, um alles nochmal mit euch zu besprechen? Das kann doch nicht dein Ernst sein.«

Mit wem redet er da?

Leise schleiche ich hinüber und erhasche durch den kleinen Spalt einen Blick auf Will, wie er hastigen Schrittes durch sein Arbeitszimmer geht.

»Nein, wir machen das zusammen. Wir treffen uns vor Ort«, ist das Letzte, was er sagt, bevor er auflegt und die nächste Nummer anwählt.

»Matilda, bitte buchen Sie mir den nächstmöglichen Flug nach Dubai und mailen Sie mir dann wieder alle Flugunterlagen zu.« Ohne eine Antwort von seiner Assistentin abzuwarten, legt er auf, blickt aus dem Fenster und streicht sich mit einer Hand über sein Gesicht. Bevor er sich umdreht und mich entdecken kann, verschwinde ich leise in Richtung Küche und mache mir einen Kaffee.

Mein Atem geht zu schnell und mein Puls rast, als wäre ich gerade einen Marathon gelaufen. *Beruhige dich, Joana*, sage ich mir immer wieder und atme durch die Nase ein und durch den Mund wieder aus. Dabei bemerke ich nicht, wie Will in die Küche kommt, bis er von hinten seine Arme um mich schlingt und mich im Nacken küsst.

Mir entkommt ein kleiner Schrei, woraufhin er mich in seinen Armen zu sich dreht. »Warum so schreckhaft?«

Ich lege beide Hände flach auf seine Brust und lächle ihn an. »Ich war so in meinen Gedanken versunken. Das ist alles.«

Dass mein zu schneller Herzschlag daran schuld ist, weil ich gelauscht und erwischt hätte werden können, verrate ich ihm nicht.

Er schlingt seine Arme fester um mich und legt sein Kinn auf meinen Kopf. »Joana, du wirst jetzt nicht erfreut sein, über das, was ich dir gleich sagen werde, aber ich muss über das Wochenende nochmal weg. Unser neuer Investor hat noch die ein oder anderen Einwände, bevor er den Vertrag unterzeichnet. Diese müssen wir dringend besprechen und dafür muss ich aber nach«, sagt er und macht eine kurze Pause, bevor er weiterspricht, »Dubai.«

Ich tue überrascht, so, als hätte ich das Telefonat vorhin nicht mitangehört. »Kann das nicht wer anders aus deiner Firma übernehmen? Du bist erst gestern zurückgekommen und schon sollst du wieder weg? Darüber bin ich nicht gerade glücklich, Will. Und außerdem wollten wir doch ein paar Entscheidungen bezüglich unserer Hochzeit treffen«, seufze ich und schiebe meine Unterlippe ein klein wenig nach vorne.

Er nimmt meinen Kopf in die Hände. »Ich weiß, mein Engel. Leider kann ich niemand anderen dorthin schicken. Hier geht es um den wahrscheinlich größten Deal, den wir je an Land gezogen haben. Du weißt, dass ich dir vertraue, und daher weiß ich auch, dass du die besten Entscheidungen treffen wirst.« Er küsst mich auf die Nase.

Ich verschränke die Arme vor meinem Oberkörper und blicke stur auf seine stahlharte Brust. »Wann wirst du wieder zurück sein?«, motze ich.

Er atmet tief durch und das bedeutet meistens leider nichts Gutes. »Ich muss über das Wochenende bleiben, und werde voraussichtlich Dienstag, spätestens Mittwoch wieder zurück sein. Aber sobald ich weiß, wie die Verhandlungen laufen, melde ich mich bei dir. Wenn ich wieder da bin, möchte ich dich ausführen und verwöhnen, um das Ganze wieder bei dir gutmachen zu können.«

Durch den Kuss, den er mir danach auf meine Lippen drückt, kapituliere ich.

»Das muss aber das schönste Date werden, das wir je hatten, denn ein wenig enttäuscht bin ich schon darüber, dass du mich wieder verlässt.«

Ich bin wirklich enttäuscht, denn wir hätten uns dieses Wochenende um einiges kümmern können.

»Das verspreche ich dir. Ich lasse mir was einfallen«, sagt er und wendet sich zum Gehen.

Jetzt oder nie Joana! »William, hast du noch eine Minute?«, frage ich laut und stelle mich auf eine Diskussion ein.

»Es ist gerade ungünstig, Joana. Kann das auch noch bis nach der Reise warten? Ich muss mich beeilen, da ich in einer Stunde am Flughafen sein muss.«

»Ja, klar.«

Das hast du ja toll hinbekommen, sagt mein Unterbewusstsein und verpasst mir dafür eine imaginäre Ohrfeige. Ich muss lernen, mich endlich durchzusetzen! Warum schaffe ich das bei der Arbeit, aber in meinem Privatleben nicht? Ich bin erbärmlich.

Auf dem Weg in den Hauswirtschaftsraum nehme ich seinen Koffer aus dem Vorraum mit, um seine Kleidung zu waschen. Denn freitags und am Wochenende hat unsere Haushälterin, Grace, frei, da kümmere ich mich selbst um die Wäsche und um den Haushalt.

Ich öffne den Koffer, nehme nur die schmutzige Wäsche heraus und teile diese am Boden auf. Als ich die dunkle Jeans wende, fällt etwas klimpernd zu Boden. Ich hebe das silberne Ding auf und identifiziere es als eine Art Schlüssel. Nicht als einen gewöhnlichen Haustürschlüssel, eher eine Art antiker Schlüssel mit vielen Verschnörkelungen, samt einer Gravur am Schlüsselhalm.

Diese sehe ich mir genauer an und entschlüssele sie als eine Art Adresse. Ich stecke mir kurzentschlossen den Schlüssel in die Hosentasche.

Will hat sich den leeren Koffer geschnappt, um frische Kleidung und was er sonst noch so benötigt, einzupacken. Bevor er sich auf den Weg zum Flughafen macht, holt er noch seine Aktentasche aus dem Arbeitszimmer und gibt mir im Vorbeigehen einen Kuss. Er verschwindet im Aufzug und nun bin ich wieder allein.

Gedankenversunken starre ich von unserer Couch aus auf die Wanduhr und danach auf den Central Park. Es ist mittlerweile fast fünf Uhr nachmittags. Wir haben das ausgiebige Frühstück kurz vor Mittag zu uns genommen, und ich verspüre schon wieder ein leichtes Hungergefühl, nur das mir der Appetit gehörig vergangen ist.

Was sollte ich nur jetzt an diesem Wochenende mit meiner Zeit anfangen? *Du kannst dich endlich um die Deko kümmern und Entscheidungen treffen, die längst überfällig sind.* Darauf habe ich allerdings momentan keine Lust, denn gerade bin ich enttäuscht und wütend, und so wird das nichts.

Als ich mir von der Couch aus die Fernbedienung für die Soundanlage vom Tisch angele, bohrt sich etwas in mein Gesäß. Schnell greife ich in die Tasche meiner Jeans und ziehe den Schlüssel heraus, welchen ich zuvor eingesteckt habe.

Warum der wohl in Williams Hosentasche war? Vielleicht gehört er zu einem neuen Objekt, in welches er investiert hat. Mich würde sowieso mal interessieren, worin mein Verlobter sein Geld investiert.

Ich schnappe mir mein Handy vom Couchtisch und gebe die Adresse in die Suchmaschine ein. Diese zeigt mir nicht wirklich hilfreiche Infos an, außer, dass es sich um eine Lagerhalle außerhalb Barcelonas handelt, welche eine Firma namens Secret Events Society kürzlich erworben hat. Über die Firma kann ich nur herausfinden, dass sie ein paar exklusive Clubs besitzen. Ich hoffe, dass er nur investiert und sich jetzt nicht unter das immer feiernde Volk mischt, denn dann bekomme ich ihn überhaupt nicht mehr zu Gesicht.

Wirklich Gedanken darüber kann ich mir nicht machen, da das Handy in meiner Hand zu klingeln anfängt. Es ist niemand Geringeres als meine beste Freundin.

»Hi Suzy«, gehe ich mit einer untypisch hohen Stimmlage ran, als würde ich bei etwas Schlimmem erwischt worden sein.

»Hey mein Sonnenschein. Na, wie war die Nacht? Habt ihr es ordentlich krachen lassen? Und wie fand er das Dessous-Set?«, wirft sie mir ihre Fragen an den Kopf, ohne dazwischen Luft zu holen. Ich kann mir ein kleines Lächeln nicht verkneifen.

»Der Abend und die Nacht verliefen ruhig. Er kam schon telefonierend aus dem Aufzug und gab mir im Vorbeigehen nur einen flüchtigen Kuss. Danach verschwand er in seinem Arbeitszimmer und ich sah ihn erst am nächsten Morgen. Er ließ mich einfach in meinen Dessous sitzen«, lasse ich Suzy wissen und dabei verschwindet meine anfängliche Freude über ihren Anruf.

»Ach Schätzchen, das muss endlich aufhören. Deine Vagina muss ja schon ganz ausgetrocknet sein, schlimmer als die Sahara. Hast du ihm heute wenigsten die kalte Schulter gezeigt?«

Ich kann nie wirklich lange auf jemanden böse sein oder ignorieren und das weiß Suzy auch. Ich möchte immer, dass alles so harmonisch wie möglich abläuft. Das ist wohl auf die Beziehung meiner Eltern zurückzuführen. Sie stritten nie und gingen immer liebevoll miteinander um. Ich vermisse sie sehr, seitdem sie vor drei Jahren bei einem Autounfall ums Leben kamen. Aber daran darf ich jetzt nicht denken, denn sonst würde ich noch zu weinen anfangen.

»Er machte mir heute Frühstück und entschuldigte sich so bei mir. Danach hatten wir Sex, bevor er nun doch wieder kurzfristig weg musste«, erkläre ich ihr.

Am anderen Ende der Leitung kann ich sie deutlich schnauben hören. »Was heißt kurzfristig, meine Liebe?«

»Ein möglicher Investor hat sich gemeldet und möchte noch über die ein oder andere Änderung im Vertrag sprechen.« Ich verdrehe die Augen. »Will kann niemand anderen aus der Firma nach Dubai schicken, da es sich hier vermutlich um den größten Deal seit langem handelt, und er da persönlich anwesend sein muss.«

»Dubai?!«, kreischt Suzy in den Hörer und ich muss mir das Handy vom Ohr weghalten.

»Ja, Dubai und er wird erst frühestens Dienstag oder Mittwoch zurück sein.« Meine Enttäuschung darüber kann ich in meiner Stimme nicht verbergen, darin war ich noch nie gut.

»Joana …«, sagt sie mitleidig. Ich möchte mir ihre Standpauke zu dieser ganzen Thematik nicht anhören, doch bevor ich zum Sprechen ansetzen kann, unterbricht sie mich. »Ich habe eine Idee. Am Wochenende habe ich eine Modenshow im Herzen Barcelonas und kann mir den Jet von Philippe nehmen, um meine ganzen Kleider und was ich sonst noch so benötige, mitzunehmen. Ich möchte nicht, dass du das Wochenende allein zu Hause verbringst, daher wirst du mich begleiten. Wir machen uns ein schönes Wochenende in Spanien, genießen dabei die Sonne, erkunden die Stadt, gehen ein wenig shoppen und schauen uns die spanischen Latinos an. Was hältst du davon?«

Bei ihren letzten Worten fange ich zu schmunzeln an, denn ich kann mir lebhaft vorstellen, wie sie mit ihren Augenbrauen wackelt. Wenn ich Suzy beschreiben müsste, dann als einen lebensfrohen, offenen Menschen. Sie hat keine Berührungsängste und dadurch fällt es ihr nicht schwer, neue Kontakte zu knüpfen. Das ist vor allem für ihr eigenes Modelabel, *Suzesfashion*, von hoher Wichtigkeit. Sie würde mit den Latinos flirten, ganz klar, aber gegessen wird zu Hause.

Ich denke über ihren Vorschlag nach. Habe ich wirklich Lust auf Barcelona? Auf die blöde Deko habe ich gerade am allerwenigsten Bock.

Ich war noch nie außerhalb von Amerika. Eigentlich wollte ich meine erste Auslandsreise mit Will antreten, aber warum nicht mit Suzy? Wir hätten sicher viel Spaß und immerhin wäre ich das Wochenende nicht allein.

Während ich darüber nachdenke, mit Suzy nach Barcelona zu fliegen, fällt mein Blick auf den Schlüssel. »Ich bin dabei! Wann geht es los? Was soll ich packen? Brauche ich einen Bikini? Oder ist es noch zu kalt zum Schwimmen?« Die Fragen sprudeln nur so aus mir heraus und ich weiß, dass ich sie dadurch ein klein wenig überfordere.

»Jetzt mach mal halblang, wegen dir bekomme ich noch Migräne, wenn du mir so viele Fragen an den Kopf wirfst«, erwidert sie, bevor sie fortfährt. »Der Flug geht heute Abend, sodass wir über Nacht fliegen und uns ein wenig ausruhen können, bevor wir dann morgen früh in Barcelona landen. Das heißt, dass wir dann den ganzen Tag Zeit haben, um Barcelona zu erkunden. Packe ein paar hübsche Kleider ein, und nicht nur deine Jeans und T-Shirts, denn diese möchte ich an dem Wochenende nicht an dir sehen. Vor allem aber brauchst du ein hübsches Kleid für die Modenshow morgen Abend. Den Bikini kannst du zu Hause lassen. Es ist zwar warm, aber trotzdem noch zu kalt, um ins Meer zu gehen.«

»Gut dann werde ich gleich mit dem Packen anfangen. Soll ich dann zu dir kommen oder treffen wir uns am Flughafen?«, möchte ich wissen.

»Um sieben Uhr werde ich dich mit Tyler, Philippes Fahrer, abholen und wir fahren dann gemeinsam zum Flughafen.«

»Perfekt, bin dann Punkt sieben Uhr unten. Ich freue mich schon darauf, Küsschen«, sind meine letzten Worte, bevor ich auflege.

Sofort schicke ich William eine kurze Nachricht, dass ich das Wochenende mit Suzy in Barcelona verbringen werde, und husche dann nach oben ins Schlafzimmer.

Das wird so aufregend!

Noch habe ich zwei Stunden Zeit, und für viele wäre das mehr als genug. Doch Suzy möchte mich nicht in meiner Wohlfühlkleidung sehen, daher wird die Kleiderwahl etwas mehr Zeit in Anspruch nehmen.

Ich hole meinen Koffer aus dem Schrank und beginne im Ankleidezimmer wie wild nach den perfekten Outfits zu suchen. Meine engere Auswahl lege ich aufs Bett und diese begutachte ich nochmal ausgiebig, bevor sie im Koffer landet. Auf der Matratze befinden sich nun ein luftig hellblaues Sommerkleid mit dünnen Trägern, leichtem V-Ausschnitt und einem ausgestellten Rock mit der dazu passenden weißen Weste. Für die Modenschau habe ich mich für ein schwarzes trägerloses Kleid entschieden, dass beim rechten Bein einen Schlitz bis zur Mitte des Oberschenkels hat. Darunter werde ich meinen Korsagen Body tragen, den ich gestern gekauft habe. Für den nächsten Tag wähle ich ein bodenlanges beiges Jersey Kleid mit kurzen Ärmeln und die dazu passende Jeansjacke. Zur Sicherheit habe ich mir noch eine Jeans, ein weißes Top und ein schwarzes Sweatshirt parat gelegt, auch wenn Suzy strikt dagegen ist. Aber in meinen Basics fühle ich mich einfach am wohlsten.

Den passenden Schmuck sowie Schuhe und Taschen habe ich schnell gefunden und packe sie mit der Kleidung und noch ein paar anderen wichtigen Utensilien in den Koffer. Mit diesem verlasse ich das Schlafzimmer und muss feststellen, dass die Kleiderwahl doch mehr Zeit in Anspruch genommen hat als gedacht. Denn ich habe nur noch zehn Minuten, bis Suzy unten vor der Tür steht.

Schnell husche ich zum Couchtisch, lasse die Musik verstummen und schnappe mir mein Handy und den antiken Schlüssel. Beides verstaue ich in meiner Handtasche. Vielleicht habe ich ja Zeit, um dem Ganzen auf den Grund gehen zu können.

Mit meinem Koffer eile ich zum Aufzug und verlasse das Gebäude pünktlich. Eine schwarze Limousine steuert auf mich zu und bleibt direkt neben mir stehen. Tyler steigt aus und nimmt mir mein Gepäck ab, um es im Kofferraum zu verstauen. Bevor ich mich bei ihm bedanken kann, schwingt die hintere Tür auf und Suzy bittet mich, einzusteigen. Auf der Rückbank nehme ich Platz, wo mich meine beste Freundin mit einem Glas Champagner begrüßt und mir von ihrem Tag erzählt.

Während der Fahrt zum Flughafen erfahre ich den gesamten Ablauf des Wochenendes. Sie hat wirklich alles bis ins kleinste Detail geplant. In sowas ist sie echt gut. Ich bin da eher die komplette Niete, außer wenn es um meinen Job geht. Da schaffe ich es, mich gut zu koordinieren und alles zu planen.

Am Flughafen angekommen staune ich nicht schlecht, denn wenn man einen Privatjet besitzt, hat man definitiv einige Privilegien, die ein normaler Reisender nicht hat. Keine Sicherheitschecks, keine Gepäckbegrenzung und kein Gedränge beim Einsteigen in den Flieger. Aber das Allerbeste an der ganzen Sache ist, dass wir fern ab vom alltäglichen Reiseverkehr ein kleineres Gebäude betreten. Es ist nur für jene Menschen angedacht, die einen Privatjet besitzen. Hier gibt es zwar keine Duty-Free- oder sonstige Shops, lediglich eine Bar mit kleinem Buffet und einem großen Lounge Bereich. Diese nutzen die Passagiere, während sie auf ihren Flug warten. Da wir schon ziemlich spät dran sind und unser Flug in fünfzehn Minuten startet, bringt man uns direkt zum Jet. Unsere

Plätze nehmen wir sofort ein und anschließend legen wir unsere Sicherheitsgurte an.

»Ich stelle dich später dem Personal vor und zeige dir dann alles«, lässt Suzy mich wissen, während der Pilot verkündet, dass wir Starterlaubnis haben. Mit einem Lächeln nicke ich ihr zu und blicke dann aus meinem Fenster. Langsam rollen wir auf den Flugplatz in Richtung Startbahn und als es los geht, werde ich in meinen Sitz gepresst.

Schon nach wenigen Minuten heben wir ab und ich beobachte, wie die erleuchtete Skyline New Yorks immer kleiner wird und schließlich in der Dunkelheit aus meinem Blickfeld verschwindet.

Kapitel fünf

Angekommen in Dubai, verlasse ich als einer der Ersten den Flieger. Der Flug verlief ohne Probleme und ich konnte mich sogar ein wenig in meiner eigenen Kabine ausruhen. Ein Hoch auf die First Class!

Auf dem Weg zu den Gepäckförderanlagen schalte ich mein Handy wieder ein und prompt werden mir zwei neue Nachrichten angezeigt. Die erste ist von meinem Schneider mit einem Termin für nächste Woche und die zweite von Joana.

J: Ich werde das Wochenende mit Suzy in Barcelona verbringen. Sie hat dort eine Modenshow und hat mich gefragt, ob ich nicht mitkommen möchte. Na ja, fragen kann man das nicht nennen, es war eher ein Befehl, aber du weißt ja, wie sie ist. Ich wünsche dir viel Erfolg bei der Verhandlung. Kuss, dein Engel.

W: Ist ok, mein Engel. Passt auf euch auf und genießt die Zeit. Ich melde mich bei dir, sobald ich Näheres weiß, wann ich wieder zurück sein werde. Ich liebe dich, Will.

Ich bin dankbar, dass mein Engel in Suzy eine Freundin gefunden hat. So habe ich nur ein halb so schlechtes Gewissen wegen alldem. Bei Suzy ist sie in guten Händen, auch wenn die Frau manchmal sehr nervig sein kann.

Schnell schreibe ich noch eine Nachricht an Philippe, dass wir einen Termin beim Schneider haben. Mit dieser Nachricht schalte ich das Handy auf stumm und fische mein zweites aus meinem Jackett. Ich schalte es ein und wähle Diegos Nummer. Nach dem ersten Klingeln hebt er ab und am anderen Ende der Leitung kann ich sein regelmäßiges Atmen hören.

»Ich bin soeben gelandet und warte auf mein Gepäck. Wo seid Amira und du?«, frage ich.

»Wir befinden uns in der Emirate Business Class Lounge«, gibt er kurz und knapp von sich.

»Okay, ich bin gleich bei euch.« Ich lege auf und stecke das Handy wieder in die Innentasche meines Jacketts.

Auf dem Weg zur Lounge mache ich mir darüber Gedanken, was uns alles an diesem Wochenende bevorsteht. Malik möchte noch die offenen Punkte des Vertrags durchgehen, damit wir dieses Geschäft endlich abschließen können. Danach müssen Amira und Diego nachsehen, wie die Bauarbeiten des neuen Clubs vorankommen, damit wir, hoffentlich planmäßig, eröffnen können.

Ich halte mich bei allem im Hintergrund, denn jeder denkt, dass Diego der Geschäftsführer von Secret Events Society ist. Da er damals den Deal mit Malik eingegangen ist und ich mich nicht als drittes Mitglied zu erkennen gegeben habe, weiß seit jeher keiner unserer Geschäftspartner etwas von meiner Existenz. Nur wenige Leute wissen Bescheid, wer das Unternehmen tatsächlich leitet.

Diego habe ich mit sieben Jahren bei den López kennengelernt. Eine Pflegefamilie in Mexiko, die mich bei sich aufnahm, nachdem das Waisenhaus der Kirche jegliche Hoffnung in mich verlor. Von Anfang an war ich ein kleiner frecher Junge gewesen. Anfänglich stahl ich nur Essen aus der Küche. Danach folgten etliche Gegenstände aus der Kirche und schlussendlich sprühte ich dann auch noch Graffitis auf Wände und Autos. Bereits in jungen Jahren wusste ich, dass wenn ich in Mexiko überleben wollte, ich mich mit Diego anfreunden musste. So begannen wir im Laufe der Zeit mit kleineren Delikten, wie das Klauen von Brieftaschen, Handys und schließlich auch von Autos.

Später folgten größere Coups, wie mit Drogen zu dealen und Prostituierte zu vögeln. Bei Letzterem entdeckten wir in der Pubertät unsere Lust auf Sex und entwickelten unsere eigenen Vorlieben. Wir standen darauf, mit dem Einverständnis der Frauen, ihnen Schmerzen zuzufügen, bis wir sichtliche Spuren an ihren Körpern hinterließen. Uns reichte der "normale Sex" nicht mehr. Oft teilten wir uns auch eine Frau, aber wir hatten nie eine zweimal. Diese Erlebnisse schweißten uns zusammen und er ist wie ein Bruder für mich geworden.

In der Lounge angekommen, werde ich auch schon von der netten Empfangsdame begrüßt und von ihr zu Diego und Amira geleitet. Von Diego bekomme ich nur ein Kopfnicken, Amira jedoch gibt mir einen Kuss auf die Wange, bevor sie mir »Hola, mein Liebling« ins Ohr flüstert und mit ihrer Zunge darüber leckt. Sofort packe ich sie fester und presse meine Lippen auf ihre.

Willkommen in meinem zweiten Leben.

Amira ist so eine Art Geliebte für mich. Sie ist die einzige Frau, mit der ich immer mal wieder etwas habe, weil sie von meinen Vorlieben weiß und ich diese mit ihr ausleben kann. Bei Joana kann ich das nicht, denn sie kennt diese Seite nicht und ich habe auch nicht vor, sie ihr zu zeigen. Ich kann es mir nicht einmal verzeihen, dass ich gestern die Kontrolle verloren und ihr wehgetan habe. Das werde ich kein zweites Mal zulassen, denn dafür habe ich Amira.

Zumindest noch. Denn bald wird sich mein gesamtes Leben ändern und ich muss Entscheidungen treffen, welche mich zwingen werden, meine dunkelsten Gedanken und Begierden in die tiefste Ecke, welche ich in mir finden kann, wegzusperren.

Wenn ich verheiratet bin, wird Diego der tatsächliche Geschäftsführer von Secret Events Society sein und ich werde mich zurückziehen. Amira werde ich auch nicht mehr wiedersehen.

Von dem Testament und meinen Plänen ahnt jedoch noch keiner der beiden etwas. Besonders Amira wird diese Entscheidung zu schaffen machen, da sie eine schlimme Vergangenheit hat und ich ihre Bezugsperson geworden bin.

Diego und ich haben sie mit sechzehn Jahren auf der Straße kennengelernt. Sie war gerade erst vierzehn und ist von zu Hause abgehauen, da ihr Stiefvater sie misshandelte und vergewaltigte. Sie war damals sehr mager und ihre Körpergröße von 1,75m ließ das nochmals schlimmer aussehen, als es war. An ihrem Haar und ihrer Haut sah man ihr an, dass sie keinen gesunden Lebensstil hatte, beziehungsweise erzählte sie uns, dass ihr Stiefvater ihr nur die Reste von dem fettigen Fast Food gab.

Wir mussten nicht lange überlegen und nahmen sie in unsere Gruppe auf. Nach zwei Jahren bei uns blühte sie richtig auf, nahm zu und bekam wieder ein gesünderes Aussehen.

Dabei stellte sich heraus, dass sie um einiges mehr drauf hatte, als nur zu klauen. Man sah ihr nicht an, dass sie erst sechzehn war. Mit ihrem Aussehen täuschte sie viele der reichen Säcke und nahm diese aus wie eine Weihnachtsgans.

Innerhalb von wenigen Monaten konnten wir uns eine Zwei-Zimmerwohnung anmieten und waren somit runter von der Straße.

Wir überließen das Schlafzimmer Amira und teilten uns die ausziehbare Couch. Eines Nachts hatte sie einen Albtraum und bat mich, sich zu ihr zu legen. Von da an schlief ich jede Nacht bei ihr und wir kamen uns näher. Anfänglich unbeholfen und mit einer gewissen Vorsicht, aber irgendwann packte mich die Lust und ich führte sie in meine dunkle Welt.

Meine Vorlieben lebte und testete ich an ihr aus und sie unterwarf sich mir ohne Widerrede.

Bis heute gehört sie zu einer meiner engsten Vertrauten und daher gebe ich auch die Mädchen für meine Clubs in ihre Obhut.

»Seid ihr dann fertig?«, murrt Diego neben uns, welcher die ganze Szene mitansehen musste.

Ich lasse von Amira ab, und wende mich ihm zu. »Du kannst gerne mitmachen, wenn du möchtest« Ich zwinkere ihm zu, er verzieht jedoch angewidert sein Gesicht. Er übergibt unser Gepäck dem Flughafenpersonal und geht in Richtung Ausgang.

Amira und ich folgen ihm.

Draußen angekommen, wartet schon ein weißer Bentley auf uns. Ich lasse es mir nicht nehmen, gerne mal schöne Wagen auf meinen Geschäftsreisen anzumieten.

Diego nimmt hinter dem Steuer Platz und Amira und ich rutschen auf die Rückbank, um uns ein wenig zu vergnügen, ganz zum Ärger von Diego. Er findet es abartig, wenn wir vor ihm miteinander rummachen. Das konnte er damals schon nicht leiden und heute genauso wenig.

Immer wieder streicht Amira mit ihrer Hand auf meinem Oberschenkel auf und ab, bis hin zu meinem Schwanz. Dieser ist schon ganz hart und drückt schmerzlich gegen meine Hose. Sie flüstert mir unzählige schmutzige Dinge ins Ohr, bevor sie schlussendlich hineinbeißt.

Diese Frau weiß einfach, was sie tun muss, um mir einen Ständer zu verpassen.

Ich lasse es mir nicht nehmen und fahre mit meiner Hand langsam ihren Oberschenkel hinauf und unter ihr Kleid. Als ich ihren String beiseiteschiebe, fange ich langsam an, sie zwischen ihren Schamlippen zu streicheln. Sie belohnt mich mit einem leisen Stöhnen in mein Ohr, während sie meine Hose aufknöpft, um meinen erigierten Schwanz zu befreien.

Meinen Daumen drücke ich an ihre Klit, was sie leicht zusammenzucken lässt. Sie verwöhnt mich gekonnt, indem sie meine gesamte Länge in die Hand nimmt und mit langsamen, gleichmäßigen Bewegungen anfängt, diese auf und ab zu streichen.

Nun dringe ich mit zwei Finger in sie ein und stelle fest, dass sie mehr als bereit ist.

Zu Beginn bewege ich sie langsam und gleichmäßig, streiche ihr immer wieder mit dem Daumen über ihren empfindlichsten Punkt. Als ich mein Treiben beschleunige, passt auch sie das Tempo ihrer Hand an meinem Schwanz an.

Als ich merke, dass sich ihre Muskeln immer enger um meine Finger schlingen, weiß ich, dass es nicht mehr lange dauern wird, bis sie einen Orgasmus hat. Kurz bevor auch ich meinen Höhepunkt erreiche, bückt sie sich zu meinem Schwanz hinunter und fängt an, an ihm zu saugen. Ich kann mich nicht mehr zurückhalten und lasse meiner Lust freien Lauf.

Sie saugt alles aus mir heraus und schluckt mein Sperma brav hinunter. Als auch sie ihren Orgasmus erlebt, fängt sie mit meinem Schwanz im Mund an zu stöhnen. Mein Kopf fällt in den Nacken und ich lasse die angehaltene Luft entweichen.

Nach dieser kleinen Erfrischung wischt sich Amira mit einem Taschentuch über den Mund, um die Überreste meines Spermas zu beseitigen. Danach trinkt sie ein paar Schlucke Wasser und überprüft kurz ihr Make-Up im Taschenspiegel.

Auch ich mache meinen Schwanz sauber und packe ihn wieder weg, obwohl dieser noch halb erigiert ist. Ich richte meine Kleidung, als Diego mit einem Räuspern und einer finsteren Miene verkündet, dass wir am Hotel angekommen sind.

Ein Page hält uns die Tür auf und hilft Amira beim Aussteigen. Dabei bemerke ich, dass er sofort errötet, da sie ihm zu zwinkert und länger als nötig seine Hand in ihrer hält. Ein zweiter Bursche macht sich am Gepäck zu schaffen und bringt es in die Lobby. Wir folgen ihm.

An der Rezeption lächelt uns auch schon eine dunkelhaarige Schönheit mit honigfarbener Haut und Augen, so schön wie Bernsteine, entgegen.

»Wir haben zwei Zimmer auf Lopéz gebucht«, lässt Diego die Dame wissen. Diese klickt sich sofort durch die Reservierungen in ihrem Computer.

»Es wurden zwei Junior Suiten mit Kingsize Doppelbetten, sowie einem großzügigen Bad mit je einem Whirlpool auf dem Balkon gebucht. Ist das korrekt?« Dabei lächelt sie und ihre perfekten weißen Zähne kommen zum Vorschein. Ihr gieriger Blick, mit welchem sie Diego ansieht, entgeht mir nicht. Ihm anscheinend schon.

»Ja«, stimmt ihr Diego zu. Kurz und knackig, wie immer.

Sie überreicht uns je zwei Schlüsselkarten und ein Page führt uns zu unseren Zimmern.

Oben angekommen, ist klar, dass ich mir meines mit Amira teilen werde. Bevor Diego in seinem verschwinden kann, sage ich noch:

»Morgen früh um Punkt acht Uhr kommst du zu uns rüber und wir besprechen den Ablauf des Treffens mit Malik.«

Er nickt nur und die Tür schließt sich hinter ihm.

Amira zieht mich am Reverse meines Jacketts hinter sich her und mit ihrem Fuß stößt sie die Tür zu. Sofort entledigt sie mich meiner gesamten Kleidung, bevor auch sie komplett nackt vor mir steht.

Sie zerrt mich raus auf den Balkon, wo sich der Whirlpool befindet. Dieser ist schon eingelassen und das Wasser blubbert leicht vor sich hin.

Ich setze mich hinein, ziehe Amira auf meinen Schoß und unsere Lippen prallen hart aufeinander. Sie erwidert den Kuss und ich beiße ihr in die Unterlippe.

Ich liebe es, grob zu sein, und stehe auf den metallischen Geschmack von Blut. Das ist wie eine Droge für mich.

Gleichzeitig umfasse ich ihren Hintern mit meinen Händen und hebe sie ein Stück an, um sie langsam auf meine Erektion sinken zu lassen. Denn mein Ständer ist, nach der Session im Auto, nach wie vor präsent.

Langsam lasse ich sie Stück für Stück auf meinen Schwanz gleiten, um sie dadurch zu dehnen und auf meine gesamte Länge und Dicke vorzubereiten. Sie legt ihren Kopf in den Nacken und fängt dabei leicht an zu stöhnen. Ich spüre, wie sie sich langsam öffnet und bereit ist. Sie fängt an, sich leicht auf und ab zu bewegen und dabei wippen ihre perfekten D-Körbchen Brüste im Takt. Auch wenn sie mit einer Brustvergrößerung nachgeholfen hat, gefallen sie mir dennoch.

Bevor sie sich zu mir runterbeugt, um mich zu küssen, packe ich sie an der Hüfte und hebe sie von mir runter, um sie gleich umzudrehen, sodass ich sie von hinten nehmen kann.

»Halte dich am Wannenrand fest«, brumme ich ihr ins Ohr und sie tut sofort, was ich ihr sage.

Ich ziehe ihren Knackarsch zu mir heran, schiebe meine Eichel durch ihren Schlitz und drücke sie ein kleines Stück zwischen ihre Schamlippen.

»Bitte fick mich, Will. Bitte.« Mit ihren Worten drängt sie mir ihr Becken entgegen und zeigt mir so, dass sie alles von mir will.

Ich lasse sie etwas zappeln und wiederhole mehrmals das Spiel. Immer wieder dringe ich ein kleines Stück mit meinem Schwanz in sie ein, um dann gleich wieder zurückzuweichen. Ich beobachte das Spiel von ihren Schamlippen, wie sie sich um meine Härte schließen und diese immer wieder verschlingen und freigeben.

Langsam kann ich mich nicht mehr beherrschen und stoße ihn kräftig in sie hinein. Ein kleiner erstickter Schrei entweicht ihrer Kehle, da sie mit dem plötzlichen Stoß nicht gerechnet hat.

Mit meiner linken Hand fahre ich an ihrem Körper seitlich entlang, nach oben zu ihren Brüsten, um die linke zu kneten und kurz darauf ihre Brustwarze zwischen den Fingern zu zwirbeln.

Sie wirft ihren Kopf in den Nacken und dabei entkommt ihr immer wieder ein leises Stöhnen.

Ich ziehe sie hoch und presse meine Brust an ihren Rücken. Dabei greife ich mit einer Hand an ihren Hals und packe leicht zu. Mit der anderen Hand fahre ich zu ihrem Kitzler und reibe mit meinen Fingern darüber. Sie zuckt unter dieser Berührung zusammen und ich beiße ihr in den Nacken. Ich packe immer fester zu und beschleunige das Tempo. Sie keucht und japst nach Luft, während sie versucht, ihren Orgasmus laut hinauszuschreien.

Auch ich bin kurz davor und ramme ihr meinen Schwanz mit voller Wucht hinein. Ich drücke sie mit einer Hand wieder nach vorne, aber die zweite bleibt weiterhin mit einem festen Würgegriff an ihrem Hals, was ihre krächzenden Schreie endgültig unterdrückt. Ich weiß, dass ich sie so stark würge, dass sie wahrscheinlich bald das Bewusstsein verlieren wird.

Mit einem tiefen Knurren ziehe ich meinen pochenden Schwanz aus ihr heraus und ergieße mich auf ihrem unteren Rücken und dem Po.

Es ist nur einer Frau vergönnt, mein Sperma in sich zu haben! Denn ich lasse mir bestimmt kein Kind von Amira andrehen. Auch wenn sie die Pille nimmt und sich monatlich auf alle Krankheiten testen lässt, will ich nichts riskieren.

Ich spüre, wie ihr Körper in meinen Händen immer schwerer wird. Sie ist durch meinen groben und festen Griff an ihrem Hals in die Bewusstlosigkeit gefallen. Daher hebe ich sie auf meine Arme, verlasse den Whirlpool und trockne sie, so gut es mir möglich ist, ab, um sie ins Bett zu legen.

Sie ist erschöpft, immerhin habe ich sie ohne Rücksicht penetriert und bewusstlos gewürgt.

Ich stelle mich noch schnell unter die Dusche, wasche mir den anstrengenden Flug, den Schweiß und mein Sperma ab, putze mir die Zähne und lege mich neben Amira auf meine Seite des Bettes.

Auch wenn ich den sexuellen Kontakt mit Amira liebe, möchte ich sie danach nicht in meinen Armen halten. Ich kuschle nur mit einer Frau und die bekommt von der ganzen Scheiße hier nichts mit. Nur mit Joana in meinen Armen eingekuschelt, kann ich einen erholsamen Schlaf finden.

Ich starre aus dem Fenster. Die Nacht ist klar und friedvoll, aber die Schuldgefühle und Gewissensbisse halten mich wach. Irgendwann fallen mir dann doch die Augen zu und ich hoffe, dass ich ein paar Stunden ohne Albträume schlafen kann.

Kapitel sechs

Diego

Als Kind träumte ich davon, ein Leben zu führen, wie es die reichen und elitären Leute tun. Ein Leben ohne Sorgen und Probleme, nicht nur um meinetwillen, sondern auch für meine Mutter.

Nun bin ich dreiunddreißig und habe einen gewissen Lebensstandard erreicht. Ich besitze ein Anwesen in Mexico, welches ich mein Eigen nennen darf, und habe keine Geldsorgen, auch wenn der Weg dorthin nicht ganz legal war.

Jeden Tag erinnern mich meine Narben auf der Brust und an den Schultern daran, wie ich zu all dem gekommen bin. Ich fügte mir diese selbst zu, aber anders hätte ich die Scheiße nicht überlebt. Mit jedem Schnitt verlor ich einen Teil meiner Seele. Verlor sie an den Teufel höchstpersönlich, dem ich morgen gegenübertreten muss.

Sowohl er als auch meine Mutter sind daran schuld, zu welchem Menschen ich heute geworden bin. Ein hasserfüllter Mensch, der nicht im Stande ist zu lieben.

Ich darf nicht länger an die Vergangenheit denken, denn mein inneres Monster, das ich seit meinem letzten Befehl, einen Menschen zu töten, weggesperrt habe, erwacht sonst aus seinem langen und tiefen Schlaf. Denn mit der Übernahme der Clubs, endete auch das Töten.

Als ich die Tür der Hotelsuite mit meiner Schlüsselkarte öffne, staune ich nicht schlecht.

Ein großer Kleiderschrank mit verspiegelten Schiebetüren befindet sich im schmalen Vorraum. Eine dunkle Holztür führt in ein großzügiges Badezimmer, das am Boden und teilweise an den Wänden mit weißem Marmor besetzt ist. Ein Doppelwaschbecken mit goldenen Armaturen und einem großen Spiegel befindet sich gegenüber von der Tür. Die Toilette ist durch eine räumliche Trennung vom Rest abgeschottet und eine Dusche mit verglasten Wänden und einem Wasserfallduschkopf befindet sich in einer Ecke.

Es ist für mich noch immer unerklärlich, wie Geld die Gesellschaft spalten kann. Wie Geld darüber entscheidet, wer du bist und wer du sein kannst. Was du dir leisten kannst und was nicht. Für mich hätte es auch ein einfaches Hotelzimmer für den Standardtouristen getan, aber William legt darauf Wert, wo und in welcher Zimmerkategorie wir residieren. Daher nur das Beste für den *Prince*. Ich sollte ihm vielleicht mal wieder vor Augen führen, wo er herkommt, und dass das nicht alles selbstverständlich ist, was wir jetzt haben.

In der Suite befinden sich ein Kingsize Bett mit einem Polsterkopfteil, ein großer Flachbildfernseher und ein Sofa mit einem Couchtisch aus dunklem Holz.

Ich setze einen Fuß auf den Balkon und erblicke den Whirlpool, welcher sich in der Ecke vor dem bodentiefen Fenster befindet. In Dubai scheint jeden Tag die Sonne und die Tagestemperaturen liegen fast immer auf hochsommerlichem Niveau. Dadurch erhitzt sich tagsüber der Stadtteil so sehr, dass auch jetzt am Abend die Luft stickig und schwül ist. Nichtsdestotrotz ist die Skyline atemberaubend.

Wie gerne würde ich jetzt mit einer guten Flasche Wein diesen Ausblick aus dem Whirlpool genießen und mit einer Frau auf meinem Schwanz.

Plötzlich dringen von dem Balkon nebenan leise Stöhngeräusche herüber und ich kann nur die Augen verdrehen.

Sie treiben es nicht ernsthaft im Whirlpool!?

Da ich dieses Spektakel nicht mitanhören möchte, gehe ich wieder hinein und schließe die Balkontür. Ich ziehe mein Handy aus der Hosentasche und schaue auf das Display. Die Uhr zeigt bereits fast Mitternacht an. Durch die Zeitverschiebung von neun Stunden wäre es jetzt erst drei Uhr nachmittags in Mexico City. Eigentlich noch überhaupt nicht die Zeit, um schlafen zu gehen. Da ich aber im Flieger nicht wirklich ein Auge zugemacht habe, muss ich das jetzt nachholen.

Als ich geduscht und mit geputzten Zähnen das Badezimmer verlasse, lege ich mich in das große Bett. Hätten wir doch damals einfach dort weitergemacht, worin wir gut waren. Aber wo wären wir dann heute?

Vor zehn Jahren hatten William, Amira und ich die glorreiche Idee, eine von Maliks Geldwäschefabriken in Mexiko zu überfallen. Malik ist der Anführer eines Kartells, in dessen Fänge man lieber nicht geraten möchte. Doch so jung, dumm und naiv wie wir waren, wollten wir nur eines: Geld. Die Informationen, die wir von einem Straßenjungen, nach Bezahlung, erhielten, ließen uns in eine Falle laufen.

Will saß im Fluchtwagen und bekam nur alles durch Amiras Handy mit, das sie mit einem aktiven Anruf zu ihm eingesteckt hatte. So konnte er schnell agieren und uns im Falle einer Flucht abholen. Doch leider war es für eine Flucht zu spät. Wir wurden von Malik und zwei seiner Männer geschnappt und vor die Wahl gestellt: Entweder sollten wir für ihn arbeiten, oder er würde mir eine Kugel in den Kopf jagen und Amira an irgendeinen schmierigen Kerl verkaufen.

Wir hatten zwar Waffen dabei, diese dienten allerdings nur zu unserem Schutz. Mit ihnen hatten wir noch nie auf einen Menschen schießen müssen, bis Malik andere Pläne für mich hatte.

Bevor ich noch länger in meinen Erinnerungen herumwühle, stelle ich mir einen Wecker und schließe die Augen.

Am nächsten Morgen klopfe ich um Punkt acht Uhr an die Tür von Williams und Amiras Zimmer.

Ich trage einen schwarzen Anzug mit einem weißen Hemd, wobei ich die beiden obersten Knöpfe nicht geschlossen habe. Ich mag es nicht, eingeengt zu werden, weder von meiner Kleidung, noch von Frauen. Ich bin nicht dieser Beziehungstyp. Ich will einfach nur harten, von Lust erfüllten Sex. Auch mit dem einen oder anderen Spielzeug.

Das bin ich.

Dank meiner Vergangenheit komplett gestört.

Meine Mutter war eine Hure und irgendeiner ihrer Freier mein Vater. Immer, wenn meine Mutter diese am Abend bei uns zu Hause empfing, musste ich in meinem Zimmer bleiben und durfte keinen Schritt herauswagen. Dafür bekam ich dann vorm Einschlafen eine heiße Schokolade. So fiel ich schneller in einen tiefen Schlaf und bekam von den Geräuschen zwei Türen weiter nichts mit. Ich hasste es, und war immer froh, wenn ich bei unserer Nachbarin Sofia sein durfte.

Sie wusste, was meine Mutter war, und nahm mich so oft es ihr möglich war zu sich, um mir ein halbwegs normales Kinderleben zu ermöglichen. Wenn ich bei Sofia war, konnte ich ein kleiner normaler Junge sein. Ich erinnere mich an jeden Moment mit ihr, nur an die eine Nacht, die alles veränderte, kann ich mich nur bruchteilhaft erinnern. Ich weiß nur, dass ich an ein kirchliches Waisenhaus übergeben wurde und meine Mutter nie wiedersah. Oder Sofia. Was der Grund dafür war, weiß ich nicht mehr.

Unsere Seele hat einen Abwehrmechanismus, der schmerzliche Erfahrungen unterbindet. Das ist gut so. Aber nicht immer. Manchmal beginnen verdrängte Bewusstseinsinhalte zu "eitern". Dann werden wir krank. So wie auch ich. Fast jede Nacht habe ich denselben Traum von gesichtslosen Menschen und einem kleinen Jungen. Es sind Schreie zu hören und der Junge verlässt mit Mr. Teddy seinen sicheren Ort, um jemandem zur Hilfe zu kommen. Dabei wird er gepackt, ein Atem aus Alkohol und Zigaretten trifft ihn, welcher ihn würgen lässt. Danach spürt er Schmerzen an seinem ganzen Körper und Mr. Teddy presst er mit letzter Kraft an sich und schläft ein.

Es dauert nicht lange, bis mir Amira mit einem BH und String bekleidet die Tür öffnet. Bevor ich eintreten und an ihr vorbeigehen kann, hält sie mich am Handgelenk fest. »¡Buenos dias, mein Hübscher«, säuselt sie mir dabei ins Ohr.

Ich entreiße ihr meine Hand und werfe ihr einen bösen Blick zu. »Du kannst vielleicht William um den Finger wickeln, aber bei mir funktioniert das nicht. Du musst dir schon was Besseres einfallen lassen.«

Mit diesen Worten lasse ich sie stehen und steuere auf das Sofa zu, auf dem ich Platz nehme. Sie schnaubt nur, schließt die Tür und legt sich lasziv aufs Bett, während Will, nur mit einem Handtuch um seine Hüfte, aus dem Badezimmer kommt.

»Ah du bist schon da, sehr schön. Pünktlich wie ein Uhrwerk.« Er entledigt sich, mit dem Rücken zu uns gewandt, dem Handtuch und zieht sich eine enge Boxershorts, sowie Jeans und T-Shirt an.

»Wie sieht der Ablauf aus?«, will ich wissen und lege den linken Fußknöchel auf den rechten Oberschenkel.

Ich bin zwar der Geschäftsführer auf dem Papier, aber im Grunde habe ich keine Ahnung, wie man ein Unternehmen führt. Ich denke, dass ich ohne William das Ganze an den Rand des Ruins getrieben hätte. Nur durch seinen Verstand und seine Gelder haben wir mit den Clubs ein höheres Ansehen erreicht. Ich stehe so tief in seiner Schuld, dass ich es mit keinem Geld der Welt zurückzahlen könnte. Doch ich weiß auch, dass er dafür nie eine Entschädigung oder etwas anderes verlangen würde. Er ist mein Bruder, und Brüder halten zusammen.

»Ihr trefft euch um zehn Uhr mit Malik in seiner Suite im Burj al Arab. Ich werde mich im Hotel an die Bar setzen und mich im Hintergrund halten. Ich werde alles über die Abhörsoftware auf deinem Handy mitanhören. Amira wird dich begleiten. Immerhin muss sie sich die neuen Mädchen ansehen und entscheiden, ob sie für den Club geeignet sind.«

»Wie willst du zu dem Treffen gelangen? Immerhin kannst du ja schlecht bei uns im Bentley mitfahren«, fragt Amira, während sie sich vom Bett erhebt, um sich ihr Kleid anzuziehen.

»Dafür habe ich schon gesorgt. Ein kleiner unauffälliger Wagen wartet bereits unten auf mich, in dem ich euch mit genügend Abstand folgen werde.«

Als die beiden endlich fertig sind, fahren Amira und ich im Aufzug in die Lobby. Will folgt uns unauffällig, mit einem gewissen Abstand.

Ein Page übergibt mir die Schlüssel und hält Amira die Wagentür auf. Ich richte den Rückspiegel, sodass ich Will sehen kann, wie er weiter hinten in seinen Wagen steigt.

Die ganze Fahrt über schweigen wir uns an und ich halte im Rückspiegel immer wieder nach Wills Wagen Ausschau. Kurz bevor wir dieses beeindruckende Hotel erreichen, sage ich zu Amira:
»Das Reden überlässt du mir. Auch wenn du gefragt wirst, lässt du mich antworten. Du kümmerst dich nur um die Mädchen, verstanden?«
Amira gibt ein künstliches Lachen von sich.
»Diego, wir machen das nicht zum ersten Mal. Du brauchst mich nicht jedes Mal daran erinnern. Ich lasse mir zwar das Hirn rausvögeln, aber ich bin nicht dumm.«
Ja. Wir machen das hier nicht zum ersten Mal, aber trotzdem ist es nie dasselbe. Jedes Mal krampft sich mein Magen zusammen und am liebsten würde ich umdrehen und abhauen. Einfach fort und den ganzen Scheiß hinter mir lassen.
Doch Malik würde mich überall auf dieser Welt finden und zurück auf den Stuhl setzen.
Ich kann mich noch genau an seine Worte erinnern, als er mir das Unternehmen überschrieben hat:
»Du hast dich von dem einst so wilden Jungen zu einem richtigen Mann entwickelt. Ich bin stolz auf dich, was aus dir geworden ist. Du bist wie ein Sohn für mich, den ich nie hatte, und ich weiß, dass meine Clubs bei dir in guten Händen sein werden.«
Ich wollte nie der Besitzer von diesen Etablissements sein. Ich wollte einfach nur genug Geld besitzen, um meinem Leben einen Sinn zu geben. Ich wollte einem ehrlichen Beruf nachgehen, Frau und Kinder haben.

Stattdessen bekam ich ein legales Unternehmen für lau, aber mit illegalen Machenschaften. Wieder müsste ich mir Frauen aussuchen, um diese in den Clubs einzusetzen. Das war der Deal mit Malik.

Dem Teufel von Mexico.

Kapitel sieben

Beim Hotel angekommen, wird mir von einem Angestellten des Parkservice die Tür aufgehalten. Ich steige aus, gebe ihm die Schlüssel und umrunde den Wagen, um Amira die Tür zu öffnen. Dabei sehe ich mich unauffällig nach Wills Wagen um und entdecke ihn auf der gegenüberliegenden Straßenseite.

Ich reiche Amira meine Hand, die sie dankend annimmt, und helfe ihr beim Aussteigen.

Wir betreten die große Lobby und kündigen uns bei der Rezeptionistin an. Zwei von Maliks Leuten holen uns ab, um uns in seine Suite zu begleiten. Kurz bevor sich die Aufzugtüren schließen, betritt William die Lobby und steuert auf die Bar zu.

Es war klar, dass Malik sich ausgerechnet die beste Suite ausgesucht hatte. Wir werden von zwei knapp bekleideten Damen – oder besser gesagt seinen Huren - in Empfang genommen, welche uns durch ein großzügiges Esszimmer hindurch, in die angrenzende Bar mit Lounge-Bereich bringen.

Wir setzen uns auf eines der Ledersofas, während uns ein Barkeeper zwei Cocktails serviert. Kurz darauf schwingt die große Flügeltür zu unserer Rechten auf und Malik, flankiert von zwei

Hünen, betritt die Lounge. Wir erheben uns und Malik reicht mir die Hand.

»Wie geht es dir, Malik?«, erkundige ich mich nach seinem Wohlbefinden.

»Schön, dich wieder zu sehen, mein Junge. Es könnte mir nicht besser gehen. Wie laufen denn die Vorbereitungen für den Club?«

Mein Junge. Wie ich es hasse, dass er mich so nennt.

»Sie laufen auf Hochtouren, aber heute werden wir nochmal die Baustelle besichtigen. Wenn wir dann noch die restlichen, offenen Punkte heute klären können, dann steht der planmäßigen Eröffnung in drei Wochen nichts im Weg.«

»Bitte setzt euch«, sagt er und deutet mit einer Handbewegung Richtung Sofa. Wir setzen uns wieder und ich kann Amiras Anspannung spüren. Sie hasst diesen Drecksack genauso sehr wie ich.

»Wie ich sehe, wurdet ihr schon versorgt. Amado!«, brüllt er und der Kellner von vorhin kommt mit hastigen Schritten auf uns zu. »Bringe mir einen Whiskey on Ice.«

Der junge Mann nickt und verschwindet in Richtung Bar.

Reist er immer mit seinen eigenen Angestellten, die ihm hinterherputzen und ihn bedienen? Der alte Drecksack hat einfach zu viel Geld.

»Nun, Malik. Du wolltest noch den einen oder anderen Punkt mit uns besprechen. Welche wären das denn?«, möchte ich wissen.

Amado stellt das Glas mit der braunen Flüssigkeit vor Malik, der unverzüglich einen Schluck nimmt. Seine schwieligen und vernarbten Hände lassen erahnen, was er bisher schon alles erlebt haben muss. Um seine Augen haben sich schon einige Falten gebildet und das silbrige Haar, das er nach hinten gegelt trägt, zeigt, dass das Rad der Zeit vor niemandem Halt macht. Einzig der jugendliche Schalk in seinen unheimlich grünen Augen ist der Beweis, dass er sich nicht so alt fühlt, wie er ist. Niemand weiß, wie alt er tatsächlich ist, aber ich würde ihn auf Anfang fünfzig schätzen.

»Du kannst gehen.« Er deutet mit einer wegwischenden Handbewegung an, dass Amado verschwinden soll. Dann richtet sich seine Aufmerksamkeit auf mich. »Diego, so wie du bist und ich dich kenne, immer gleich auf den Punkt kommend.« Er schmunzelt mit den Lippen an dem Glas und nimmt noch einen Schluck. »Ich habe folgende Bedingungen: meine Männer sollen uneingeschränkten Zutritt zu dem Club bekommen. Eine Art nie-endende-Mitgliedschaft. Sie sollen zu jeder Tages- und Nachtzeit kommen können. Ebenfalls möchte ich, dass einer meiner engsten Vertrauten im Club arbeitet, da du ja nicht in allen gleichzeitig sein kannst.«

»Und wer soll das sein?«, möchte ich wissen.

»Stefano natürlich. Da du jetzt nicht mehr für mich tätig bist, ist er meine neue Nummer eins.« Die letzten Worte sagt er mit einer schnalzenden Zunge. Ich weiß, dass er ein klein wenig enttäuscht darüber ist, da ich, neben Stefano, sein bester Killer war. Diesen Typen kann ich auf den Tod nicht ausstehen. Von Anfang an gab es ein Kräftemessen zwischen uns.

Wer kann besser mit der Waffe umgehen?

Wer ist grausamer beim Töten und wer hat den dicksten Schwanz in der Hose?

Das Leben in Mexico ist hart, vor allem wenn man nicht mit dem goldenen Löffel im Mund geboren wurde. Daher bleibt einem nur eins – sich fügen und das Beste daraus machen.

Meinen allerletzten Auftrag musste ich mir mit Stefano teilen, da dieser eine heikle Angelegenheit war. Wir mussten eine Richterin und ihren Mann ausschalten, die sich beide über Jahre im Zeugenschutzprogramm befanden, nachdem sie versucht hatte, Malik in den USA hinter Gitter zu bringen. Es gab dreizehn Anklagepunkte, darunter waren Drogenhandel, Missbrauch und Körperverletzung. Für jeden dieser hätte ihm der Prozess gemacht werden sollen, doch Malik hat auf der ganzen Welt seine Finger im Spiel und so auch in der Politik von Amerika. Nach der gescheiterten Verhandlung drohte er der Richterin, dass er ihr das Leben zur Hölle machen und sie und ihren Mann später umbringen würde.

Erst nach über zwanzig Jahren machte er sie ausfindig und unterzeichnete ihr Todesurteil. Ich habe nur das Auto manipuliert, sodass es aussah, als hätten die Bremsen versagt, aber Stefano musste es ja übertreiben und sie zusätzlich gewaltsam von der Straße drängen. An das knirschende Geräusch von Metall erinnere ich mich bis heute.

»Stefano wird immer vor Ort sein, sofern er nicht einen Auftrag erhält, dann wird ein anderer meiner Männer alles im Blick behalten und einschreiten, wenn es notwendig ist. Schließlich muss ich meine Investitionen im Auge behalten. Woraufhin wir schon beim nächsten Punkt wären.« Er deutet mit einem kurzen Wink zu der Flügeltür, und seine Männer öffnen diese daraufhin. Den Raum betreten fünf junge und spärlich bekleidete Frauen.

»Ich möchte, dass diese fünf bezaubernden Dinger im Club arbeiten. Sie hier ...« Er winkt die größte der fünf zu sich, welche sich sofort in Bewegung setzt. » ... soll hinter der Bar arbeiten. Sie hat so hässliche Narben auf ihren Oberschenkeln, dass sie für Sessions nicht in Frage kommt.« Er hebt ungefragt ihr Kleid an und entblößt ihre von Narben gezeichneten Oberschenkel. Bei seinen Berührungen zuckt sie leicht zusammen, aber unterdrückt den Drang, seine Hand wegzuschlagen.

Ich betrachte die Frau eingehend, welche den Kopf mit einem devoten Blick noch immer gesenkt hält. Sie ist schlank, hat lange straffe Beine und ihre Brüste sind ein perfektes B-Körbchen. Durch den nach vorne geneigten Kopf wird ihr Gesicht durch die Schwärze ihres langen und dichten Haares verdeckt. Lediglich ihre vollen Lippen kann ich erkennen.

Schade, dass so ein hübsches, junges Ding wie sie entstellt ist. Einige unserer Mitglieder wären sicher an ihr interessiert. Gerne hätte auch ich diese Lippen um meinen Schwanz gesehen.

Malik gibt einem der beiden Männer ein Zeichen, woraufhin dieser die junge Frau zurück in die Reihe zerrt.

»Bei den anderen vieren möchte ich, dass sie im Club eingesetzt werden. Sie sollen an den Stangen tanzen und die Mitglieder bezirzen, auch in privaten Sessions. Sie haben bereits mit ein paar meiner Männer Bekanntschaft gemacht. Da ich heute noch nach Barcelona weiterfliegen werde, nehme ich sie mit, damit sie ersten Erfahrungen sammeln können. So stellen sie sich dann später nicht allzu unbeholfen an. Alle vier sind devot und daher die perfekten Subs. Du da, herkommen«, sagt er und deutet auf die kleinste der fünf, welche auf Malik zugeht und vor ihm stehen bleibt.

Er zieht sie ziemlich unsanft auf seinen Schoß, schiebt ihr Kleid nach oben und rammt ihr ungefragt einen Finger in die Pussy. Sie bewegt sich kein bisschen, sondern lässt die Penetration über sich ergehen. Er fingert sie vor unserer aller Augen und keiner von uns weiß so recht, wo er hinsehen soll.

Plötzlich stößt er sie von seinem Schoß und sie fällt unsanft zu Boden. Einer der Männer zerrt sie auf ihre Beine und zurück zu den anderen.

Malik wischt sich seinen Finger an einem Stofftaschentuch ab, dass er aus seiner Sakkotasche nimmt. Es ist deutlich zu sehen, dass er eine enorme Beule in der Hose hat.

Schnell wende ich den Blick ab und sehe mir die anderen Frauen genauer an. Alle sind unterschiedlicher Herkunft mit unterschiedlicher Haut- und Haarfarbe. Jede hat ihre gewissen Vorzüge. Die eine, welche auf Maliks Schoß gesessen hat, hat ordentliche Rundungen, die andere wiederum einige Tattoos und die beiden letzten dürften eineiige Zwillinge sein.

Mit den beiden möchte ich definitiv eine Session abhalten.

»Mit Verlaub. Wenn Amira darf, würde sie sich gerne mal alle Mädchen genauer ansehen.«

Malik leert sein Glas und wedelt mit seiner Hand in Richtung der Frauen. Amira erhebt sich vom Sofa und stellt sich vor diese. Sie begutachtet ihre Gesichter, die Zähne und ihre Körper.

Wenn sie für uns arbeiten sollen, müssen sie einiges aushalten, denn unsere Mitglieder haben unterschiedliche Vorlieben und schwache Frauen können wir nicht gebrauchen.

Als Amira fertig ist, setzt sie sich wieder neben mich und flüstert mir ihre Fragen und Forderungen ins Ohr.

»Wurden sie alle ärztlich untersucht und haben sämtliche Tests hinter sich?«

»Diego. Ich würde dir niemals Frauen anbieten, welche nicht den kompletten Gesundheitscheck bestanden hätten«, gibt er schon fast enttäuscht von sich und legt seine Arme hinter sich auf die Rückenlehne.

»Gut. Wenn sie für uns arbeiten sollen, müssen sie sich einmal im Monat ärztlich untersuchen lassen, keine Drogen zu sich nehmen und sich komplett enthaaren lassen. Sobald bei dem ärztlichen Test irgendeine Unstimmigkeit festgestellt wird oder wir sie mit Drogen erwischen, sind sie raus. Endgültig! Ebenso müssen sie eine Verschwiegenheitsvereinbarung unterzeichnen, denn unsere Mitglieder werden diskret behandelt und sie müssen sich darauf verlassen können, dass nichts von dem nach außen dringt, was in den Clubs passiert.«

»Dann sind wir im Geschäft.« Mit diesen Worten streckt mir Malik seine rechte Hand entgegen und ich schlage ein.

Gott sei Dank hat er das Mädchen mit der linken Hand bearbeitet, denke ich mir und muss einen leichten Seufzer unterdrücken.

»Und, wann wird man dich mal wieder in Barcelona antreffen?«, fragt er mich, während er den Vertrag unterzeichnet.

»Ich denke, vielleicht nächstes Wochenende«, gebe ich gelassen von mir und setze auch meine Unterschrift auf das Dokument.

»Schade. Ich bin nur dieses in der Stadt. Dann hättest du eines dieser bezaubernden Dinger testen können. So wie in alten Zeiten, mein Junge.« Malik klopft mir zustimmend auf meine Schulter.

Noch so eine Sache, die ich versuche zu verdrängen – Nötigung. Wie oft mich dieser Wichser mit einer seiner unzähligen Investitionen hat schlafen lassen. Er wusste, was für Neigungen ich in Bezug auf Sex habe, und wollte, dass ich das Gleiche mit seinen Frauen mache. Wenn ich das nicht täte, würde er Amira etwas antun. Ich wusste, dass es ein Fehler war, sie in unsere Reihen mit aufzunehmen. Sie wird immer das perfekte Druckmittel sein.

»Ich für meinen Teil werde die ein oder andere schon während des Flugs genauer betrachten«, gibt er mit einem tiefen Grunzen, gefolgt von einem Lachen, von sich.

Mann, wie ich dieses schmierige Arschloch hasse.

Im Aufzug entspannen sich Amira und ich sichtlich. Vor allem Amira, denn sie hat die ganze Zeit eine angespannte Haltung eingenommen und wie versteinert neben mir gesessen.

Unten angekommen, sehe ich, wie Will das Hotel in Richtung seines Wagens verlässt. Auch wir holen unseren beim Parkservice ab und fahren zurück.

»Die Frauen machten einen guten ersten Eindruck. Natürlich werden wir erst bei der Eröffnung des Clubs sehen, ob sie auch was taugen. Aber Malik geht immer erbarmungsloser mit diesen jungen Dingern um. Ich musste echt meine Wut runterschlucken und mich zurückhalten«, durchbricht Amira die Stille im Wagen.

Wenn du wüsstest, was er noch alles so mit ihnen anstellt, denke ich mir, aber antworte ihr nicht.

Stattdessen blicke ich stur geradeaus und meine Hände packen das Lenkrad so fest, dass die Fingerknöchel weiß hervortreten. Das war noch harmlos. Ich heiße das nicht gut, was da abgegangen ist, aber wenn ich mich nicht füge und die Vereinbarungen einhalte, kann es ganz schnell ganz schön unangenehm werden.

Im Hotel begeben wir uns sofort in Williams Zimmer. Dieser empfängt uns schon mit zwei gefüllten Champagnergläsern an der Tür.

»Kommt rein. Wir haben den erfolgreichen Abschluss dieses Geschäfts zu feiern.« Jedem von uns drückt er ein Glas in die Hand und geht voraus. Amira folgt ihm und stellt ihr Glas am Couchtisch ab, bevor sie sich in seine Arme wirft und ihn küsst. Auf dem Weg ins Zimmer fängt mein Handy an zu vibrieren. Ich nehme es aus der Innentasche meines Sakkos und gehe, ohne einen Blick auf das Display zu werfen, ran.

»Boss. Wir brauchen dich hier in Barcelona. Einer unserer Securitys ist ausgefallen und jemand muss drinnen im Club die Augen offenhalten«, spricht José in einem etwas aufgebrachten Ton. Er ist meine rechte Hand, vertritt mich und betreut den Club in Barcelona, wenn ich mal wieder auf Reisen bin oder einfach keine Lust habe. Und er ist auch einer der wenigen, die über die ganze Sache Bescheid wissen.

»Bleib kurz in der Leitung.« Ich lege ihn in die Warteschleife und checke schnell die Flüge. Als ich den passenden gefunden habe, hole ich ihn wieder ans Handy. »Okay, José. Der nächste Flieger geht in drei Stunden. Wenn ich den nehme, werde ich dann voraussichtlich gegen halb neun abends landen und noch rechtzeitig da sein. Bis später.« Ich lege auf, trinke das Glas in einem Schwung aus und unterbreche die Turteltauben jedoch nur ungern.

»William, José braucht mich in Barcelona, da jemand ausgefallen ist. Ich werde den nächsten Flieger nehmen.«

»Tu, was du nicht lassen kannst, aber verausgab dich nicht an meinen Frauen. Schließlich gibt es die nicht umsonst«, sagt er zwischen Amiras Küssen und winkt mir zum Abschied.

Ich stelle mein Glas am Couchtisch ab und gehe in mein Zimmer, um den Koffer zu packen. In der Lobby angekommen, gebe ich meine Schlüsselkarte ab und bestelle mir bei der Dame an der Rezeption ein Taxi zum Flughafen.

Innerhalb von einer halben Stunde bin ich am Flughafen, buche den Flug, gebe mein Gepäck auf und marschiere geradewegs zum Check In.

Ich nehme meinen Platz in der Business Class ein.

Die hübsche Flugbegleiterin, welche mich beim Einstieg in das Flugzeug kokett angelächelt hat, reicht mir zur Begrüßung ein Glas Champagner. Mit einem Zwinkern nehme ich es entgegen und sie fängt an zu kichern. Als wir uns bereits in der Luft befinden, suche ich die Flugbegleiterin, um sie in der nächsten Toilettenkabine zu vögeln.

Befriedigt begebe ich mich zurück auf meinen Platz und verbringe den Rest des Fluges schlafend, denn ich habe noch eine lange Nacht vor mir.

Kapitel acht

Joana

Am Flughafen angekommen, warten schon ein schwarzer SUV und ein Transporter in derselben Farbe, mit verdunkelten Scheiben und etwas zwielichtigen Typen auf uns. Skeptisch blicke ich aus dem kleinen Fenster des Jets. »Suzy, bist du dir sicher, dass wir hier richtig sind?«, frage ich sie leicht verunsichert.

Ungehindert dessen, dass wir noch sitzen bleiben und darauf warten sollen, bis wir zum Stehen kommen, schnallt sich Suzy ab und kommt zu mir herüber. Nun blickt auch sie aus meinem Fenster.

»Ja, wir sind auf dem Flughafen von Barcelona und der Typ mit der Sonnenbrille und dem schwarzen Anzug ist Roberto. Er ist ein Angestellter der Sicherheitsfirma und begleitet uns immer auf Auslandsreisen. Die anderen sind seine Männer.« Sie nimmt wieder Platz und lächelt mich an »Was dachtest du denn, wer die sind?«

»Na ja. Die beiden Wagen machen nicht gerade einen positiven Eindruck, zumal man immer wieder in diversen Filmen und Serien sieht, wenn jemand entführt wird, dass es sich meistens um solche da handelt«, sage ich und deute zwischen den beiden Autos hin und her. »Und die Typen machen das Ganze auch nicht besser.«

»Man merkt, dass du eindeutig zu viel Zeit allein verbringst. Du solltest weniger deine Serien schauen und mehr unternehmen, dann kommst du nicht auf solche Gedanken«, sagt Suzy und deutet mit ihrer Hand auf den Transporter, bei welchem sich noch immer meine Nackenhaare aufstellen.

Mag gut möglich sein, dass ich zu viel Zeit mit Netflix und Co verbringe, aber wer kann es mir verübeln? Es gibt einfach so vieles, das man gesehen haben muss.

»Der Transporter wird, während wir Barcelona erkunden, unser Gepäck ins Hotel und all meine Kleider für heute Abend zur Location bringen. Der SUV, samt Fahrer und Roberto, wird uns für den gesamten Aufenthalt zur Verfügung stehen, egal wo wir hinwollen. Eine kleine Aufmerksamkeit von Philippe.«

Ihre Worte beruhigen mich schlussendlich doch und nachdem wir endlich stehen und den Jet verlassen können, begeben wir uns zum SUV. Der Mann im Anzug und Sonnenbrille öffnet uns die Tür und stellt sich mir lächelnd als Roberto vor. Okay, er ist mir sympathisch.

Als wir auf der Rückbank Platz genommen haben, telefoniert Suzy mit Philippe und erzählt ihm von dem Flug und was wir uns alles ansehen werden. Sofort falle ich meinen Gedanken zum Opfer und wünsche mir, dass auch ich jetzt gerne mit jemandem darüber reden würde. Dass sich auch um mich jemand Gedanken macht.

Warum kann Will mich auch nicht einmal anrufen oder zumindest eine SMS schreiben und fragen, wie es mir denn so geht und ob wir einen guten Flug hatten?

Der Flug war sehr angenehm, Turbulenzen gab es keine und das Personal betreute uns sehr gut. Nachdem wir unsere Flughöhe erreicht hatten, servierte man uns ein Abendessen. Danach bekam ich von Suzy eine kleine Führung durch den kompletten Jet. Im hinteren Bereich befanden sich ein richtiges Schlafzimmer, sowie eine kleine Küche und ein vollausgestattetes Badezimmer. Nach der kleinen Führung begaben wir uns zurück zu unseren Plätzen und funktionierten unsere Sitze zu Betten um. Wir schliefen einige Stunden und kurz vor dem Landeanflug machten wir uns beide ein wenig zurecht und zogen uns um.

Das alles möchte ich gerne in eine SMS packen, aber schlussendlich entscheide ich mich dafür, dass ich William kurz schreibe, dass es mir gut geht und wir schon gelandet sind.

»Danke, dass du mich begleitest, Joana.«

Suzys Stimme reißt mich aus meiner Tagträumerei. »Was?«

»Joana, ich habe gesagt: Danke, dass du mich begleitest. Wo bist du nur schon wieder mit deinem Kopf?«, fragt sie mich mit einem leicht besorgten Blick.

»Entschuldige, Suzy. Ich habe nur daran gedacht, dass mir William noch nicht geschrieben hat. Aber das ist jetzt nicht so wichtig«, sage ich. »Dafür, dass ich dich begleite, brauchst du dich nicht zu bedanken. Ich sollte mich eher bei dir bedanken, dass du mich mitgenommen hast, denn ansonsten wäre ich vermutlich zu Hause versauert.«

Suzy greift nach meiner Hand und drückt sie einmal. »Weißt du, ich habe dich sehr lieb, Joana. Ohne dein und Philippes Gutzureden hätte ich nie den Schritt in die Selbstständigkeit gewagt. Und ohne deine Hilfe, ein paar stille Gesellschafter zu finden, die in meine Modelinie investieren möchten, wäre ich jetzt nicht hier und würde diese unglaubliche Modenschau heute Abend geben.«

Bevor ich Suzy kennengelernt habe, war sie nur die Frau eines reichen Geschäftsmannes ohne wirklich zu arbeiten. Sie erzählte mir, dass sie sich das Nähen selber beibrachte und Einzelstücke schneiderte, entweder für sich oder für ihre Freundinnen. Suzy konnte davon nicht leben und so hatte sie noch einen Job als Modeberaterin in einer großen Kaufhauskette, wo sie schließlich Philippe kennenlernte.

Suzy erzählte mir, dass sie seit der Hochzeit nicht mehr zu arbeiten brauchte, aber ihr es trotzdem fehlte. Daran ist aber nicht Philippe schuld, sondern ihre Mutter. Sie hat sich selbst nach ihrer dritten Scheidung einen millionenschweren Mann geangelt und Suzy dazu gedrängt, das Leben alla *Reichen und Schönen* zu leben. Ihre Beziehung ist ziemlich zerrüttet.

Ich drängte Suzy förmlich dazu, selbstständig zu werden und auch Philippe war davon begeistert. Einzig und allein sein Geld wollte sie nicht annehmen. »Das muss ich alleine schaffen und daher werde ich mir mögliche Investoren suchen«, verkündete Suzy damals und behielt Recht. Als sie mir dann mitteilte, dass drei Leute investieren würden, fiel der Startschuss – geboren war *Suzesfashion*.

»Suzy«, setze ich an, werde aber von ihr unterbrochen. »Bitte hebe dir das, was du mir eben sagen wolltest, für später auf. Mit geröteten Augen und einem aufgequollenen Gesicht kann ich mich heute Abend nicht zeigen.«

Ich schenke ihr ein Lächeln, ziehe sie in meine Arme und drücke sie kurz. »Ich habe dich auch sehr lieb.«

Gespielt drückt sie mich von sich. »Schluss jetzt«, sagt sie und fächert sich Luft zu, da sich Tränen in ihren Augen angesammelt haben. Sie ist halt doch ein sehr sentimentaler Mensch und nimmt sich vieles zu Herzen.

»Sag, werden deine Geldgeber heute auch da sein?«

»Ich habe ihnen Einladungen zukommen lassen, aber zwei haben wegen geschäftlichen Terminen abgesagt und vom dritten habe ich nichts gehört.« Suzy zuckt mit den Schultern.

»Tja, schade. Dafür bleibt mehr für uns zum Trinken übrig.« Wir beide fangen lauthals an zu lachen, bevor uns ihr Telefon unterbricht. Während sie telefoniert, beobachte ich die vorbeiziehenden Straßen und Häuser.

Wir halten uns an Suzy´ Programm und als Erstes steht ein Frühstück in einem Beach Club am Port Vell auf dem Plan. Danach schlendern wir die La Rambla entlang und besuchen den Mercet de la Boqueria, sowie das Museu Eròtic de Barcelona. Ich bin echt erstaunt und teilweise geschockt, was für Sexpraktiken auf der ganzen Welt ausgelebt werden und welche absurden Weltrekorde existieren.

Mir tut Roberto richtig leid, denn überallhin begleitet er uns, zwar mit einem gewissen Abstand, aber nie so weit entfernt, dass er nicht blitzschnell einschreiten könnte. Unsere Männer übertreiben maßlos. Sie führen sich auf, als wären sie irgendwelche Mafiosi, dabei haben sie einfach nur zu viel Geld. Ich verstehe schon, dass es Menschen gibt, die einem etwas anhaben könnten, aber manchmal werden wir besser beschützt als der Papst.

Ich musste mich auch erst damit abfinden, dass in meinem Auto ein GPS-Tracker ist, aber gegen einen in meinem Handy habe ich mich gewehrt. Das ging mir dann doch zu weit, auch wenn ich Dominic gern habe und um seine Sorge über mich nur den Kopf schütteln kann.

In Oklahoma bin ich auf unserer Ranch gut klargekommen und das tue ich jetzt auch. Im Endeffekt meinen es unsere Männer nur gut und sind einfach besorgt, daher akzeptieren Suzy und ich es.

Am Ende der La Rambla holt uns der Fahrer, dessen Name ich schon längst wieder vergessen habe, ab und bringt uns zur Sagrada Família. Mit einer kleinen Shoppingtour machen wir die umliegenden Straßen und Shoppingcenter unsicher, bevor es dann zum Hotel geht.

Natürlich hat Suzy es sich nicht nehmen lassen und das Beste vom Besten gebucht. Wir residieren im Penthouse vom Mandarin Oriental Hotel, und somit bewohnen wir die gesamte oberste Etage des Hotels.

Unser gesamtes Gepäck wurde auf die beiden Schlafzimmer aufgeteilt und bereits ausgepackt. Alle meine Sachen hängen oder liegen feinsäuberlich in dem angrenzenden Ankleideraum meines Schlafzimmers. Wirklich glücklich über diesen Service bin ich allerdings nicht, denn ich bin nicht scharf darauf, dass sich jemand Fremdes an meinen Sachen vergreift, vor allem an meiner Unterwäsche.

Na toll. Wenn wir am Abend das Hotel verlassen, wird irgendeiner der Pagen wissen, was ich unter meinem Kleid trage.

Etwas mürrisch gehe ich ins Badezimmer und muss auch hier feststellen, dass alle meine Sachen bereits seinen Platz gefunden haben. Jetzt muss ich mir erstmal den ganzen Schweiß unserer Sightseeing- und Shoppingtour abwaschen und springe daher sofort unter die Dusche. Danach putze ich mir die Zähne und schlendere, mit einem Handtuch bekleidet, in den Ankleideraum, um mir den Korsagen Body anzuziehen.

Als ich mit meinem Kleid in der Hand wieder herauskomme, entspringt meiner Kehle ein lauter Schrei und ich lege die freie Hand auf meine Brust.

Suzy sitzt auf meinem Bett, nur mit BH und String bekleidet, und wartet auf mich, mit einem Glas Champagner in der Hand.

»Sag, spinnst du eigentlich? Du kannst dich nicht einfach seelenruhig in mein Zimmer schleichen und dich auf mein Bett setzen, während ich nicht im Raum bin! Ich bin gerade tausend Tode gestorben«, motze ich sie in einem etwas schrillen Ton an, da mein Herz noch immer rast und mein Blut in den Adern pulsiert.

»Du hättest dich sehen sollen, vor allem dein Gesicht.« Suzy lacht. »Als hättest du einen Geist gesehen. Aber Spaß beiseite. Was wirst du anziehen? Ist das dein Kleid?« Sie deutet fragend auf das schwarze Stück Stoff in meiner Hand.

»Ähm, ja, das ist mein Kleid für heute Abend. Ich hoffe, das ist okay?«

»Das ist mehr als okay, Joana. Wirst du diesen Body darunter anziehen?« Sie sieht mich an und begutachtet das Kleidungsstück an meinem Körper.

»Ja, oder findest du, dass das keine gute Idee ist? Ist es zu viel? Sehe ich darin noch dicker aus, als ich schon bin?«

»Joana!«, tadelt mich meine beste Freundin in einem strengen Ton. »Jetzt hör mir mal zu: du bist eine wunderschöne Frau und an dir gibt es rein gar nichts zu bemängeln. Ich hätte so gerne deinen Arsch, das kannst du mir glauben! Du wirst diesen Body und dieses Kleid anziehen!«

Ich erröte leicht und kann mir ein leises Kichern nicht verkneifen. »Na gut. Du hast gewonnen.« Ich gehe, mit einem aufreizend wackelnden Hinterteil, auf sie zu und entnehme ihr das Glas, um einen Schluck zu nehmen. Sofort müssen wir beide anfangen zu lachen und Suzy gibt mir einen Klapps auf die linke Pobacke.

»Ich werde dich jetzt wieder allein lassen, denn in einer halben Stunde werden wir abgeholt und ich kann ja schlecht nur in Unterwäsche zu meiner eigenen Modenschau erscheinen und du nur im Body.«

Mit diesen Worten verlässt sie mein Zimmer und ich kippe den Rest des Champagners in einem Zug hinunter.

Um Punkt sieben Uhr sitzen wir in dem SUV in Richtung Location. Suzy sieht wieder einmal atemberaubend aus.

Sie trägt ihr blondes Haar offen, sodass es ihr in großen Wellen über die Schultern fällt. Das silberne Cocktailkleid mit den dünnen Trägern ist mit abertausenden von Pailletten übersehen. Die Lichtstrahlen brechen sich auf diesen und im Auto sieht es aus wie in einem Nachtclub, wenn das Licht auf die Discokugel trifft. Dazu trägt sie schwindelerregende schwarze Riemchensandalen von Louboutin. Eine Tasche hat sie nicht mit, denn das würde ihr Outfit ruinieren, meinte sie. Daher befindet sich ihr Handy in meiner.

»Joana, dieses Kleid sieht an dir einfach nur hammermäßig aus. Es betont deinen Körper genau an den richtigen Stellen und lässt der Fantasie freien Lauf.«

Ich streiche gedankenverloren mit meiner rechten Hand über das Kleid.

Ja, ich sehe wirklich hammermäßig aus.

Der schwarze Samtstoff des Kleides sitzt wie eine zweite Haut an meinem Körper und der Schlitz auf der rechten Seite ist gewagter als gedacht. Denn dieser reicht weiter, als nur zur Hälfte meines Oberschenkels und daher muss ich echt aufpassen, wie ich mich bewege und hinsetze. Was ich darunter trage, kann man, dank des dünnen Materials der Korsage, nicht erkennen. Meine Brüste kommen durch den Herzförmigen Ausschnitt des Bodys besonders gut zur Geltung. Sie sehen aus wie zwei überreife Honigmelonen. Das hat zumindest Suzy gesagt, als sie mich, beim Aufzug wartend, erblickte.

»Danke. Deine Worte schmeicheln mir wirklich sehr. Aber du bist heute der Star des Abends und das strahlst du auch aus.«

Sie schickt mir einen Luftkuss und zwinkert dabei.

Für den Rest der Fahrt unterhalten wir uns über die Nacht und was sie noch so für uns bereithält.

In der Location verschwindet Suzy sofort in den Backstagebereich, um bei den restlichen Vorbereitungen dabei zu sein. Roberto gesellt sich zu seinen Männern und es scheint so, als würde er sie alle nochmal instruieren.

Ich gönne mir währenddessen an der Bar einen Sex on the Beach und checke mein Handy auf neue Nachrichten. Nichts. William hat meine Nachricht zwar gelesen, aber nicht geantwortet. Anscheinend hat er so viel zu tun, dass er nicht die Zeit findet, um mir zu antworten, oder er möchte einfach nicht.

Schön, dass es dich interessiert, dass es mir gut geht und ich noch nicht beklaut und entführt wurde oder sonst was mit mir passiert ist.

Etwas zu fest knalle ich das Handy mit dem Display nach unten auf den Tresen und entscheide, dass ich mir heute ein oder zwei Gläser mehr als sonst gönne.

»Wurden Sie versetzt?«, ertönt eine tiefe männliche Stimme an meiner rechten Seite und ich erblicke aus dem Augenwinkel eine Männerhand am Tresen abgestützt.

»Warum fragen Sie mich das?«, schießt es aus mir heraus, noch bevor ich meinen Blick nach oben wandern lasse.

»Ich nehme es nur an, da Sie Ihr Handy so auf den Tresen geknallt haben.«

Mein Blick wandert zu seinem Gesicht. Es ist scharfkantig, glattrasiert und schon von einigen Falten gezeichnet. Sein Haar, jenes bereits ergraut ist, trägt er an den Seiten kurz. Die längeren Strähnen oben sind mit Gel zurück gekämmt. Ein Paar smaragdgrüne Augen funkeln mich erwartungsvoll an. Sein dunkelgrauer Anzug sitzt wie angegossen und lässt erahnen, dass sich dieser schon ältere Mann in Form hält.

»Da muss ich Sie leider enttäuschen, denn mit dieser Annahme liegen Sie falsch.« Ich nehme einen Schluck, um mir nicht anmerken zu lassen, dass ich seine Gegenwart als störend empfinde.

»Dann darf ich mich zu Ihnen setzen?«

»Bitte«, sage ich und deute auf den freien Stuhl zu meiner Rechten. *Den muss ich schleunigst wieder loswerden.*

Ich nehme einen Schluck von meinem Cocktail, da bemerke ich aus dem Augenwinkel, dass er eine Zigarillo und ein Feuerzeug aus seiner Innentasche des Sakkos herausholt.

»Sie wissen aber schon, dass hier drinnen ein Rauchverbot herrscht?«, sage ich etwas schockiert, da dieser Mann glaubt, er könne sich alles erlauben.

»Ach echt? Bitte verzeihen Sie mir meine Unachtsamkeit, da wo ich herkomme, kann man überall und jederzeit rauchen.«

Er steckt die beiden Sachen wieder ein und wendet sich mir zu. »Und was verschlägt Sie heute Abend auf diese Modenschau?«, möchte er von mir wissen, während er dem Kellner ein Zeichen gibt.

»Ich wurde von der Veranstalterin eingeladen, und Sie?«

»Meine Geschäfte«, sagt er, wobei sich sein Blick kurz verfinstert und ein leichtes Grinsen sich auf seinem Mund abzeichnet.

Ich spüre, dass er keiner von den ehrlichen Geschäftsmännern ist, was immer er auch tut. Er stinkt förmlich nach Korruption, Schwindel und Macht. Vorsicht Joana!

»Ich bitte um Verzeihung dafür, dass ich mich noch überhaupt nicht vorgestellt habe, aber eine so schöne Frau wie Sie bringt einen nun mal leicht aus dem Gleichgewicht. Mein Name ist Malik.« Er reicht mir seine Hand, welche ich nur sehr widerwillig ergreife.

»Freut mich, Sie kennenzulernen, Malik. Ich bin Joana.«

Eigentlich freut es mich nicht im Geringsten, aber ich muss höflich sein, schließlich möchte ich Suzy nicht in eine missliche Lage bringen. Seine schwielige, von Narben gezeichnete Haut ist rau und ein ungutes Gefühl durchfährt meinen Körper.

»Sehr erfreut, Joana.« Er haucht mir einen zarten Kuss auf die Hand.

Igitt. Bäh. Wie widerlich.

»Möchten Sie noch etwas trinken?«, fragt er mich, da der Kellner auf uns zukommt, um seine Bestellung aufzunehmen. Meine Hand hält er noch immer in seiner, wobei ich sie ihm ganz vorsichtig entziehe.

»Nein, danke. Mein Glas ist noch so gut wie voll und ich sollte mich jetzt mal auf die Suche nach meiner Freundin machen. Es hat mich gefreut, Ihre Bekanntschaft zu machen, Malik.«

»Mich hat es auch gefreut, Joana. Ich hoffe, dass wir uns bald wiedersehen.«

Das hoffe ich nicht!

Mit einem gekünstelten Lächeln erhebe ich mich von meinem Barhocker und mache mich, mit meinem Cocktail in der Hand, auf den Weg Richtung Backstagebereich. Ich kann seine Blicke spüren und weiß, dass er mich ausgiebig mustert. Ein kalter Schauer überzieht meine Haut und ich möchte so schnell wie möglich aus seinem Sichtfeld verschwinden.

Ich muss Suzy dringend fragen, ob sie diesen Malik kennt und kann nur hoffen, dass es nicht so ist. Irgendetwas stimmt nicht mit diesem Mann. Er hat etwas so Seltsames an sich, etwas höchst Unangenehmes, dass es schon regelrecht unheimlich ist.

Meinen Plan, nachzufragen, ob sie Malik kennt, muss ich allerdings über den Haufen werfen. Denn hinter der Bühne wimmelt es nur so von halb nackten Models, Stylisten und Make-Up Artisten.

Es braucht seine Zeit, bis ich Suzy überhaupt finde. Sie zupft an einem Kleid herum, weil das Model anscheinend zu breite Schultern hat und es sich nicht schließen lässt. Das Kleid gefällt mir auf Anhieb und nur zu gerne würde ich es in meinem eigenen Schrank hängen haben. Ich kann es kaum noch erwarten, bis mein Hochzeitskleid endlich fertig ist und ich es tragen kann.

Für mich war klar, dass ich mir eines von Suzy anfertigen lassen würde. Und nachdem ich sie gefragt hatte, ob sie meine Trauzeugin werden und mein Kleid schneidern möchte, war sie Feuer und Flamme und völlig aus dem Häuschen. Sie wollte gleich wissen, wie ich mir denn meinen Traum von Weiß vorstelle, und ich habe ihr ein paar Details geschildert.

Das Oberteil sollte komplett aus Spitze sein, dünne Träger sollen dem Kleid Halt geben und am Rücken wollte ich gerne einen tiefen V-Ausschnitt haben. Beim Rock hätte ich gerne, dass er in einer A-Linie fällt und eine leichte Schleppe muss er auch haben.

Nach einer Woche hat sie mich damals gebeten, in ihr Atelier zukommen, da sie mir den Entwurf zeigen und Maß nehmen wollte. Vor über einem Monat hatte ich meine erste Anprobe und war sofort verliebt. Es war zwar an manchen Stellen noch sehr weit geschnitten und hier und da mussten noch Feinheiten abgeändert werden, aber ich wusste sofort: das ist mein Kleid.

Ich nähere mich meiner besten Freundin nur sehr vorsichtig, denn sie kann, wenn sie einmal in ihrem Element ist, ziemlich kratzbürstig werden.

»Kann ich dir irgendwie helfen?«

»Joana, was machst du hier hinten? Du solltest schon längst auf deinem Platz sitzen, immerhin starten wir in zwanzig Minuten. Husch, mach, dass du nach vorne kommst.« Sie schubst mich in Richtung Ausgang, ohne, dass ich zu Wort kommen kann.

Ich sage ja, kratzbürstig.

Als ich wieder in der großen Halle bin, stelle ich fest, dass viele der Gäste schon auf ihren Plätzen sitzen oder sich an der Bar noch schnell ein Getränk holen. Ich kann einige Models und Promis erkennen, aber entdecke auch wieder andere, die mir absolut unbekannt sind. Meinen Platz habe ich schnell gefunden. Erste Reihe fußfrei, zwischen zwei Berühmtheiten.

Ich werfe einen Blick durch den Raum und plötzlich entdecke ich ein Paar smaragdgrüner Augen, welche mich von der anderen Seite des Laufsteges anstarren. Mein Blick bleibt zu lange als gewollt an ihm kleben und eine Gänsehaut überzieht meinen Körper. Mit einem Zwinkern holt er mich aus meiner Starre und schnell schaue ich woanders hin, als auch schon das Licht gedimmt wird, die Musik erklingt und das erste Model den Laufsteg betritt.

»Suzy, du hast dich mit dieser Kollektion wirklich selbst übertroffen! Ich denke, du weißt, dass ich das ein oder andere Kleid haben muss.«

»Danke dir, Joana. Das bedeutet mir wirklich sehr viel, dass du mit mir nach Barcelona gekommen bist! Auch wenn ich das heute schon mal erwähnt habe. Dafür schenke ich dir eines meiner Kleider!«, schreit sie mir, über den Bass der Musik hinweg, in mein Ohr.

Ich umarme meine beste Freundin und drücke sie an mich.

»Und bevor ich es vergesse, in vier Wochen kommst du in mein Atelier für deine zweite Anprobe. Dein Hochzeitskleid sollte dann so gut wie angegossen sitzen.«

Ich könnte gerade nicht glücklicher sein und verpasse ihr einen viel zu feuchten Schmatzer auf die Wange.

Wir sind bereits in der Location, in der die Afterparty stattfindet. Suzy hat die Hälfte eines Nachtclubs namens *Shoko* gemietet, um mit den Models und den Gästen zu feiern und auf den Erfolg der Modenschau anzustoßen. Ich bin froh, dass dieser Malik nicht mit zur Afterparty gekommen ist, sondern gleich, nachdem die Show zu Ende war, gegangen ist.

Bevor sich Suzy ein weiteres Glas Champagner einfüllt, ziehe ich sie noch einmal zu mir und frage: »Du, sag mal, kennst du einen Mann, der Malik heißt? Er war auch auf deiner Modenschau und wir haben uns *nett* unterhalten.« Das er mir zwielichtig und äußerst seltsam vorkam, behalte ich mal für mich.

»Kaum bist du einmal nicht in New York und ich lasse dich allein, lachst du dir schon jemand anderes an.« Suzys Witz kann ich gerade nicht erwidern, und funkle sie daher böse an.

»Okay, Spaßpolizei lass mich mal überlegen«, sagt sie und setzt einen nachdenklichen Gesichtsausdruck auf. »Also im Moment fällt mir niemand ein, der so heißen könnte. Wieso fragst du?«

»Ach, schon gut. Ist nicht so wichtig«, sage ich und lasse Suzy los, die sich sofort nachschenkt. Ich tue es ihr gleich und fülle auch mein Glas mit dieser prickelnden Flüssigkeit. Seltsam, dass sie diesen Mann nicht kennt. Immerhin waren alle geladenen Gäste Freunde oder Bekannte von ihr.

Mit bereits dem dritten Glas Alkohol im Blut, schwingen wir unsere Hüften zum Takt der Beats. Ich fühle sie wie Stromstöße, die durch meinen Körper gleiten. Dabei beobachte ich die anderen um uns herum, wie sie sich zu der heißen, rhythmischen Musik bewegen. Die Tänzerinnen und Tänzer entwickeln eine Bewegungskomplexität, die den Beobachter an seine visuellen Grenzen bringt. Einige der Frauen und Männer schmiegen sich eng aneinander und lassen die Hüften kreisen. Ein leichter Schweißfilm ziert ihre Haut und unter den vielen Lichtern glänzen sie wie Sterne.

Suzy und ich tanzen uns von einem Lied ins nächste und ans Aufhören ist noch nicht zu denken. Nach dem vierten oder fünften Glas, genau weiß ich es nicht mehr, und der ständigen Bewegung zu den Liedern schmerzen schon langsam meine Füße in den hohen Schuhen und ich muss mich erst einmal setzen und Wasser trinken. Suzy tanzt unentwegt weiter und hat sichtlich Spaß.

Auch nach einer halben Stunde Pause und meinem zweiten Glas Wasser, merke ich, dass der Schmerz in meinen Füßen zwar nachgelassen hat, aber ich irgendwie keine Lust mehr auf Tanzen und Alkohol habe. Daher beschließe ich, ins Hotel zurückzufahren und setze sogleich Suzy darüber in Kenntnis. Ich entschuldige mich bei ihr und gebe ihr ihr Handy. Sie nimmt es locker, gibt mir einen Kuss auf die Wange und schickt mich mit einem Klapps auf den Po davon.

Draußen wartet bereits Roberto, der mir die Wagentür aufhält. Die Fahrt verbringen wir schweigend und ich bestaune das nächtliche Barcelona. Hier mischen sich bei Dunkelheit genauso viele Touristen unter die Einheimischen wie tagsüber. Es erinnert mich ein wenig an New York, die Stadt, die niemals schläft.

Im Hotelzimmer schlüpfe ich als aller Erstes aus meinen High Heels, nehme meinen Verlobungsring vom Finger und lege ihn auf den Nachttisch. Ich nehme ihn zu Hause immer ab, da er mich meistens stört und ich ihn nicht durchs Putzen oder sonstiges Herumhantieren zerkratzen möchte. Im Moment bin ich zwar woanders, aber Gewohnheiten legt man so schnell nicht ab.

Ich schnappe mir meine Handtasche und lasse mich aufs Bett plumpsen, um den gesamten Inhalt darauf zu verteilen. Schnell erblicke ich meine Pille und als ich danach greife, kommt der antike Schlüssel darunter zum Vorschein.

Oh. Den habe ich ja völlig vergessen.

Ich überlege, ob ich mir trotz meiner schmerzenden Füße diese Adresse vielleicht noch genau jetzt ansehen sollte. Das wäre die perfekte Gelegenheit, denn Suzy wird nicht so schnell ins Hotel zurückkommen, daher hätte ich genügend Zeit und müsste mein nächtliches Fernbleiben nicht erklären.

Schnell nehme ich die Pille zu mir, stecke den Schlüssel in meine Clutch und schnappe mir die erst heute gekauften schwarzen Riemchensandalen, da diese nicht so hoch und definitiv bequemer sind als die High Heels von heute Abend. Meine Füße werden es mir danken.

Da Roberto wieder zurück zum Club gefahren ist, muss ich mir ein Uber rufen, um zu meinem Zielort zu gelangen. Ich mache mir keine Mühe, mich umzuziehen, da mein Uber schon in drei Minuten vor der Tür stehen wird. Also mache ich mich auf den Weg in die Lobby.

»Ich bin gespannt, was mich dort erwarten wird«, murmle ich vor mich hin und halte meinen Blick starr auf die geschlossenen Aufzugtüren gerichtet.

Kapitel neun

Gott sei Dank habe ich eine Frau als Uber-Fahrerin. Sie kann zwar kein perfektes Englisch, aber wir können uns dennoch gut unterhalten. Im Endeffekt spricht eher mehr sie als ich, was mir absolut recht ist.

Dank der dreißigminütigen Fahrt, weiß ich jetzt alles über ihr Leben: sie ist fünfundvierzig, hat drei Kinder, wobei das jüngste zehn Jahre alt und das älteste mit seinen 18 Jahren bereits ausgezogen ist. Ihr Mann hat sie verlassen und nun ist sie alleinerziehend. Wenn sie mit ihrem Auto unterwegs ist, passt ihre Mutter auf die zwei Kleinsten auf, was meistens nur nachts der Fall ist, da sie gerne den Tag mit ihren Kindern verbringen möchte, um ihnen eine gute Mutter sein zu können.

Sie hat mir auch erzählt, dass es nicht einfach ist, einen Job zu finden, da viele Arbeitgeber ihr aufgrund der Kinder keine Chance geben wollen. Einer hat sogar gemeint, dass er das nicht möchte, denn er müsse sich auf seine Mitarbeiter verlassen können und da kann er es nicht gebrauchen, dass sie dann vielleicht aufgrund einer Krankheit der Sprösslinge zu Hause bleiben muss. Wie gut, dass dieser Typ nicht mir begegnet ist. Dem hätte ich meine Meinung gegeigt und eine Anklage an den Hals gehetzt.

Natürlich erkundigt sie sich auch ein wenig nach meinem Leben, aber ich habe definitiv nicht so viel zu erzählen wie sie.

Als wir bei der Adresse ankommen, umgibt nicht nur mich ein mulmiges Gefühl. Die Lagerhalle steht in einem heruntergekommenen Industrieviertel. Einige Gebäude und Hallen dürften leer stehen, da die Wände mit Graffiti besprüht und die Fenster zerbrochen sind. Die Straßen sind auch nicht sonderlich gut beleuchtet. Es würde mich nicht wundern, wenn hier die eine oder andere Gang ihr Unwesen treibt. Mir wird richtig flau im Magen, als Maria, so heißt die liebenswerte Dame, auf der anderen Straßenseite der besagten Lagerhalle anhält.

»Sind Sie sich sicher, dass das hier die richtige Adresse ist, Señorita?«, fragt sie mich und mir fällt auf, dass sie auf ihrem Sitz unruhig hin und her rutscht.

Auch ich bewege mich nervös hin und her und wische meine schweißnassen Hände an meinem Kleid ab.

»Ja, hier sind wir richtig. Vielen Dank. Es hat mich sehr gefreut, Sie kennenzulernen, Maria.«

Meine Hand liegt schon auf dem Türgriff, da sagt sie: »Señorita, warten Sie. Hier, ich gebe Ihnen meine Nummer. Falls irgendetwas sein sollte, rufen Sie mich bitte sofort an und ich werde so schnell wie möglich bei Ihnen sein, um Sie abzuholen.« Sie überreicht mir einen Zettel mit ihrer Telefonnummer.

»Vielen lieben Dank. Dieses Angebot werde ich mit Sicherheit in Anspruch nehmen«, sage ich lächelnd, steige aus und streiche mein Kleid glatt.

Als die Rücklichter von Marias Wagen immer kleiner werden, bleibe ich wie angewurzelt stehen und blicke auf die andere Straßenseite zu der Lagerhalle.

Vor dem Eingang ist ein roter Teppich ausgelegt, mit einer schwarzen eisernen Tür, welche von zwei Männern links und rechts in Anzügen bewacht wird. Langsamen Schrittes begebe ich mich auf die andere Straßenseite und spüre, wie mein Herz immer schneller zu schlagen beginnt.

Reiß dich zusammen, Joana! Tief einatmen und langsam wieder ausatmen … einatmen … ausatmen.

Dieses Mantra wiederhole ich, bis sich mein Herzschlag wieder einigermaßen beruhigt hat. Mit jedem Schritt merke ich, dass die beiden Männer aus einem Berg an Muskeln bestehen. Der eine hat sogar keinen Hals mehr, von so vielen Muskeln ist sein Rücken und Nacken übersät.

Erhobenen Hauptes und mit gerecktem Kinn stolziere ich auf dem roten Teppich Richtung Eingang. Die beiden Männer bewegen sich kein bisschen, aber dafür folgen sie mir mit ihren Blicken. Kurz vor der Tür legt einer der Männer seinen Arm davor und hält mich dadurch auf.

»Señorita, ohne Einladung kein Zutritt!«, motzt er mich mit einem bösen Blick an.

»Ein sehr guter Freund von mir hat mir diese Adresse empfohlen, falls ich zu Besuch kommen sollte. Er meinte, dass man hier Spaß haben könnte«, bluffe ich. »Oder wollt ihr einer Lady diesen verwehren?« Ich ziehe einen Schmollmund und blinzele öfter als nötig.

»Ohne Einladung kein Zutritt«, wiederholt der Mann allerdings nur.

Plötzlich fällt mir der Schlüssel in meiner Tasche ein und ich krame nach diesem. Als ich ihn gefunden und herausgezogen habe, sage ich: »Ich habe nur diesen Schlüssel erhalten, wo …« Weiter komme ich nicht, da mir einer der beiden Männer den Schlüssel aus der Hand reißt, während der andere ohne ein Wort die schwere eiserne Türe öffnet.

Was für ein Arsch.

Ihn zu fragen, ob ich den Schlüssel wieder zurückerhalte, erübrigt sich, da er diesen schon in die Hosentasche gesteckt hat. Kurz zögere ich und entscheide mich dann, einfach einzutreten. Was kann mich darin schon erwarten?

Ich schiebe den dunkelroten Vorhang beiseite und betrete einen langen schmalen Gang. Als die Tür hinter mir ins Schloss fällt, schrecke ich kurz zusammen und muss einen Aufschrei unterdrücken.

Langsam setze ich einen Fuß vor den anderen und fahre mit den Fingerspitzen über die Tapete. Sie hat eine Samtstruktur und fühlt sich an wie ein Pfirsich. Es sieht nach einer flämischen Malerei aus, die ein romantisches Stillleben aus Blumenmalerei und Fotografie darstellt. Der dunkle Fußboden und die spärliche Beleuchtung bestätigen mein Wissen, dass es sich hier um einen exklusiven Nachtclub handeln muss. Nur warum höre ich keine dröhnende Musik? Oder spüre die Bässe unter meinen Füßen?

Am Ende des Gangs befindet sich ein Empfangstresen mit einer angrenzenden Garderobe. Eine junge Frau, ganz in Schwarz gekleidet und mit einer schwarzen Maske, lächelt mich schon von weitem an. Ihr knallroter Lippenstift passt perfekt zu ihren schwarzen Haaren und der hellen Haut. Sie sieht aus wie ein modernes Schneewittchen.

»Willkommen im Sensual Club. Sind Sie zum ersten Mal bei uns?«, fragt sie mich mit einem zuckersüßen Lächeln und einem sinnlichen Blick.

Erst jetzt fällt mir auf, dass sie zwar einen Blazer trägt, aber weder BH noch Oberteil darunter. Dieser ist durch einen Knopf geschlossen und zeigt einen tiefen Ausschnitt und auch teilweise ihren flachen Bauch. Ihre Brüste sind fest und prall, und haben die perfekte Größe für durchschnittlich große Männerhände. Eine kurze schwarze Hotpants blitzt unter dem Blazer hervor, der Rest von ihr verschwindet hinter dem Tresen.

»Ich bin heute zum ersten Mal hier, auf Empfehlung eines Freundes.«

»Wir freuen uns immer sehr, wenn unsere Mitglieder Empfehlungen für unsere Clubs aussprechen. Ich mache Sie nun kurz mit unseren Regeln vertraut, danach können Sie eintreten.« Sie kramt einen Zettel aus ihrer Mappe heraus und legt diesen vor mir auf den Tresen.

»Eine der wichtigsten Anforderungen bei uns ist, dass Sie eine Maske beim Betreten des Clubs tragen müssen. Diese dürfen Sie auch während Ihres Aufenthalts nicht abnehmen, außer, Sie werden in eines unserer privaten Zimmer eingeladen, da obliegt es Ihnen, ob Sie diese abnehmen wollen oder nicht. Wenn Sie über keine eigene Maske verfügen, wird Ihnen eine von uns zur Verfügung gestellt.«

Die Frau platziert eine schwarze Box auf den dem Tresen und hebt den Deckel ab. Zum Vorschein kommen verschiedene Arten von Masken, umgeben von einem schwarzen Seidentuch.

»Diese werden von uns nach jedem Abend gründlich gereinigt. Jegliche Berührung unseres Personals ist nicht gestattet. Außer, wenn Sie dafür bezahlt haben, dann können Sie tun und lassen, was Sie möchten, aber Sie müssen auf das Safe Word der jeweiligen Person achten.«

Sie deutet mit ihren roten Krallen auf den einen Punkt am Zettel, welcher fettgedruckt ist. »Sollten Sie diesem keine Beachtung schenken, werden Sie von der Security hinausbegleitet und erhalten ein Hausverbot. Fotos und Videos sind nicht erlaubt. Hier stehen alle unsere Regeln nochmals explizit beschrieben, falls Sie diese durchlesen möchten, sowie eine Verschwiegenheitsvereinbarung. Alles, was Sie in diesem Club sehen oder erleben, darf nicht an die Außenwelt kommuniziert werden. Ansonsten zieht das schwerwiegende Konsequenzen mit sich. Wenn Sie mit allen unseren Regeln und der Verschwiegenheitserklärung einverstanden sind, bitte ich Sie, hier ihre Adresse auszufüllen und da unten eine Unterschrift zu setzen«, sagt sie und deutet auf den Strich, auf dem ich unterschreiben soll.

Was sind das denn bitte für absurde Regeln?

Das mit der Maske finde ich irgendwie heiß, so erkennt man nicht gleich jeden und kann für sich bleiben. Aber was soll das mit dem Personal, dem Safe Word und der Verschwiegenheitsvereinbarung?

Na ja, vielleicht haben sie Stripperinnen angestellt, da ergibt das Ganze natürlich einen Sinn. Schließlich möchte ich auch nicht als Stripperin angefasst werden, außer ich stimme dem zu.

Da ich sicher nicht so blöd bin und meinen richtigen Namen angebe, erfinde ich einfach einen und eine komplett andere Adresse gleich dazu. Das werden sie bestimmt nicht überprüfen. Somit bin ich für heute Abend Nancy McAllister aus Texas, unterschreibe die Vereinbarung und überreiche der Frau den Zettel.

»Vielen Dank.« Sie legt das Papier beiseite. »Nun suchen Sie sich bitte eine Maske aus.«

Mein Blick fällt wieder in die schwarze Box und eine Entscheidung zu treffen, ist schwerer als gedacht. Es gibt sie in unterschiedlichen Variationen und alle sind entweder schwarz oder silber. Einige sind im venezianischen Stil gehalten, mit Spitze, Strass und Glitzer, andere wiederum schlicht und ohne jegliche Verzierung.

Ich streife sanft, so als wären die Masken brennend heiß, mit meinen Fingerkuppen über die obersten und dabei erblicke ich eine, die mir sofort ins Auge sticht. Zaghaft greife ich nach der schwarzen venezianischen Maske, welche aus Metall und mit kleinen Strasssteinen verziert ist.

»Eine sehr gute Wahl. Bitte legen Sie sie an, danach können Sie den Club betreten. Ich wünsche Ihnen einen sinnlichen Aufenthalt.«

Ich lege mir die Maske an und das kühle Metall bereitet mir eine leichte Gänsehaut. Kurz prüfe ich im Spiegel der Rezeption, ob sie auch richtig sitzt.

Wow. Die Maske bringt meine dunkel geschminkten Augen zur Geltung und verleiht mir ein komplett anderes Aussehen.

Ich wende mich ab und lege meine rechte Hand auf die Klinke. Bevor ich diese runterdrücke, atme ich noch einmal tief durch. Anschließend öffne ich die Tür.

Der Raum, der sich dahinter erstreckt, ist riesig und genauso dunkel gehalten wie der Flur, nur, dass hier an den dunkelroten Wänden Bilder von nackten Frauen und Männern in goldenen Bilderrahmen hängen. In der Mitte befindet sich ein schwarzer, gigantischer Kronleuchter an der Decke und darunter eine Art Podest mit einer Poledance Stange. An dieser räkelt sich eine nackte Frau. Sie trägt nichts weiter als High Heels und eine Maske.

Auf den Polstersesseln und kleineren Sofas um die Stange herum sitzen Männer und Frauen, die ebenfalls alle Masken tragen und ihre Aufmerksamkeit auf die tanzende Frau richten.

Hinten an der Wand befindet sich eine kleine Bühne, auf der eine Live Band spielt. Auf der Chaiselongue räkelt sich eine Sängerin, welche obenrum mit einem prunkvollen Diamantencollier und untenrum mit einem String bekleidet ist. Ihre samtig weiche Stimme wird von zarten Klängen einer Band, bestehend aus einem Saxofonisten, Klavierspieler und Gitarristen begleitet. Die Männer sind alle oberkörperfrei und tragen lediglich schwarze Hosen und

Schuhe. Die Sängerin ist wunderschön, mit ihren langen schlanken Beinen und dem trainierten Körper.

Ich lasse meinen Blick weiter durch den Raum schweifen und erspähe gut angezogene Männer sowie Frauen, in ebenso schönen Abendkleidern wie meines. Aber auch halbnackte bis komplett entkleidete Damen kann ich erkennen.

Das muss wohl das Personal sein, von dem die Frau an der Rezeption gesprochen hat.

Ich kann vereinzelte Blicke, von beiden Geschlechtern, auf mir spüren und versuche, diese zu ignorieren.

Schnellen, aber eleganten Schrittes, begebe ich mich zu der Bar an der linken Seite und setze mich auf den gerade freigewordenen Hocker. Dabei lasse ich noch einmal meinen Blick durch den Raum schweifen. Hier ist alles in dunklen Farbtönen gehalten, mit teilweise goldenen Verzierungen. Die Bilder an den Wänden zeigen die Männer und Frauen zum Teil in sehr eindeutigen Posen. Bei dem Anblick wird mir ganz warm in der Brust.

Schnell wende ich den Blick wieder zur Bar und erschrecke leicht, als eine kurvige kleine Frau vor mir steht. Sie trägt ebenfalls eine Maske, einen Spitzenstring, Strapse und High Heels. Obenrum nichts.

Total fasziniert von diesem Anblick, bemerke ich nicht, dass sie mit mir spricht. »Was darf ich Ihnen zu trinken bringen?«

»Oh. Ähm … ich hätte gerne einen Gin Tonic.«

Ich schenke ihr ein Lächeln und konzentriere mich darauf, ihr ins Gesicht zu blicken.

»Bringe ich Ihnen sehr gerne.«

Was ist das denn bitte für ein seltsamer Club? Europa ist definitiv anders als Amerika.

Während ich auf mein Getränk warte, beobachte ich, wie einer der männlichen Gäste am anderen Ende der Bar seine Hand über die Haut einer nackten Frau gleiten lässt. Meine Augen folgen gespannt seiner Bewegung. Als seine Hand zu ihrer Vagina gleitet, stockt mir der Atem.

Alle Alarmglocken in meinen Kopf fangen an zu schrillen und erst jetzt wird mir deutlich bewusst, wo ich mich gerade befinde.

Ich bin in einer Art Sex Club gelandet.

Trotz dieser Erkenntnis kann ich meinen Blick von den beiden nicht abwenden. Weiterhin beobachte ich, wie er sie befriedigt. Die andere Hand ruht auf ihrem Hintern, mit welcher er immer wieder zudrückt oder ihr sogar einen leichten Klaps verpasst. Dieses Szenario lässt auch mich nicht kalt und ich spüre, wie die Wärme zwischen meinen Beinen zunimmt.

Ich kann seine Berührungen und Küsse, welche er der Fremden schenkt, auf meiner Haut förmlich spüren. Das Schlucken fällt mir schwer und ich merke, wie meine Handflächen anfangen zu schwitzen.

»Ihr Getränk, Señorita«, unterbricht mich eine zarte Stimme, welche mich augenblicklich wieder in das Hier und Jetzt befördert.

»Oh. Vielen Dank. Was bekommen Sie dafür?«

»Sie wurden eingeladen, von dem Herren da drüben«, sagt sie und deutet auf einen dunkel gekleideten Mann, welcher in einer spärlich beleuchteten Ecke neben der Bühne steht. Leider kann ich nicht viel von ihm erkennen, außer, dass er vorwiegend schwarze Kleidung trägt.

Ich proste ihm mit dem Glas in der Hand zu und kann ein leichtes Nicken erspähen.

Als ich mich wieder zu der Bar umdrehe, bemerke ich, wie sich eine Hand auf meinen Rücken legt.

»Sie sind mir hier noch nie aufgefallen. Sind Sie das erste Mal in so einem Etablissement?« Diese Stimme. Diese Gänsehaut erzeugende Stimme kommt mir irgendwoher bekannt vor.

Langsam drehe ich meinen Kopf in seine Richtung und erstarre. Hinter einer mattschwarzen Maske betrachten mich ein paar leuchtend grüne Augen - wie Smaragde -, mit einem lüsternen und erwartungsvollen Blick. Diese Augen würde ich überall wiedererkennen. Malik!

Was macht der denn hier?

Ich hoffe, er kann sich nicht daran erinnern, was ich bei der Modenschau getragen habe, denn sonst weiß er sofort, wer ich bin.

Ich versuche, meine Stimme leicht zu verstellen, und antworte: »Es ist tatsächlich mein erster Besuch in so einem Etablissement. Was verschafft mir die Ehre, dass Sie mich angesprochen haben?«

»Mein Augenmerk und das einiger anderer Personen in diesem Raum lag auf Ihnen, seit Sie den Raum betreten haben. Wie Sie mit großem Erstaunen, aber auch ein wenig Furcht, alles betrachteten. Das hat mich neugierig gemacht und ich musste Sie einfach ansprechen.« Mit diesen Worten gleitet seine Hand auf meinem Rücken langsam auf und ab, und ich merke, wie sich mein ganzer Körper anspannt.

»Es war gewiss nicht meine Absicht, die Blicke anderer auf mich zu ziehen, immerhin sehen hier einige andere Frauen genauso, wenn nicht sogar besser aus als ich«, sage ich und nippe an meinem Gin Tonic.

»Damit könnten Sie recht haben. Aber keine hat so eine Ausstrahlung wie Sie«, flüstert er mir ins Ohr und dabei streichen seine Lippen leicht meine Haut.

Ein eiskalter Schauer läuft von meinem Nacken die gesamte Wirbelsäule abwärts und ich rutsche auf meinem Hocker nervös hin und her.

Noch bevor ich etwas erwidern kann, schlingt sich ein Männerarm um meine Schultern.

»Da bist du ja endlich. Schön, dass du es doch noch geschafft hast.«

Verwirrt starre ich von Malik nach rechts zu dem anderen Mann und wieder zurück.

»Ah, sie gehört zu dir? Das hätte ich mir denken können. Dann überlasse ich sie dir«, knurrt Malik schon fast und verschwindet.

Die gesamte Anspannung fällt von mir ab und ich kann nicht anders, als einmal kurz tief durchzuatmen.

»Vielen, vielen Dank, dass Sie mich aus diesem Gespräch gerettet haben. Ich hätte nicht gewusst, wie ich ihn am besten losgeworden wäre«, sage ich ehrlich und drehe mich zu dem Mann um.

»Danken Sie mir nicht zu früh.« Diese Stimme ist so männlich und erotisch, dass es in meinem Nacken zu kribbeln anfängt. Und nicht nur da!

Die schwarze Maske verdeckt die Hälfte seines Gesichts, aber dadurch kommen seine ozeanblauen Augen besonders stark zur Geltung. Ich kann richtig erkennen, wie ein Sturm in ihnen tobt. Der dunkle Dreitagebart und seine Lippen sind einfach nur perfekt. Sein rabenschwarzes Haar trägt er an den Seiten kurz und oben etwas länger. Es sieht gewollt ungewollt gestylt aus und ich würde es gerne mal anfassen. Genau in diesem Moment, als könnte er meine Gedanken lesen, fährt er sich mit einer Hand durch die Haare.

Am liebsten würde ich es ihm gleichtun.

Schnell hefte ich meinen Blick auf seinen Oberkörper. Durch das Hemd und den Anzug kann ich seine Muskeln regelrecht erahnen.

Diese spannen den Stoff dermaßen, dass man denkt, er könnte gleich platzen.

»Sind Sie nun fertig mit Ihrer Musterung? Gefällt Ihnen, was Sie sehen?«, fragt er mich leicht amüsiert und ich spüre, wie mir die Röte in die Wangen schießt.

»Sie haben mich ja ebenso wenig ungeniert betrachtet. Daher habe ich es Ihnen gleichgetan. Gefällt Ihnen denn, was Sie sehen?«

»In der Tat, Sie gefallen mir sehr. So eine makellose und glatte Haut, so zart und weich wie ein Rosenblatt«, sagt er und streicht mir dabei über meine Hand, bis hin zu meinem Oberarm.

Ich sollte sofort mit dem Flirten aufhören und auch diese Berührung von ihm unterbinden, aber ich kann nicht. Irgendetwas an ihm fasziniert mich und ich dränge die Gedanken an Will in die hinterste Ecke meines Kopfes.

»Danke«, hauche ich verlegen, schenke ihm einen ungewollt sexy Augenaufschlag und nehme einen Schluck von meinem Getränk. *Was machst du da nur, Joana? Nimm deine Beine in die Hand und lauf!*, schreit mich meine innere Stimme förmlich an. Doch Kopf und Körper funktionieren gerade nicht im Einklang. So bleibe ich einfach nur sitzen und starre ihn an.

Plötzlich steht er auf, nimmt meine Hand und führt mich in einen Flur, der sich neben der Bar befindet. Er ist nicht wirklich lang, aber es gibt sechs schwarze Türen.

»Ich möchte Ihnen etwas zeigen.«

»Okay«, flüstere ich zaghaft.

Das Ganze hier schüchtert mich dermaßen ein, dass ich seine Hand fester umschließe. Ich sollte zurückweichen, seine Hand von mir stoßen, einfach irgendetwas tun, um diese Verbindung zu unterbrechen, aber ich kann nicht. Unsere Handflächen schmiegen sich aneinander, passen perfekt zusammen und seine Hand dominiert ganz klar die meine. Mir sollte das alles ganz und gar nicht gefallen. Aber mein Körper übernimmt die Führung und lässt meinem Kopf keine Chance.

Am Ende des Flures entsperrt mein geheimnisvoller Begleiter die letzte Tür und wir betreten ein noch dunkles Zimmer, bis er den Lichtschalter betätigt und der Raum erleuchtet wird.

Mir stockt der Atem.

Kapitel zehn

Die Landung bekam ich nicht mit, bis mich die Flugbegleiterin, die ich in der Toilette gefickt hatte, weckte. Ihre Nummer steckte sie mir beim Verlassen des Fliegers zu, welche dann aber im nächsten Mülleimer landete. Alles Sexuelle außerhalb des Clubs ist eine einmalige Sache und ich stehe nicht darauf, wenn die Frauen dann anfangen, sich binden zu wollen. Ich bin ein freiheitsliebender Mensch ohne Verpflichtungen.

Beim Verlassen des Flughafengebäudes begebe ich mich zu dem Mietwagen und fahre auf direktem Weg in den Club.

Kurz bevor dieser öffnet, komme ich an und begrüße Hank und Vladimir, unsere beiden Securitys, vor dem Eingang.

Nicht jeder kann einfach so hineinspazieren, nur jene, die entweder einen Schlüssel mit der eingravierten Adresse haben oder Mitglieder sind. Diese weisen sich durch eine mattschwarze Karte aus, worauf eine schwarz glänzende, venezianische Maske abgebildet ist. Jedes unserer Mitglieder bekommt am Ende des Monats eine Anzahl an Schlüsseln zugesandt, welche sie dann weiterverschenken können. Außerdem müssen sie jeden Monat einen Mitgliedsbeitrag als Investition an uns überweisen. Je nach Mitgliedsstatus variieren die Beträge und die Schlüsselanzahl zwischen fünf und fünfzehn Stück pro Monat. Ebenfalls ist es unseren Mitgliedern gestattet, eine Begleitung mitzunehmen. Für diese wird dann kein Schlüssel benötigt.

Wir besitzen momentan zwei Clubs. Je einen in Mexiko und Barcelona. In knapp drei Wochen werden wir dann den dritten in Dubai eröffnen. Im Nachhinein ist es gut, dass Stefano den Betriebsleiter in Dubai macht, denn zwischen drei Clubs hin und her zu fliegen würde sich als schwierig gestalten.

Bevor das ganze Schauspiel seinen gewohnten Lauf nehmen kann und die Lichter gedimmt werden, ist der Club noch hell beleuchtet. Die Kellnerinnen bestücken die Bars, die anderen Mädchen machen noch die letzten Handgriffe an ihren *Outfits* und die Securitys stehen schon an Ort und Stelle.

Schnell begebe ich mich in das Herzstück des Clubs, dem Büro. Von hier aus hat man über alles einen Überblick, denn wir haben überall Kameras platziert, außer in den privaten Zimmern.

José sitzt hinter dem Schreibtisch und geht die Lieferscheine der Getränkelieferung durch, sowie sämtliche andere Rechnungen. Im Grunde ist das meine Aufgabe, aber ich hasse sie, und für was ist eine rechte Hand schon da? Richtig, um Lieferscheine und Rechnungen durchzugehen. Aber natürlich übernimmt er auch die Kontrollbesuche in allen Clubs, wenn ich es selber nicht kann oder wenn es eine neue Anlieferung von jungen Frauen in Mexiko gibt.

Wir erhalten immer das Exklusivrecht, einen ersten Blick auf die Frauen zu werfen, wenn Malik wieder welche zur Verfügung hat. Erst, nachdem wir uns welche ausgesucht haben, darf der Rest ran.

Ich will ja nicht sagen, dass wir mit dem Ganzen hier das Richtige tun, aber bei uns geht es den Frauen besser als bei den anderen Drecksäcken. Wenn sie sich ihrem neuen Leben untergeordnet haben und soweit sind, das Anwesen im Dschungel verlassen zu dürfen, ziehen sie in eine unserer Wohnungen. Sie leben meistens zu dritt und bekommen alles, was sie benötigen. All jene, die sich uns schon lange verpflichtet haben, erhalten sogar Exklusivrechte. Sie dürfen sich so gut wie frei bewegen und den Tag so verbringen, wie sie möchten, aber immer mit einem unserer Männer im Rücken.

»Ist irgendetwas vorgefallen oder war alles ruhig während meiner Abwesenheit?«, möchte ich von José wissen, welcher nun leicht erschrocken von dem Berg an Papieren aufschaut.

»Hier in Barcelona hat es keine nennenswerten Vorkommnisse gegeben. Nur in Mexiko ist es leider zu einem tragischen Unfall gekommen, mit einem der Mädchen. Ich weiß nicht, ob Will dich davon in Kenntnis gesetzt hat.«

»Nein, hat er nicht«, knurre ich genervt. Ist ja nicht so, als hätten wir uns nicht noch vor gut fünfzehn Stunden gesehen, wo er mir dieses kleine Detail ruhig hätte verraten können.

»Zwei Mädchen konnten aus ihren Zellen fliehen, woraufhin wir eine geschnappt haben. Die zweite ist jedoch bei ihrem Fluchtversuch gestorben.«

Das mit dem kleinen Grundstück im Dschungel wird schon langsam zur Belastungsprobe. Bei der nächsten Gelegenheit muss ich William davon überzeugen, dass das so keinen Sinn mehr macht. Wenn ich seine Zustimmung habe, kann ich das Ganze vielleicht an Malik abtreten. Er kann das Grundstück sicher gut als Zwischenlager oder Verkaufsort gebrauchen. Vielleicht können seine Männer auch gleich die Frauen für uns gefügig machen. So müssten wir sie dann nur mehr entgegennehmen und unterbringen.

»Wenn es weiter nichts ist, gehe ich mich jetzt schnell frischmachen und umziehen.«

José schüttelt den Kopf und ich begebe mich in das angrenzende Badezimmer. Unter der Dusche fahre ich über meine Narben. Sechzehn Narben prangen verteilt auf meiner Brust und den Schultern. Sechzehn Menschen, die nicht mehr existieren. Und sechzehn Leben, die wie ein schwarzer Fleck auf meiner Seele haften.

Ich bin nicht stolz auf das, was ich getan habe, aber es musste sein. Wenn der Teufel befiehlt, führst du seine Befehle aus.

Frisch geduscht und umgezogen, begebe ich mich auf meine heutige Position, welche neben der Bühne ist. Ich beobachte, ob alle Mitglieder die Regeln einhalten und unsere Frauen sich nicht allzu sehr bedrängt fühlen. Zu beobachten, wie einige dieser geldgeilen Säcke die Frau an der Stange betrachten oder ihre privatangemieteten Frauen berühren, sie vögeln oder sich einen blasen lassen, lässt mich kalt.

Früher ist mein Schwanz darauf noch angesprungen und das hat teilweise echt wehgetan in der Anzughose, aber heute kann ich nur mehr darüber lachen. Einzig und allein wenn ich mich mit einer halbwegs attraktiven Frau in eines der Spielzimmer begebe, regt sich etwas in meiner Hose.

Genau in diesem Moment betritt eine Schönheit in einem hautengen schwarzen Kleid und einer filigranen Maske den Club.

Sie habe ich hier noch nie gesehen.

Sie sieht so unschuldig und unwissend aus, dass ich sofort erkenne, dass sie in so einem Club noch nie zuvor gewesen sein kann. Allein ihr Erscheinungsbild lässt meinen Schwanz in der Hose anschwellen.

Gerade als ich sehe, dass sie sich etwas zu trinken bestellt, schnappe ich mir Judy am Arm und halte sie auf dem Weg zur Bar auf. »Was auch immer sich diese Frau zu trinken bestellt, setze es auf meine Rechnung.«

Sie nickt nur, steuert auf die Bar zu und gibt meine Anweisung an Lucia weiter.

Wenige Augenblicke später deutet Lucia auf mich und die Frau dreht sich zu mir um. Sie prostet mir zu und ich schenke ihr ein Nicken, bevor sie sich wieder in Richtung der Bar dreht und das Schauspiel um sich herum beobachtet.

Ich kann meinen Blick einfach nicht von ihr nehmen, so sehr zieht sie mich in ihren Bann. Mich hat schon lange keine Frau mehr so interessiert wie sie. Sie wirkt wie ein verängstigtes Reh, dass erschrocken ins Scheinwerferlicht eines Autos blickt.

Ihr Gang, ihr Haar, ihre Körperhaltung, sowie die gesamte Ausstrahlung sind einzigartig und mit keiner der anderen hier zu vergleichen. Ich versuche, auf die kleinen Besonderheiten zu achten, denn jede Kleinigkeit würde zum Gegenstand meiner Bewunderung für sie werden, oder eher zu meinem Spielplatz.

Fuck.

In meinen Fingern kribbelt es, ihr damit auf ihren nackten Arsch zu schlagen. Sie scheint zu spüren, dass sie beobachtet wird, denn sie blickt sich immer wieder um.

Bevor ich mich entscheide, auf sie zuzugehen, sehe ich, dass Malik sich an sie heranpirscht. Eine seiner Hände platziert er an ihrem Rücken, wo sie auch liegen bleibt. Ich muss mitansehen, dass sie sich fortwährend unwohler unter seinen Berührungen fühlt und sich immer mehr verkrampft. Sie darf ihm keinesfalls in die Hände fallen, das werde ich zu verhindern wissen.

Bevor ich mir weitere Gedanken darüber machen kann, gehe ich schnellen Schrittes auf die Bar zu. So schnell, dass ich bereits neben ihr stehe, sie aus der unangenehmen Lage rette und Malik das Weite sucht.

Sofort fällt die gesamte Anspannung von ihr ab und sie bewegt ihren Kopf in meine Richtung. Ihre Lippen formen irgendwelche

Wörter, welche ich nicht mitbekomme, da mein Herz für einen kurzen Schlag ausgesetzt hat.

Aus der Nähe sieht sie noch viel umwerfender aus. Die Maske verdeckt zwar einen großen Teil ihres Gesichts, aber was ich sehe, zieht mich in einen nicht zu durchbrechenden Bann. Ihre großen, braunen Augen werden durch das dunkle Make-Up zum Strahlen gebracht. Sie sind so dunkel wie schwarzer Kaffee. *So dunkel wie meine Seele*, denke ich. Die geschwungenen, vollen Lippen stehen leicht offen und sofort durchzuckt eine Welle der Lust meinen Schwanz, als ich mir vorstelle, wie er zwischen ihren Lippen aussehen würde. Wie sie ihn bis zum Anschlag in sich aufnimmt und wieder herausgleiten lässt.

Sofort kneife ich mir in meinen Oberschenkel, um wieder ins Hier und Jetzt zu gelangen. Dabei bemerke ich, dass sie mich ebenfalls von Kopf bis Fuß mustert und da kann ich mich einfach nicht zurückhalten. »Sind Sie nun fertig mit Ihrer Musterung? Gefällt Ihnen, was Sie sehen?«

Auf diese Frage schießt ihr die Röte in die Wangen und sie entgegnet ein wenig spitz: »Sie haben mich ja ebenso wenig ungeniert betrachtet. Daher habe ich es Ihnen gleichgetan. Gefällt Ihnen denn, was Sie sehen?«

Meine Antwort darauf würde ich gerne abweisend und eiskalt klingen lassen, aber ich kann nicht. Diese Frau fasziniert mich einfach. Sie hat etwas an sich, das ich genauer erkunden will. Ihren Körper genauer erforschen möchte.

Bevor ich noch weiter darüber nachdenken kann, was ich darauf erwidern soll, streiche ich über ihre zarte Haut, beginnend bei ihrer Hand und hinauf zu ihrem Oberarm.

»In der Tat gefällt es mir sehr, was ich da vor mir habe. So eine makellose und glatte Haut, so zart und weich wie ein Rosenblatt.«

Was ist das denn bitte für eine gequirlte Scheiße aus meinem Mund?

Sie lässt die Berührung zu und eine leichte Gänsehaut überzieht ihren gesamten Arm. Aber nicht auf die angsteinflößende Weise, eher auf die erregte.

Sie blickt mich einfach nur an, ihre sinnlichen Lippen umschließen den Glasrand und wage dringt ein »Danke« an mein Ohr.

Ohne groß darüber nachzudenken, packe ich sanft ihre Hand und ziehe sie in den Flur, wo sich die sechs Spielzimmer befinden. Ihre Hand versteift sich ein wenig in meiner, als ich sie vor mir in den Raum schiebe, die Tür schließe und den Lichtschalter betätige.

Als ich mich wieder zu ihr umdrehe, beobachte ich, wie sie langsamen Schrittes durch den Raum geht und alles ganz genau in Augenschein nimmt.

Die unzähligen Peitschen, Seile und Flogger, welche an der Wand hängen. Die Schubladen der Kommode sieht sie sich nicht genauer an. Darin befinden sich auch noch jede Menge anderer Dinge. Das massive Holzbett, verstärkt durch Eisenstäbe, mit einem roten Leintuch aus Seide und mit Ringen aus Stahl an jedem Bettpfosten. Das Andreaskreuz in der Ecke neben der Tür, sowie die Wand gegenüber vom Bett, welche komplett durch einen dunkelroten Vorhang eingenommen wird.

»Was verbirgt sich dahinter?«, möchte sie wissen, stellt sich direkt mittig vor den Vorhang und geht überhaupt nicht auf die ganzen anderen Sachen in diesem Raum ein.

»Wenn du möchtest, zeige ich es dir.«

Sie steht mit verschränkten Händen und dem Rücken zu mir und nickt auf meine Frage hin leicht.

Ich gehe zurück zur Tür und betätige den Schalter, welcher den Vorhang auf- und zugleiten lässt. Er bewegt sich langsam zur Seite und zeigt den Raum, welcher sich nebenan befindet. Eine schalldichte Glaswand trennt die beiden Zimmer voneinander und nur wir können sehen, was auf der anderen Seite vor sich geht.

Zu unserem Glück ist gerade einer unserer Mitglieder zusammen mit zwei unserer Frauen in dem Raum zu Gange. Er liegt auf dem Tisch, wobei er der einen über die Vagina leckt und die andere ihm einen bläst.

Ich drücke auf den Knopf für die Lautsprecheranlage und das Stöhnen der einen Frau und die schmutzigen Worte des Mannes durchbrechen die Stille.

Dem Schauspiel im anderen Raum schenke ich keine Beachtung. Mein komplettes Augenmerk liegt auf der geheimnisvollen Frau neben mir und ich beobachte sie eingehend.

Anfänglich hat sich ihre Haltung versteift und sie hat das Ganze argwöhnisch betrachtet. Aber schon nach kurzer Zeit lässt sie die verschränkten Arme sinken und tritt einen Schritt auf die Glaswand zu. Fasziniert beobachtet sie das bunte Treiben und ich kann erkennen, dass sie sich mit der Zunge über ihre Unterlippe leckt und kurz danach hineinbeißt. Sie hat definitiv Gefallen daran gefunden und nun werde ich ihr zeigen, was mir gefällt.

Schleichend begebe ich mich hinter sie, streiche sachte mit meiner Lippe über ihr Ohr und raune: »Gefällt dir, was du da siehst?«

Ein Zittern durchfährt ihren Körper und sie schluckt schwer, bevor sie mit belegter Stimme ein »Ja« haucht.

Oh Gott. Dieses eine kleine Wort durchzuckt meinen Schwanz. Ich stehe kurz vorm Explodieren.

»Aber ... aber ... können sie uns denn sehen?«, stottert sie plötzlich und blickt in meine Richtung.

Unsere Lippen sind nur mehr einen Millimeter voneinander entfernt und unsere Nasenspitzen berühren sich. Ruckartig schießt ihr Kopf wieder nach vorne. Mit keuchendem Atem und zwei Fingern an ihren Lippen beobachtet sie den Mann und die beiden Frauen.

Ja, meine Schöne, mich hat diese kleine Berührung genauso elektrisiert wie dich. Meinen Lippen waren Frauen selten so nah wie gerade eben, auch wenn es schon so manche versucht hat. Ein Kuss ist intimer als Sex. Ich vermeide es daher, Zärtlichkeiten auszutauschen und schon gar, dass sich die Frau in mich verliebt. Daher keine Küsse.

»Sie können uns nicht sehen oder hören. Sie wissen, dass dieser Raum von hier aus beobachtet werden kann, aber sie wissen nie genau, ob sich jemand hier drinnen befindet oder nicht, erst wenn bei ihnen das rote Lämpchen angeht.« Ich deute auf das Lämpchen oberhalb der Tür im anderen Raum, und ihr Kopf dreht sich leicht nach rechts.

»Wir können jedes Wort und jedes noch so kleine Geräusch hören, und das wissen sie auch. Manche stehen darauf, beim Liebespiel beobachtet zu werden. Das gibt ihnen einen besonderen Kick.«

Erneut dreht sie sich mit weit aufgerissenen Augen zu mir und ihre Lippen formen ein leichtes »O«.

Ich kann die Zahnräder in ihrem Kopf förmlich arbeiten sehen. Wie sie versucht, die ganzen Eindrücke und Geschehnisse zu verarbeiten. Dabei hat sie nicht einmal die leiseste Ahnung, was hier wirklich alles abgeht.

Warum ist sie hierhergekommen? Wer hat ihr einen Schlüssel gegeben? Denn eine Begleitung von einem unserer Mitglieder ist sie definitiv nicht und Hank und Vladimir lassen niemanden ohne Schlüssel in den Club.

Sie gehört nicht in diese grausame Welt und schon gar nicht in meine Arme. Auch wenn sie sich in diesen richtig gut anfühlen würde.

Ich könnte sie beschützen, sage ich zu mir selbst in Gedanken. Beschützen vor allem und jedem. Aber könnte ich sie auch vor mir beschützen? Vor meinem inneren Monster?

Schnell verwerfe ich all diese Gedanken wieder.

Das sind alles nur Träume und mein eigenes Wunschdenken, sagt mir die Stimme der Vernunft. Doch ein Teil von mir weiß es besser. Ich sollte sie von hier fortschaffen. So schnell es geht.

Kurz bevor sie sich wieder von mir abwenden kann, nehme ich ihr Kinn in die Hand und zwinge sie dadurch, mir in die Augen zu sehen.

»Dein Körper verrät mir alles, was ich wissen muss.«

Ihr Atem geht schwer und mit geweiteten Augen sieht sie in meine.

»Dein schwerer Atem. Das Zittern und der erhöhte Herzschlag. Deine Wangen sind leicht rosig und deine Augen haben ein gewisses Funkeln. Du weißt so gut wie ich, dass dein Körper auf das alles hier reagiert«, sage ich. Und wie er reagiert. Ich muss mich echt beherrschen, sie nicht hier und jetzt zu nehmen.

»Ich wette, dass deine Nippel hart sind und du da unten schon ganz feucht bist. Seit du hier bist, laufe ich mit einem Dauerständer rum. Ich hätte mir längst nehmen können, was ich wollte - und zwar dich. Ich könnte dich auf Höhen führen, die du bis jetzt sicher noch nicht erlebt hast.« *Ich könnte dich schreien lassen, sodass es der gesamte Club hören kann.* »Doch ebenso verrät mir dein Körper eine gewisse Unwissenheit. Unwissenheit über das alles hier, ob du dafür bereit bist. Ich denke, es wird das Beste sein, wenn wir diesen Raum verlassen und du diesen Club. Du gehörst nicht in diese Welt. Du würdest das Ganze hier nicht lebend überstehen. Geh nach Hause, lebe dein Leben weiter wie gehabt und vergiss, was du hier gesehen hast.«

Kapitel elf

Joana

Mein Herz klopft wie wild. Es fühlt sich an, als ob es jeden Moment aus meiner Brust springen würde.

Mit seinem Zeigefinger und Daumen hält er mich am Kinn fest und hebt meinen Kopf, damit ich ihm in die Augen sehen kann. Seine Finger, die sich erstaunlicherweise nicht rau, sondern samtig weich anfühlen, halten mein Kinn so fest, dass ich es ihm nicht entreißen könnte. Durch die leichte Kraftauswirkung fühle ich mich jedoch nicht von ihm bedroht, eingeschüchtert vielleicht, aber nicht bedroht.

Sein Gesicht ist meinem so nah, dass ich seinen warmen Atem auf meiner Haut spüren kann. Dass wir uns so nahe sind, ist nicht gut, zumindest nicht für mich. Seine Präsenz ist deutlich spürbar. Die Wärme, die von seinem Körper ausgeht, springt langsam auf mich über. Zu gerne würde ich meine Hand nach ihm ausstrecken, würde ihm durch sein Haar streichen und seine Züge und Lippen mit den Fingern nachfahren. Die Sehnsucht nach einer körperlichen Berührung ist wie ein Sog.

In seinen blauen Augen tobt ein Sturm und ich könnte schwören, dass ich den tosenden Regen sehen kann, wie die Gischt der Wellen, die gegen die Felsen schlagen.

Er ist es mit Sicherheit gewohnt, das zu bekommen, was er möchte. Nur wie bekommt er das, was er möchte? Bei dieser Frage überzieht eine Gänsehaut meinen gesamten Körper.

Warum bin ich so dumm und gehe mit einem Mann mit, den ich nicht kenne und der ganz klar keiner von der guten Sorte zu sein scheint?

Ob er ein Killer ist? Vielleicht, aber seine Hände sind gepflegt und die Haut ist weich. Ein Killer hat bestimmt keine gepflegten Hände, daher tendiere ich eher zu einem Nein. Doch mein Bauchgefühl kann mich auch täuschen.

Erst jetzt merke ich, dass ich die ganze Zeit über den Atem angehalten habe. Eine Hitze, die sich wie loderndes Feuer anfühlt, überzieht meine Haut und Schweißperlen bilden sich in meinem Nacken.

Ich versuche, zu begreifen, was hier gerade passiert. Dieses Zimmer. Diese Sachen. Das, was der Mann hinter der Glasscheibe mit den beiden Frauen macht. All das weckt jene dunkle Sehnsucht, welche tief in mir verschlossen ist. Ich beiße mir auf die Unterlippe, dränge das Gefühl der Zurückweisung in die hinterste Ecke meines Bewusstseins und mache etwas komplett Unüberlegtes.

Ich überwinde die wenigen Zentimeter zwischen unseren Lippen und küsse ihn.

Diesen Fremden, der mir gerade gesagt hat, ich solle gehen und ihn vergessen.

Ich spüre, dass er protestiert, und presse meinen Mund daher noch fester auf seinen. Meine Zunge bittet um Einlass, doch kurz darauf drückt er mich von sich. Mir entfährt ein leiser Seufzer und wir sehen uns in die Augen. Seine sind nicht mehr blau, sondern schwarz wie die Nacht.

»Eines muss dir klar sein. Ich bin kein Mann für Beziehungen, auch schlafe ich nicht mit Frauen. Ich spiele mit ihnen und ficke sie, wie es mir passt. Wenn du damit nicht klarkommst, dann hast du jetzt noch die Möglichkeit, zu gehen. Ansonsten gehörst du für das, was ich mit dir vorhabe, mir. Und was mir gehört, gebe ich so schnell nicht wieder her. Genauso wenig teile ich auch mit keinem anderen.«

Du machst einen riesengroßen Fehler, sinnieren mein Kopf und mein Herz im Einklang, aber ich ignoriere sie beide und überlasse meinem Körper das Handeln. Ohne darüber nachzudenken, was ich da eigentlich tue, beziehungsweise im Begriff bin zu tun, nicke ich.

»Was willst du mir damit sagen? Du musst schon deutlich mit mir reden, ansonsten kannst du gehen.«

»Ja«, hauche ich. Fuck, ich habe wohl endgültig meinen Verstand verloren.

»Was, ja?«

»Ja, ich will dir gehören.«

Er drängt mich rückwärts in Richtung des Bettes. Dabei verdunkelt sich sein Blick noch mehr und ich muss meine Angst hinunterschlucken. Kurz davor bleibt er stehen und dreht mich um, sodass ich mit dem Rücken gewandt zu ihm stehe. Mein Herz schlägt mir bis zum Hals, Gewissensbisse überkommen mich, doch ich schiebe sie zurück.

Mein geheimnisvoller Fremder streicht meine Haare zur Seite und schält mich aus dem Kleid, bis es langsam von meinem Körper zu Boden gleitet. Ein tiefes Knurren entkommt seiner Kehle. »Du bist so verdammt schön.«

Eine Gänsehaut breitet sich auf meinem Körper aus und ich warte mit angehaltenem Atem auf seine nächsten Berührungen.

Seine Finger legen sich um den Reißverschluss des Bodys und ich kann hören, wie sich die ineinander verhakten Reißverschlusszähne lösen. Seine Berührung mit den Fingerspitzen setzt meine Haut in Brand. Eine Spur lodernder Flammen zieht sich über meine Wirbelsäule. Ich muss mir auf die Lippe beißen, um nicht durch so eine minimale Berührung aufzustöhnen.

Als er fertig ist, streift er mir den Body langsam ab und tippt dann abwechselnd auf meine Füße, um mir damit zu signalisieren, dass ich diese anheben soll.

Nun stehe ich, so wie Gott mich schuf, nur bis auf die Sandalen bekleidet, vor ihm. Als er sich wieder erhebt, fährt er mit seiner rechten Hand langsam meine gesamte Seite entlang. Von meinen Fußknöcheln bis hinauf zu meinem Hals.

»Lege dich mit dem Rücken auf das Bett und bleibe liegen«, raunt er mir in einem bestimmenden Tonfall in mein Ohr.

Ich tue, was er sagt und lege mich mit dem Rücken auf das Laken. Dabei beobachte ich, wie er zu der Kommode geht und aus der zweiten Schublade von oben rote Seile herausnimmt. Mit diesen kommt er auf mich zu und bleibt vor dem Bett stehen. Er mustert meinen Körper ungeniert und am liebsten würde ich meine Scham mit meinen Händen bedecken. Doch ich rühre mich nicht.

»Ich werde dich jetzt mit diesen Seilen an beiden Händen und Füßen an den Ringen befestigen. Du musst ein Safe Word bestimmen, mit welchen du mir signalisierst, dass ich aufhören soll. Wenn du dieses Wort sagst, lasse ich von dir ab und es ist vorbei. Aber glaube ja nicht, dass es dann noch ein zweites Mal zwischen uns geben wird. Also, wie lautet dein Safe Word?«

Ich blicke mich im Raum um und entdecke mein Kleid am Boden. »Schwarz«, bestimme ich etwas schüchtern meine Reisleine, falls mir das alles zu viel werden sollte.

Als Bestätigung bekomme ich ein Nicken von dem Fremden.

Er entledigt mich meiner Schuhe und schlingt die Seile um meine Fußknöchel, um sie danach jeweils an den Ringen zu befestigen. Sie sind zwar fest und ohne fremde Hilfe würde ich mich nicht befreien können, aber sie schneiden meine Haut nicht ein. Dasselbe macht er auch mit meinen Handgelenken, bis ich nackt und ausgebreitet wie ein Seestern vor ihm liege.

»An diesen Anblick könnte ich mich gewöhnen. Dich. So nackt und bereit vor mir liegend.«

Er begutachtet sein Werk eingehend, während er sich sein Sakko und Hemd auszieht und beides anschließend an einem Haken am Bettpfosten aufhängt. Nun steht er mit nacktem Oberkörper vor mir und ich muss scharf die Luft einsaugen. Mir wird noch wärmer, als mein Blick unweigerlich über seine athletischen Muskeln und seine gebräunte Haut wandert. Meine Augen gleiten zu seinen fantastischen und äußerst definierten Bauchmuskeln und wieder hinauf zu seiner kräftigen Brust und den breiten Schultern.

Ich kann leichte, verhornte Narben auf seinem Oberkörper erkennen. Ich möchte diese unbedingt berühren und Küsse darauf verteilen, deren Geschichten erfahren und herausfinden, wer ihm das angetan hat.

Was ist nur los mit mir? Die Narben eines wildfremden Mannes küssen? Geht's noch, Joana?

Er holt mich aus meinen Gedanken, als er wieder zur Kommode schlendert und mit einer Gerte zurückkommt.

Mit dem kalten, glatten Leder fährt er langsam über meinen rechten Fuß, mein Bein hoch, vorbei an meinem Venushügel und weiter hinauf über meinen Bauch bis hin zu meinen Brüsten. Er umspielt meine Brustwarzen, welche sich wie magnetisiert aufrichten und hart werden. Mir entkommt ein leises Keuchen und ich muss meine Augen schließen, da diese Berührungen so intensiv sind.

»Habe ich dir gesagt, dass du deine Augen schließen darfst? Sieh mich an!«, befiehlt er mir und ich öffne abrupt die Augen und suche seinen Blick. Ich kann ein leichtes Funkeln darin erkennen und kurz darauf verpasst er mir einen Schlag auf die linke Brust.

Vor lauter Schmerz versuche ich den Rücken durchzubiegen, aber die Seile hindern mich daran. Es ist kein Schmerz im schlechten Sinne, nein. Es ist ein Lustschmerz. Ein Schmerz, von dem ich mehr möchte, von dem ich mehr brauche.

Er verpasst jeder von meinen Brüsten abwechselnde Schläge, die mich meinen Rücken anspannen lassen. Ich muss dem Drang widerstehen, meine Augen zu schließen, denn sonst werden die Schläge härter, das habe ich mittlerweile herausgefunden.

Er fährt mit der Gerte Richtung Süden und bleibt bei meiner Vagina stehen. Das kalte Leder drückt er auf meine Perle der Lust und massiert diese mit leichtem und gezieltem Druck. Ich kann nicht mehr und muss meine Augen schließen, da mich das Ganze so heiß macht, dass ich mein Becken leicht vor- und zurückbewege, um mich an der Gerte zu reiben.

Von meiner Lust getrieben, pocht mir das Blut in den Ohren und ich bekomme nicht mit, dass er die Gerte auf meine Klit schnalzen lässt. Ich spüre nur den Schmerz und das darauf folgende Brennen. Einen Aufschrei kann ich mir nicht verkneifen.

»Das war dafür, dass du mich geküsst hast. Und die nächsten beiden werden dich lehren, dass du dich nicht selbst befriedigst und deine Augen schließt.« Und noch ein, zwei oder dreimal schnalzt er mich und ich muss mich dazu zwingen, die Augen offen zu halten und nicht zu schreien. Eine einzelne Träne löst sich aus meinem

Augenwinkel und bahnt sich den Weg über meine Wange, in Richtung Ohr.

»Hör auf«, schluchze ich und versuche mich in den Fesseln zu winden. »Bitte, hör auf.« Aber will ich, dass er aufhört? Ja … Nein … Ach Scheiße, meine Gefühle fahren gerade Achterbahn. Wenn ich das Wort sage, ist es vorbei. *Wenn du es sagst, wirst du nie herausfinden, wie es sich anfühlt, der dunklen Sehnsucht in dir eine Kostprobe zu verpassen.* Der innerliche Kampf löst sich gerade in Luft auf, als der Fremde mir mit seiner Zunge über die schmerzende Stelle fährt.

»So unfassbar feucht bist du und dein Saft schmeckt herrlich.«

Mit seiner Zunge umkreist er gekonnt mein Lustzentrum, saugt meine Schamlippen in seinen Mund und beißt sachte hinein. Seine Zunge vögelt mich und erkundet jeden Zentimeter meines Intimbereichs.

Ich spüre, wie die Hitze in meinem Körper immer mehr zunimmt, und ich endlich erlöst werden will. Als ich mein Becken gegen seine Zunge presse, entkommt auch ihm ein Stöhnen und ich merke, dass er sich beherrschen muss, um mich nicht gleich mit Haut und Haar zu verschlingen. Kurz bevor ich dem Höhepunkt hin fiebere, ist seine Zunge fort und ich spüre die feuchte Kälte zwischen meinen Beinen.

»Bitte«, flehe ich mit leiser Stimme.

»Bitte, was?«, fragt er und kniet vor mir. Ich kann seine Erektion sehen, wie sie gegen seine Hose drückt.

»Bitte erlöse mich.«

Er erhebt sich, zieht den Reißverschluss seiner Hose nach unten und streift sie mitsamt seiner engen Shorts ab. Als er sich wieder aufrichtet, habe ich einen ungehinderten Blick auf seinen imposanten und erigierten Schwanz. Ich kann von hier aus sehen, dass er einen beträchtlichen Durchmesser hat und sich die zarte Haut straff spannt.

Auf dem Weg zur Kommode wippt er auf und ab, und ich kann meinen Blick davon nicht losreißen.

Wie soll dieses Ding da in mich hineinpassen? Das wird definitiv schmerzhaft.

Seine Sachen hat er zusammengelegt und auf der Kommode platziert. Danach öffnet er die oberste Schublade und zieht ein Kondom heraus. Wieder bei mir kniet er sich zwischen meinen Beinen auf das Bett, stülpt sich das Kondom über, und bedeckt die durch die Schläge entstandenen roten Flecken auf meinen Brüsten mit zarten Küssen. Ich nage an meiner Unterlippe und senke den Blick, um das Schauspiel zu beobachten.

Er treibt seine Zähne in meine zarte Haut und mit saugenden, leckenden Bewegungen steckt er diese in Brand.

»Ich möchte dich auch berühren. Bitte, binde mich los. Zumindest einen Arm«, flehe ich ihn an.

Leise fängt er an, an meiner Brust zu lachen. »Nein.« Mit einem finsteren Blick sieht er mir tief in die Augen. Durch die schwarze Maske kann man diese fast nicht erkennen.

Was für ein Leid hat er erfahren müssen, dass er keine Berührungen und Küsse zulässt? Haben etwa seine Narben damit zu tun?

Ohne den Blick von mir abzuwenden, positioniert er sich an meine Scham und dringt Stück für Stück in mich ein.

»Oh verdammt ... du bist so eng.«

Er lässt mir Zeit, dass ich mich an seine Größe und Dicke gewöhnen kann. Anfänglich verkrampfe ich mich noch leicht, aber als er bis zum Anschlag in mir steckt, entspanne ich mich und lasse die angehaltene Luft entweichen. Auch meine in die Decke gekrallten Finger lösen sich. Wie gerne würde ich ihn jetzt berühren, über seine stahlharte Brust fahren und jeden Muskel nachmalen.

Seine Bewegungen werden immer schneller, und immer tiefer stößt er in mich hinein. Ich versuche ihm mit meinen Hüften entgegenzukommen, soweit es die Seile zulassen, um ihn vollends zu spüren. Das Verlangen schießt durch meine Glieder und langsam fängt meine Haut an zu kribbeln. Unser beider Atem geht keuchend und ich sehe, wie ein leichter Schweißfilm seinen Körper benetzt und sich auf seiner Stirn kleine Schweißperlen bilden.

»Du wirst erst kommen, wenn ich es dir sage«, bringt er zwischen seinen Stößen und zusammengebissenen Zähnen hervor.

»Ja, Sir«, bringe ich nur hervor, denn meine Muskeln fangen langsam an, sich um seinen Schwanz zusammenzuziehen. Ich stehe kurz vor dem Orgasmus und mein Körper beginnt, leicht zu zittern, da es mich sämtliche Anstrengung kostet, ihn zurückzuhalten.

Plötzlich hebt er mich an den Hüften leicht an, gräbt seine Finger in mein Fleisch und nimmt mich ohne Hemmungen. Das ist ein völlig neues Gefühl für mich, und lange halte ich nicht mehr durch.

Ich sehe ihm an, dass auch er kurz davor stehen muss. Gott, wie er sich so auf die Unterlippe beißt, ist gerade nicht förderlich.

»Jetzt«, sagt er und ich lasse los. Leise schreie ich auf. Wärme breitet sich in mir aus, und ich heiße meinen Orgasmus willkommen. Alles in mir explodiert wie ein Feuerwerk. Kurz darauf folgt auch er mir mit einem tiefen und langen Brummen.

Komplett außer Atem und völlig verschwitzt komme ich langsam wieder zu mir und habe nicht bemerkt, dass er sich aus mir zurückgezogen und mich bereits losgebunden hat. Meine Arme fühlen sich taub an und ein Kribbeln quält meine Haut, als das Blut wieder anfängt, durch meine Adern zu fließen. Ich reibe mir über die leicht geröteten Stellen an meinen Handgelenken und setze mich auf.

Der Schleier der Lust, welcher mich umnebelt hat, verschwindet langsam.

Ich beobachte, wie er das Kondom in dem Mülleimer neben der Kommode entsorgt, und sich seine Shorts und Hose überstreift. Er kommt auf mich zu und fischt dabei etwas aus seiner rechten Hosentasche.

»Hier«, sagt er und in meinem Blickfeld taucht ein Schlüssel auf. Dieser ist so anders als jener, den ich bei William gefunden habe. Er ist golden, nicht silbern, der Schlüsselhalm ist um einiges länger und die Verschnörkelungen sind filigraner.

»Wofür ist der?«, frage ich und starre ihn an.

Er nimmt mein Kinn in die Hand und sieht mir in die Augen. »In drei Wochen eröffnen wir einen weiteren Club in Dubai. Das ist deine Eintrittskarte. Du wirst kommen. Wenn nicht, werde ich dich finden, fesseln, knebeln und dich persönlich nach Dubai schleppen. Hast du das verstanden?«

Mein Blick springt zwischen seinen Augen hin und her, um abzuchecken, ob er nur blufft oder ob er das Ganze ernst meint. Würde er mich wirklich aufspüren und mich wie ein geschnürtes Paket nach Dubai verfrachten? Nein, auf keinen Fall. Er kennt mich ja nicht einmal und meine falschen Angaben werden ins Nichts führen. Aber verscherzen möchte ich es mir mit ihm auch nicht.

Schließlich bringe ich nur ein Nicken zustande. Das dürfte Antwort genug sein, denn er lässt mein Kinn los und legt den Schlüssel in meine Hand. Er schnappt sich Hemd und Sakko, schlüpft hinein und verlässt den Raum durch eine versteckte Tür in der Wand.

Ich sitze noch einen Augenblick wie benommen da und fixiere den Schlüssel in meiner Hand, der sich wohlgemerkt schwer wie

Blei anfühlt. Durch das zu lange Starren wird mir bewusst, dass ich meinen Ring nicht trage.

Verdammt, den habe ich auf meinem Nachttisch im Hotel liegen gelassen.

Hätte ich ihn bloß getragen, dann wäre ich bestimmt nicht von Malik angesprochen worden, hätte dann nicht gerettet werden müssen und diesen Fehler begangen. Oder doch? Nein, so etwas darf ich nicht denken.

Ich muss hier schleunigst weg. Daher springe ich vom Bett auf, lege den Schlüssel darauf ab und suche meine Tasche. Diese entdecke ich vor der großen Scheibe am Boden, der gesamte Inhalt hat sich verstreut. Mist. Sie muss mir aus der Hand gefallen sein, als ich diesen geheimnisvollen Mann geküsst habe.

Ich gehe hinüber, knie mich hin und taste nach dem Handy. Dass ich dabei noch komplett nackt bin, ist gerade meine kleinste Sorge. Es braucht zwei Anläufe, bis ich das Telefon vom Boden aufheben und Marias Nummer anwählen kann, da ich so zittre. Während ich darauf warte, dass Maria rangeht, versuche ich meine Sachen wieder in die kleine Tasche zu packen. Doch es gelingt mir nicht. Meine Sicht fängt an sich zu trüben und ich muss mehrmals blinzeln, um die Tränen zu unterbinden.

»Komm schon«, rufe ich verzweifelt, da es noch immer läutet und ich unfähig bin, diese verdammte Tasche zu packen.

Als ich es endlich geschafft habe und mit dieser zum Bett gehe, hebt Maria ab. Vor Erleichterung fällt mir die Tasche beinahe wieder aus der Hand.

»Maria, ich bin es, Joana. Können Sie mich von der Adresse vom Lagerhaus abholen?«, flüstere ich in mein Handy.

»Si, Señorita. Ich bin in der Nähe und in fünf Minuten bei Ihnen.«

Ohne mich zu verabschieden, lege ich auf, zwänge mich in den Body und ziehe mir mein Kleid an. Ich schnappe mir meine Riemchensandalen, schlüpfe hinein und stecke den Schlüssel in meine Handtasche. Unbemerkt verlasse ich das Zimmer, stürme aus dem Flur hinein in den Clubbereich und geradewegs zu der Tür, durch welche ich heute diese Welt betreten habe. Ich bekomme nur am Rande mit, dass mich die Dame am Empfang anspricht und ich einfach an ihr vorbeilaufe.

Draußen erwartet mich eine milde Sommerbrise und die aufgehende Sonne, die den Himmel rosarot färbt. Tränen bahnen sich wieder ihren Weg an die Oberfläche, aber ich dränge sie zurück. Ich möchte nicht, dass mich die beiden Securitys weinen sehen, auch wenn sie mich nicht beachten.

Zwei Scheinwerfer strahlen mich aus der Ferne an und Marias Wagen kommt kurz danach neben mir zum Stehen. Schnell steige ich ein und sage ihr, dass sie mich wieder zum Hotel bringen soll, wo Sie mich schon vor einigen Stunden abgeholt hatte.

Langsam nehme ich die Maske von meinem Gesicht und sehe, dass Maria mich zwar durch den Rückspiegel ansieht, aber kein Wort sagt. Die Stille in dem Wagen lässt mich an das denken, was ich soeben getan habe, und ich lasse meinen zurückgedrängten Tränen endlich freien Lauf.

Was habe ich getan? WAS HABE ICH GETAN? Ich habe soeben William betrogen. Dafür könnte ich mich ohrfeigen.

Ich muss mir eine Hand vor den Mund halten, um meine Schluchzer zu dämpfen. Die ganze Fahrt über sagen weder Maria noch ich ein Wort, nur *El Perdedor* von Enrique Iglesias ertönt leise aus dem Radio.

Beim Hotel drücke ich ihr mein gesamtes Bargeld in die Hand. Sie setzt zum Sprechen an, aber ich habe den Wagen schon verlassen und gehe schnurstracks auf den Eingang zu.

In der Lobby würdige ich niemanden eines Blickes und steuere direkt auf den Aufzug zu, um in die Penthouse Etage zu fahren.

Es ist stockdunkel und nachdem ich in Suzys Zimmer nachgesehen habe, komme ich zu der Erkenntnis, dass sie noch nicht zurück ist. Das ist teilweise gut und teilweise schlecht, denn ich könnte jetzt wirklich eine Freundin gebrauchen.

Also gehe ich in mein Zimmer, entledige mich meiner Kleidung und knalle die Maske auf die Kommode. Unter der Dusche wasche ich den Schweiß und Sexgeruch von mir. Da ist er wieder. Der salzige Geschmack der Tränen, die mir still und leise über die Wangen laufen und sich mit dem Wasser vermischen. Ich schluchze los und lasse all meinem Kummer freien Lauf.

Mit dem Rücken an die kühlen Fließen gelehnt, gleite ich langsam zu Boden und schlinge die Arme um meine Beine. Das Wasser prasselt auf mich herab und ich weiß nicht, wie lange ich schon so dasitze, als die Badezimmertür aufschwingt und Suzy den Raum betritt.

Sofort stellt sie das Wasser ab, schlingt ein Handtuch um meinen Körper und zieht mich auf die Füße. Sie rubbelt mich trocken, wickelt mich danach in den Bademantel, schminkt mich ab und bringt mich in mein Bett, dabei verliert sie kein einziges Wort.

Sie verlässt mein Zimmer und lässt mich mit meinen Gedanken und Ängsten allein zurück. Ich starre wie gebannt an die Decke. An Schlaf ist jetzt nicht zu denken. Ständig schwirrt mir das Wort *Betrügerin* durch den Kopf, dabei habe ich nicht bemerkt, dass Suzy wieder in mein Zimmer gekommen ist. Sie legt sich zu mir ins Bett, umarmt mich und gibt mir einen Kuss auf die Wange.

»Schlaf jetzt. Morgen früh reden wir.«

In der Dunkelheit beobachte ich ihren Rücken, wie er sich langsam und gleichmäßig hebt und senkt und merke an ihrer Atmung, dass sie eingeschlafen ist. Der Anblick ihres hebenden und senkenden Körpers hypnotisiert mich und eine plötzliche Müdigkeit überkommt mich. Meine Lider werden schwer und als ich den Kampf verliere, erwartet mich nichts als Schwärze und ein Paar ozeanblauer Augen.

Kapitel zwölf

Am nächsten Morgen wache ich mit verquollenen Augen auf und bemerke, dass Suzy nicht mehr neben mir liegt. Ich schlage die Decke beiseite und schäle mich aus etwas heraus, das sich wie der Stoff eines Handtuchs anfühlt, und schlurfe ins Bad, um meine Blase zu erleichtern. Ein Blick in den Spiegel verdeutlicht, wie ich mich fühle. Meine Haut ist blass, meine Augen zieren tiefe Schatten, meine Haare sehen aus, als hätte ein Vogel darin genistet, und meine Wangen wirken eingefallen.

Als ich den Blick weiter über meinen Körper wandern lasse, merke ich, dass ich komplett nackt bin und roten Flecken auf meinen Brüsten prangen. Ich erinnere mich nur mehr schleierhaft an den Ausgang des gestrigen Abends, beziehungsweise verdrängt mein Unterbewusstsein noch das Geschehene. Später wird mich das alles einholen und innerlich vernichten.

Ohne weiter darüber nachzudenken, dusche ich mich ab und wasche mir die verfilzten Haare.

Frisch geduscht und mit geputzten Zähnen verlasse ich, mit einem Handtuch um meinen Körper geschlungen, das Badezimmer.

»Guten Morgen, Dornröschen«, begrüßt mich Suzy mit einem Strahlen im Gesicht.

Sie sitzt auf meinem Bett und die letzte Nacht kann man ihr überhaupt nicht ansehen. Wie kann sie nach dieser Partynacht nur so frisch und fröhlich aussehen? Ich sehe aus, als wäre ich von einem LKW überrollt worden, und das nicht nur einmal!

»Guten Morgen«, murmle ich und gehe an ihr vorbei in das Ankleidezimmer.

»Ich habe uns Frühstück aufs Zimmer bestellt. Da ich nicht wusste, auf was du Lust hast, habe ich einfach alles genommen. Kommst du?«

»Ja, gleich. Ich möchte mir nur schnell was anziehen.«

»Okay. Ich gehe ins Esszimmer und fange schon mal an.«

Schnell lasse ich das Handtuch zu Boden gleiten und schlüpfe in BH und Slip sowie in das beige Maxikleid. Die hellrosa Striemen an meinen Handgelenken verberge ich, indem ich mir meine Jeansjacke überziehe.

Als ich gerade dabei bin, das Handtuch und den Bademantel ins Badezimmer zu bringen, erblicke ich den Ring auf dem Nachttisch und lasse mich aufs Bett nieder. Mit zittrigen Händen greife ich nach dem Schmuckstück und dabei fällt es fast zu Boden. Der Ring wiegt schwer in meinen Händen und es fühlt sich falsch an, ihn über den Ringfinger zu streifen. Aber wenn ich es nicht tue, wird mir Suzy Fragen stellen, auf die ich keine Antworten habe. Daher muss ich ihn vorerst tragen und mit der Last leben. Wie soll ich das nur die nächsten Tage über schaffen?

Angezogen begebe ich mich in das Esszimmer und setze mich neben Suzy an den Tisch, welcher schon reichlich gedeckt ist. Pancakes, Rührei, weiches Ei, dunkles und helles Brot, Müsli, Früchte und so vieles mehr.

Ich entscheide mich vorerst für einen Orangensaft, sowie Rührei und dunkles Brot mit Butter. Suzy schenkt mir eine Tasse Kaffee ein und ich schenke ihr ein Lächeln, da ich den Mund voll mit Rührei habe.

»Nun, meine Liebe. Ich wollte dich gestern nicht bedrängen, aber das Bild, was sich mir geboten hat, hat mich schon ziemlich verstört, wie du so zusammengekauert in der Dusche gesessen hast. Was war los? Ist es wegen Will? Weil er sich nicht gemeldet hat?«, fragt sie. »Der hat dich überhaupt nicht verdient. Du bist so eine liebevolle, fürsorgliche und ehrliche Person und er? Er ist so ein Arsch!«, setzt Suzy gleich noch hinterher.

Wenn sie wüsste, was ich letzte Nacht angerichtet habe, würde sie mich mit anderen Augen sehen und alles zurücknehmen, was sie soeben gesagt hat.

Kann ich ihr die Wahrheit erzählen? Kann ich ihr soweit vertrauen? Vertraue ich mir überhaupt?

Ja, ich würde schon sagen, dass ich ihr vertrauen kann, aber ich weiß nicht, ob mein Vertrauen in sie so stark ist, dass ich ihr von gestern erzählen kann. Daher beschließe ich, es ihr vorerst zu verheimlichen und sage stattdessen: »Ja, es ist wegen Will, weil er sich nicht gemeldet hat.«

Lüge. Das ist eine Lüge!, würde ich am liebsten schreien und mir eine Ohrfeige dafür verpassen, dass ich nicht ehrlich sein kann. Seit wann bin ich zu einer Lügnerin geworden? Ich war immer ehrlich und erwarte dies auch von meinen Mitmenschen. Warum bin ich es also jetzt nicht?

»Schätzchen, du darfst das nicht so an dich heran lassen. Ich möchte jetzt kein Moralapostel sein, aber du musst lernen, ihm die kalte Schulter zu zeigen. Biete ihm die Stirn, Baby, und hau auf den Tisch, von mir aus drohe ihm mit Sexentzug oder dass du ihn verlassen wirst.«

Wer weiß, vielleicht wird er mich verlassen, nachdem er alles herausgefunden hat. Er wird mich sicher verlassen, denn wer will schon mit einer Lügnerin und Betrügerin zusammen sein? *Du musst es ihm sagen, Joana. Schließlich hast du gestern deinen Körper handeln lassen, obwohl ich dich gewarnt habe,* schimpft mich mein Unterbewusstsein und ich lasse es still und heimlich über mich ergehen. Das habe ich wohl verdient.

»Okay, ich werde versuchen, ihm die Stirn zu bieten und ihm meine Meinung zu sagen.« Bei diesen Worten krampft sich in mir alles zusammen und ich muss mich zu einem Lächeln zwingen. Ich lüge gerade nach Strich und Faden meine beste Freundin an und könnte mich dafür ohrfeigen. Sie hat so viel für mich getan und ich habe sie nicht verdient.

»So habe ich dich kennengelernt, meine Süße, und wenn du es nicht tust, dann erzähle ich ihm von letzter Nacht, wie du weinend am Boden der Dusche gekauert hast und werde ihm zum Abschluss mit meinen Louboutins in die Eier treten.«

Für einen kurzen Moment muss ich lachen, da mir die Vorstellung ihrer halsbrecherischen hohen Schuhe in seinen Eiern sehr gefällt, aber dann flackern die Bilder von letzter Nacht wieder auf und das Lachen in meiner Kehle erstirbt.

»Nein, bitte erzähle ihm nichts von letzter Nacht. Das möchte ich mit ihm unter vier Augen bereden.« Langsam sammeln sich Schweißperlen auf meiner Stirn und leichte Panik überkommt mich. Sie darf ihm auf keinen Fall von gestern erzählen.

Das möchte ich ihm gerne selber erläutern, aber
ich muss mir überlegen, ob und wie ich es ihm am besten sage.

»Gut, dann iss auf. Wir werden in einer Stunde abgeholt und wir haben noch nicht einmal unsere Koffer gepackt. Das kann ja heiter werden.«

Wir werden um elf Uhr mittags von unserem Fahrer abgeholt. Beim restlichen Frühstück unterhielten wir uns über gestern Nacht, beziehungsweise quatschte eigentlich nur Suzy, und wir vergeudeten dadurch noch mehr Zeit.

Daher landete alles irgendwie in unseren Koffern, da wir nur noch eine halbe Stunde zum Packen übrig hatten. Die Maske und den Schlüssel wickelte ich behutsam in meine Kleidung und verstaute sie weit unten in meinen Koffer.

Die Fahrt zum Flughafen verbringen wir schweigend. Suzy starrt in ihr Handy und ich wage auch endlich einen Blick auf meines. Da entdecke ich eine neue Nachricht von Will.

W: Hey, mein Engel. Ich hoffe, du hattest ein schönes Wochenende und konntest die Zeit mit Suzy genießen. Es tut mir leid, dass ich mich nicht eher bei dir gemeldet habe, aber es war jeden Tag so stressig, dass ich am Abend einfach nur tot ins Bett gefallen bin. Das mache ich wieder gut :) Ach ja, übrigens: ich lande heute spät abends in New York, konnte alles rechtzeitig unter Dach und Fach bringen. Möchtest du mich heute Abend vom Flughafen abholen oder soll das doch lieber Dominic erledigen?

J: Hey, mein Schatz. Ja, es war ein tolles Wochenende. Mir hat Barcelona sehr gefallen, aber leider war es viel zu kurz. Wir sollten auch mal hierherkommen und uns alles ansehen, was diese schöne Stadt zu bieten hat :) Ach, ist schon okay. Ich weiß ja, auf was ich mich da eingelassen habe ;) Wirklich? Da freue ich mich aber sehr darüber. Wann wird dein Flieger landen?

Ich lege das Handy in meinen Schoß. In einer Nachricht zu lügen, ist auf jeden Fall einfacher, aber das schlechte Gewissen trifft es genauso. Es vibriert erneut und prompt öffne ich die neue Nachricht.

W: Das freut mich, dass es dir gefallen hat. Ja wir können sehr gerne mal Barcelona zusammen erkunden :) Ich sollte gegen halb elf abends landen.

J: Ok, ich werde dich abholen. Im Verlag gebe ich Bescheid, dass ich morgen erst mittags ins Büro komme, dann können wir noch ein wenig Zeit miteinander verbringen :)

Ich schicke meine SMS ab und bemerke, dass wir schon am Flughafen sind und direkt vor unserem Jet stehen.
Schnell sende ich noch eine letzte Nachricht hinterher, nachdem wir das Auto verlassen haben.

J: Wir betreten jetzt unseren Jet und werden dann in wenigen Minuten abheben. Ich freue mich schon auf dich. XOXO

»Was grinst du so?«, fragt mich Suzy und versucht, auf mein Handy zu schielen.
»Ich habe soeben mit William geschrieben. Er hat sich bei mir entschuldigt und mir mitgeteilt, dass er heute schon zurückkommt und ob ich ihn nicht abholen möchte.« So schnell hätte ich mit ihm nicht gerechnet und mir wird ganz flau im Magen, wenn ich an heute Abend denke.
»Na, sieh einer an. Da kommt er ja doch zu Kreuze kriechend und zieht seinen Schwanz ein. Lass ihm bloß nicht alles durchgehen, Joana«, sagt sie und fuchtelt mit dem Zeigefinger vor meinem Gesicht herum.

»Jawohl, Chefin«, sage ich und salutiere vor ihr. Sofort prusten wir beide los und müssen uns die Bäuche halten, vor lauter Lachen.

Wir betreten den Jet, verstauen unser Handgepäck und bekommen Getränke gereicht. Dann werden wir auch schon gebeten, uns anzuschnallen. Schnell schreibe ich noch eine Nachricht an Layla, dass ich morgen erst gegen Mittag kommen werde, als wir auch schon auf die Startbahn rollen und der Pilot Gas gibt, um uns kurze Zeit später in die Luft zu befördern. Ich beobachte, wie die Stadt immer kleiner wird und meine Gedanken wandern langsam zu *ihm*.

Dieser Mann hat eine bisher noch nie dagewesene Wirkung auf mich, die ich nicht beschreiben kann und sogar jetzt noch spüre. Obwohl ich sie nicht spüren sollte. Die Erinnerungen von gestern versuchen sich einen Weg an die Oberfläche und in meinen Kopf zu bahnen. Der halbdunkle Raum, sein kräftiger und muskulöser Oberkörper … ich kneife mich in den Oberschenkel und der Schmerz darüber vertreibt jegliche weitere Gedanken an gestern.

Ich starre aus dem Fenster und meine Augen werden immer schwerer, langsam döse ich ein und falle in einen so tiefen Schlaf, dass ich nicht mitbekomme, dass wir uns kurz vor dem Landeanflug auf JFK befinden.

Nach der Landung wird unser gesamtes Gepäck ziemlich schnell in dem SUV verstaut, neben welchem Tyler bereits auf uns wartet.

Die gesamte Fahrt über verbringe ich schweigend, während Suzy Tyler alles über das Wochenende erzählt und er aufmerksam zuhört.

Vor meinem Haus angekommen, bedanke ich mich bei Suzy mit einem Küsschen auf die Wange und bei Tyler dafür, dass er mich gefahren hat.

In der Eingangshalle begrüße ich unseren Concierge Peter mit einem Winken und fahre mit dem Aufzug bis ganz nach oben. Die Türen gleiten beiseite und ich begebe mich sofort in den Hauswirtschaftsraum, wo ich meinen Koffer leere, um die Wäsche zu waschen. Als ich die Maske und den Schlüssel in den Händen halte, überlege ich, wo ich diese am besten vor Will verstecken kann.

Gerne möchte ich in Erfahrung bringen, was William mit diesem Club zu schaffen hat. Bestimmt ist das alles nur ein ganz blöder Zufall. William hat den Schlüssel bestimmt nur irgendwo gefunden und eingesteckt, um ihn bei der nächsten Gelegenheit in einem Fundamt abzugeben. Ja, so muss das sein. *Das glaubst du ja wohl selbst nicht?* Aber ich muss, denn wenn ich ihn nach diesem Schlüssel frage, wird er sicher wissen wollen, warum ich ihn hatte und wo er jetzt ist. Dann müsste ich ihm von dem Club und meinem Fehltritt erzählen, und dazu bin ich noch nicht bereit. Daher entscheide ich mich fürs Erste, die beiden Dinge in meiner Sockenschublade zu verstecken.

Ich fische mein Handy aus meiner Handtasche, um die Uhrzeit zu checken. Ich habe noch gut eine Stunde Zeit, bevor ich los muss und beschließe, mir einen Kaffee zu gönnen, damit ich wach bleibe.

Gegen zehn Uhr abends fahre ich mit dem Aufzug in die Garage und steige in meinen Porsche Panamera, um mich auf den Weg zum Flughafen zu machen.

Einen Parkplatz habe ich schnell gefunden und bei der Ankunftshalle warten auch einige andere.

Der erste Schwall an Fluggästen schreitet durch die Schiebetüren und darunter kann ich auch William ausmachen. Durch seine Größe überragt er die meisten anderen und sein dunkelblondes Haar sehe ich schon von weitem. Er trägt es immer nach hinten gestylt, aber nicht allzu perfekt. Auch jetzt trägt er einen Anzug, aber das Sakko hat er auf seinem Koffer abgelegt und die ersten zwei Knöpfe des Hemds stehen offen. Als er mich in der Menge der Wartenden ausmacht, schenkt er mir ein breites Lächeln und seine grau-blauen Augen leuchten auf. Meine Hände fangen leicht an zu zittern und der Ring fühlt sich an, als würde er sich in mein Fleisch brennen.

Ich liebe ihn. Er hat mir gezeigt, dass nach jedem Tief auch wieder ein Hoch kommt. Nach der Fehlgeburt fühlte ich mich lange nicht mehr so und lebte nur mehr vor mich hin. Seine unerschütterliche Liebe führte dazu, dass ich mich für die glücklichste Frau auf der Welt halte.

Aber da ist noch ein anderes Gefühl in mir, wenn ich an *ihn* denke. Den namenlosen Fremden mit den ozeanblauen Augen. Er hat etwas in mir berührt, zum Leben erweckt. Wie auf Knopfdruck spüre ich Verlangen in mir wachsen. Ich sollte jetzt bestimmt nicht an Sex mit William denken, aber mein Körper hat Blut geleckt und mein Hunger ist für dieses Wochenende noch nicht gestillt. Vielleicht kann ich meine Erinnerung von gestern einfach mit neuen überspielen, so wie es früher meine Mutter mit alten Videokassetten getan hat.

Mal sehen, ob es funktioniert. Zuerst einmal muss ich das Wiedersehen überstehen.

Kapitel dreizehn

Da ich nur mit Handgepäck fliege, bin ich schnell aus dem Flieger raus und begebe mich durch die langen, verwinkelten Gänge und Kontrollen, bis ich durch die Schiebetüren in die Ankunftshalle trete und Joana ausmachen kann. Trotz der leichten Bräune, die sie sich geholt hat, wirkt sie etwas blass, aber das wird sicher an zu wenig Schlaf liegen.

Kurz bevor ich bei ihr bin, lasse ich meinen Koffer los, ziehe sie an mich und küsse sie innig. Sie versteift sich in meinen Armen und erwidert den Kuss nur sehr zaghaft, bis sie sich dann langsam entspannt. Sie legt ihren Kopf auf meine Brust und ich streiche ihr sachte über den Rücken.

»Ich habe dich so vermisst, William.«

»Komm. Lass uns nach Hause fahren«, flüstere ich gegen ihr Haar und nehme sie an der Hand, um zu ihrem Auto zu gehen.

Auf der gesamten Heimfahrt ruht meine Hand auf ihrem Oberschenkel, während sie sich auf den Verkehr konzentriert. In der Zwischenzeit denke ich an das Wochenende mit Amira.

Nachdem Amira nochmals das Hotel verließ, um die noch ausstehenden Arbeiten im Club zu überprüfen, hatten wir uns eine Flasche des teuersten Champagners und dazu Austern bestellt. Das

Ganze endete in einer Sauerei. Amira musste mich unbedingt mit den Muscheln füttern und durch ihre leichte Angetrunkenheit fiel mehr daneben als in meinen Mund. Außerdem hielt sie mir die Champagner Flasche an die Lippen und verschüttete diesen mehr, als ich davon trinken konnte. Im Endeffekt war ich ein lebendes Buffet, von welchem sie die Austern gegessen und den Champagner geleckt hatte. Das machte mich so scharf, dass ich sie auf der Liege des Balkons von hinten nahm.

Am Abend führte ich sie in ein umliegendes Luxusrestaurant aus, denn ich musste sichergehen, dass uns keiner zusammen sah. Nur zu gerne erfüllte sie mir den Wunsch, unter ihrem Kleid keine Unterwäsche zu tragen. Ihre Nippel erkannte man durch den Wasserfallausschnitt nur bei genauerem Hinsehen und wenn sie sich bückte, entblößte sie ihre nackte Scham.

Bis zum Boden reichende, weiße Tischtücher verdeckten meine schändlichen Taten beim Essen. Unser Tisch war nicht wirklich groß und daher schob ich ihr darunter meinen Finger in ihre feuchte Pussy. Sie verbarg mit größter Mühe ihren Orgasmus und schob ihr leises Stöhnen auf das „ach so köstliche" Essen. Danach fickte ich sie noch zweimal in unserem Whirlpool und einmal unter der Dusche. Sie war schon ganz wund, aber das war mir egal. Ich nahm mir einfach, was ich brauchte, und sie gehorchte und durfte keinen Widerstand leisten, denn das würde Konsequenzen mit sich ziehen.

Völlig in meine Gedanken versunken, streichle ich über Joanas Oberschenkel, bis meine Hand das Kleid immer weiter nach oben schiebt. Das alles macht mich gerade so scharf.

»Will, wenn du heil zu Hause ankommen möchtest, schlage ich vor, dass du das unterlässt. Ansonsten kann ich mich nicht auf den Verkehr konzentrieren«, sagt sie und versucht meine Hand wieder nach unten zu schieben. Vergeblich.

»Du bist eine gute Fahrerin«, lobe ich sie und schiebe meine Hand hoch zu ihrer Mitte. Meine Finger wandern unter ihren Slip und gleiten durch ihre Schamlippen rauf und runter, dabei spüre ich, wie sie immer feuchter wird.

Vor der Einfahrt in die Garage ziehe ich meine Hand zurück und lecke mir ihre Nässe von meinen Fingern. Sie verpasst mir einen leichten Schlag gegen die Schulter und ich kann nur frech grinsen. Ich liebe es, sie zu schmecken.

Im Aufzug stehen wir uns gegenüber und ich kann erkennen, dass sie von dem kleinen Spielchen im Auto erregt ist. Auch mich hat das Ganze nicht kalt gelassen und mein Ständer drückt gegen den Reißverschluss meiner Hose. Ich versuche, ihn anders zu positionieren, und Joana beobachtet mich dabei.

Sie kommt auf mich zu, geht vor mir auf die Knie, öffnet meine Hose und zieht mir diese samt Boxershorts herunter. Die eine Hand legt sie um meinen Penis und die andere um meine Eier. Vorsichtig berühren ihre Lippen meine Eichel. Ihre Zunge kommt zum Vorschein, leckt darüber und fährt nur mit der Zungenspitze sanft meine gesamte Länge entlang bis zu meinen Eiern, die sie nun, eines nach dem anderen kurz in den Mund nimmt und daran saugt.

Was tut sie da? Vor allem hier im Aufzug, dessen Türen jeden Moment aufgleiten könnten? So kenne ich sie überhaupt nicht. Aber ich kann mich nicht beklagen, denn mir gefällt es.

Sie fährt mit ihrer Zunge die gesamte Länge meines harten Schwanzes bis zur Eichel zurück, wo sich nun ihre Lippen darum schließen. Langsam und sehr tief führt sie mein Glied in ihren Mund. Sie erhöht das Tempo und ich kann nicht anders, als äußerst gespannt auf sie hinunter zu blicken und dabei zu zusehen, wie sich ihr Kopf vor und zurückbewegt, während sie mir einen bläst.

Ich habe aufgehört, mich zu fragen, wer sie im Moment gerade ist und was sie hier macht und genieße es einfach nur. Ich muss mich echt beherrschen, dass ich sie nicht grob anfasse, denn so wie vor ein paar Tagen werde ich kein zweites Mal zu ihr sein.

Kurz bevor ich komme, drücke ich sie an den Schultern nach hinten und sage: »So will ich nicht kommen. Lass uns das im Schlafzimmer beenden.« Ein klein wenig Enttäuschung kann ich in ihren kaffeebraunen Augen erkennen, aber da funkelt noch etwas anderes darin. Pures Verlangen.

Als die Aufzugtüren aufgleiten, ziehe ich sie stürmisch hinter mir her und rauf in unser Schlafzimmer. Auf die Vorfreude hin, dass wir gleich Sex haben werden, kann sie sich ein leises Kichern nicht verkneifen. Ich stoße die Tür auf und bewege mich direkt auf unser Bett zu. Das Licht schalte ich erst gar nicht ein, da die Lichter New Yorks uns so viel Beleuchtung spenden, dass es überflüssig wäre.

Wir reißen uns gegenseitig die Kleider vom Leib, bis sie mich plötzlich auf das Bett schubst und ich, auf meine Unterarme gestützt, daliege. Sie bewegt sich wie eine Raubkatze auf mich zu, küsst sich dabei an meinem Bauch entlang hinauf zu meinem Hals und schlussendlich zu meinem Mund. Der Kuss ist so intensiv und stürmisch, dass ich nur nebenbei mitbekomme, wie sie ihre feuchte Muschi an meinem Schwanz reibt. Ich kann nicht anders und packe ihren Arsch mit beiden Händen, knete ihn und drücke zu, fester als gewollt.

Sie nimmt meinen schon fast schmerzhaft steifen Schwanz in die Hand und positioniert diesen vor ihrem Eingang, richtet sich auf und lässt sich langsam auf ihn hinabgleiten.

Ich beobachte, wie er Stück für Stück zwischen ihren Schamlippen verschwindet. Ihre feuchte, triefende Pussy nimmt ihn ohne Probleme auf und als er komplett in ihr ist, legt sie den Kopf in den

Nacken und ein heiseres Stöhnen entkommt ihren Lippen. Ich liebe es, wenn sie diesen Laut von sich gibt.

Joana bewegt sich langsam auf und ab, legt ihre Hände auf meine Brust und drückt mich dabei in die Matratze. Ich kann ihr ansehen, dass sie es genießt, und daran könnte ich mich gewöhnen. Wie sie ihren Kopf in den Nacken wirft und ihre Lippen leicht geöffnet sind. Mit einem harten Griff packe ich ihre Hüften und unterstütze sie bei ihren Reitbewegungen, was sie umgehend das Tempo erhöhen lässt.

Joana packt mich an den Oberarmen und zieht mich zu sich hoch. Ihre Arme schlingt sie unter meine hindurch, presst ihre Handflächen gegen meine Schulterblätter. Ihre Brüste wippen vor meinen Augen auf und ab und ich kann nicht anders, als daran zu saugen und leicht hineinzubeißen. Ich packe sie mit meinen kräftigen Armen und lege von hinten eine Hand in ihren Nacken und die andere auf ihren unteren Rücken, um sie zu stützen.

Ihre Bewegungen werden immer schneller und ich kann spüren, wie sie um meinen Schwanz zu zucken anfängt. Sie hält es kaum noch aus und ein heftiger Orgasmus bricht aus ihr heraus. Auch ich kann mich nicht mehr zurückhalten und spritze alles, was ich habe, in sie hinein.

Erschöpft und zufrieden lässt sie ihren Kopf auf meine Schulter sinken und ihr Atem streift meine von Schweiß überzogene Haut. Ich streichle über ihren seidig weichen Rücken und eine leichte Gänsehaut überzieht ihren Körper.

»Komm, lass uns duschen«, sage ich zu ihr und hebe sie an den Hüften leicht an, um sie auf den Boden zu stellen. Mein Phallus glänzt von ihrer Nässe und ist noch halb erigiert. Ich ziehe sie hinter mir her in das Badezimmer und unter die Dusche.

Das weiche und dichte Wasser der Regenwalddusche benetzt unsere Körper und langsam fange ich an, ihren Körper einzuseifen. Ihre Brüste umspiele ich länger als nötig und mir fallen die roten Flecken auf, die ich ihr durch meine Spielchen verpasst haben muss. Auch ihrem Intimbereich widme ich mich intensiv, wasche ihre pfirsichweiche Haut und spiele mit ihrem Kitzler.

»Ich liebe dich«, hauche ich vor ihren Lippen, um sie kurz darauf zu küssen.

»Ich liebe dich auch.« Sie schenkt mir ein flüchtiges Lächeln und ihr Blick ist auf meine Brust fixiert. Ist es ihr peinlich, dass sie mich vorher wie ein wildes Tier geritten hat? Das muss es aber nicht, denn mir hat es gefallen, und vielleicht kann ich Joana aus ihrem Schneckenhaus locken und sie ein kleinwenig in meine Materie einführen. Mein Schwanz würde sich sehr freuen.

»Jetzt bist du dran«, sagt Joana, schnappt sich mein Duschgel und drückt ein wenig davon in ihre Hand.

Sie seift auch meinen Körper ein und reinigt meinen Schwanz sehr säuberlich mit langsamen, gleichmäßigen Bewegungen. Ich kann richtig spüren, wie er immer mehr anschwillt und so hart wird wie ein Brett. Meine Hände lege ich unter ihre Pobacken und sie versteht sofort, was ich von ihr will und schlingt ihre Beine um meine Mitte. Gegen die Wand gedrückt ficke ich sie noch ein zweites Mal, während wir von oben mit lauwarmem Wasser übergossen werden. Ihre Hände schlingen sich um meinen Nacken und ich sauge und lecke abwechselnd an ihrem Hals und Brustwarzen. Immer schneller treibe ich unser Spiel, bis wir beide gleichzeitig kommen.

Nachdem ich mit ihr und meiner körperlichen Pflege fertig bin, verlasse ich die Dusche und putze mir die Zähne, um anschließend im Schlafzimmer zu verschwinden. Sie steht noch unter der Dusche und befreit ihre Haare von dem restlichen Schaum.

Als auch sie mit ihrer abendlichen Routine fertig ist, legt sie sich zu mir ins Bett und kuschelt sich an meine Brust.

»Du hast mir gefehlt. Das hat mir gefehlt«, säuselt sie und gleitet langsam in den Schlaf.

Ich küsse sie auf den Kopf. »Schlaf gut, mein Engel. Du hast mir auch gefehlt.«

Bei mir ist noch lange nicht an Schlaf zu denken. Ich zermartere mir meinen Kopf über das, was wir gerade angestellt haben. So lustvoll und begierig habe ich sie noch nie erlebt, vor allem hätte ich nie gedacht, dass sie mich einmal, wortwörtlich, reiten würde. Mir hat es zwar nicht sonderlich gefallen, dass ich die Kontrolle abgegeben habe, aber es hat mich auch ungemein angemacht, wie sie so auf mir saß und ihre Brüste auf und ab wippten. Ihre Lippen, die leicht geöffnet waren, und ihr leiser, keuchender Atem.

Oh Gott, ich darf nicht zu viel darüber nachdenken, ermahne ich mich, denn ich spüre schon, wie er sich langsam wieder aufrichtet. Schnell schließe ich die Augen und versuche an nichts zu denken.

Kapitel vierzehn

Joana

Ich kann die Musik hören, die aus dieser großen Lagerhalle dringt. Sie ist nicht laut, eher melodisch und stilvoll. Als ich mich dem Eingang nähere, öffnen sich die Türen wie von Zauberhand und ein dunkler Gang tut sich auf. Meine Augen passen sich nur langsam an die Dunkelheit an.

Danach stehe ich in einem Raum voller Menschen, die gespannt die Frau auf dem Podest beobachten. Ich setze mich an die Bar und bestelle bei der Kellnerin einen Gin Tonic. Ich bin damit beschäftigt, nach dem geheimnisvollen Fremden Ausschau zu halten. Nach dem Mann, der mir schon einmal grenzenlose Lust bereitet hat.

Doch was ich entdecke, sind ein Paar grüner Augen, die mich aus der Dunkelheit anstarren. Sie kommen mir immer näher und der Ausdruck in ihnen spiegelt eine Sache wider – Hunger.

Bevor ich flüchten kann, wird es plötzlich ganz still, die gesamte Beleuchtung verdunkelt sich, als kurz darauf ein einzelner Scheinwerfer die Bühne erleuchtet. Die grünen Augen sind verschwunden und was sich mir stattdessen präsentiert, raubt mir den Atem. Ein Mann, oberkörperfrei und mit einer Maske, die sein halbes Gesicht verdeckt, sitzt auf einem Stuhl. Ich weiß, wer er ist. Mich durchzuckt eine Gänsehaut und all meine Sinne sind geschärft.

Die Musik setzt wieder ein, noch sinnlicher als zuvor, und plötzlich erscheint eine nackte Frau. Sie steht hinter ihm, fährt mit ihren Handflächen langsam über den Oberkörper des Mannes bis hinunter zu seinem Hosenbund. Sie fängt an sich zu bewegen, tanzt, lässt die Hüften kreisen und streicht mit den Fingern durch ihr Haar. Pure Eifersucht durchströmt mich und am liebsten würde ich da hochspringen und sie von ihm wegreißen, aber ich kann mich nicht bewegen.

Sie versucht den Mann zu verführen, aber er hat nur Augen für mich. Ich sehe, dass er wütend ist. Warum ist er wütend? Ich bin wütend! Nein, eher enttäuscht. Denn ich wäre gerne die Frau, die ihm so nah ist. Sie küsst ihn und er wehrt sich nicht, genießt es sogar noch. Warum darf sie ihn so anfassen und küssen, aber ich nicht?

Ich will es gar nicht wissen. Ich muss mir das aus dem Kopf schlagen. Die Realität ist eine andere. Ein anderer Mann.

Ich sitze aufrecht im Bett, mein Körper ist erhitzt und schweißnass, mein Kopf dröhnt, da mir das Blut in den Ohren rauscht. Immer wieder dieses Spiel der unterschiedlichen Augen treibt mir den Schweiß über meine Haut und lässt mich fahrig werden. Während mir bei den grünen ein Angstschauer über den Rücken läuft, verschaffen mir die ozeanblauen eine erregende Gänsehaut. Doch wie gut, dass das alles nur Träume sind und nicht die Realität.

Hektisch fahre ich mir durch das zerzauste Haar, kann überhaupt nicht sagen, welchen Tag wir haben oder wie spät es gerade ist. Ich schnappe mir mein Handy vom Nachttisch. Es ist Samstag und kurz vor acht Uhr morgens, mein Wecker hätte in zehn Minuten geläutet. Erschöpft lasse ich mich auf die Matratze zurückfallen und starre an die Decke. William ist nicht da, da er bereits am Donnerstag mit Philippe nach Italien geflogen ist, um sich einen Anzug schneidern zu lassen.

Es ist bereits eine Woche nach Barcelona vergangen und gelegentlich habe ich diese Sexträume. Entweder liege ich nackt und hingebungsvoll neben William, der sich dann tief in mir versenkt. Aber dann gibt es auch noch die Träume mit dem geheimnisvollen Fremden, wie gerade eben. Sie wühlen mich auf und bringen alles durcheinander. Wie er da oben sitzt und sich von dieser Frau anfassen lässt …

Wie er mich ansieht …

Ich lege mir den Arm über die Augen, hole tief Luft, bemühe mich alles zu verdrängen. Der Wecker läutet und lässt mich aufschrecken. Mit einem Schnauben erhebe ich mich aus dem Bett und mache mich für meinen zweiten Termin bei meiner Therapeutin fertig. Ja, seit kurzem gehe ich zu einer, da ich mich jemanden anvertrauen musste. Suzy kommt für mich nicht in Frage, noch nicht, und wer ist dafür besser geeignet, als eine wildfremde Person?

»Diese verdammten Träume spuken mir unablässig im Kopf herum«, sage ich zu Anna Scott, meiner Psychiaterin. Aber dass auch dieser Malik darin vorkommt, davon weiß sie nichts. Wenn ich ihr von einem weiteren Mann erzählen würde, der mir ziemlich unheimlich und angsteinflößend vorkam, würde sie mich wahrscheinlich in eine geschlossene Anstalt einweisen.

Mittlerweile ist mir bewusst geworden, dass in diesem Club nicht jeder Zutritt haben dürfte und wenn dann ziemlich zwielichtige Leute. Denn wenn ich an diese Nacht zurückdenke, und mir den Mann an der Bar in Erinnerung rufe, weiß ich, dass er mit Sicherheit keiner von den Guten ist. So wie er die Frau angefasst und sich einfach genommen hat, was er wollte, akzeptiert er bestimmt kein Nein.

All das, was ich zu Gesicht bekommen habe, war nicht für meine Augen oder die vieler anderer Menschen, die "normal" sind, bestimmt.

»Das ist eine völlig normale Reaktion Ihres Unterbewusstseins, Joana.«

Völlig normal? Ich glaube eher eine Bestrafung dafür, dass mein Körper die Initiative ergriffen hat, und mein Kopf einfach zu schwach war. Das kommt dabei raus – ein One Night Stand. Ich habe Anna nicht die ganze Wahrheit erzählt.

Dass es in Barcelona passiert ist? Ja.

Dass ich den Fremden in einem Club kennengelernt habe? Ja.

Dass es aber ein Club der etwas anderen Art war? Nein.

Ich wollte mit meinen Halbwahrheiten keineswegs dieses Etablissement oder dergleichen schützen, aber diese Verschwiegenheitsvereinbarung wollte ich nicht unter den Teppich kehren. Was wenn jemand dahinter kommt, dass ich gelogen und jemandem davon erzählt habe? Wahrscheinlich finde ich mich mit Zement an meinen Füßen auf dem Grund des Meeres wieder.

Ich muss einen Ausweg aus diesen Träumen und der ganzen Scheiße finden.

»Und wie kann ich mich davon losreißen?«, frage ich sie leicht verzweifelt.

»Das wissen Sie schon längst.« Sie legt ihren Notizblock beiseite und blickt mir tief in die Augen. »Zuerst müssen Sie das Ganze mit sich selbst ausmachen. Sie müssen mit sich ins Reine kommen. Gestehen Sie sich diesen Fehltritt ein. Sie müssen lernen, diesen zu akzeptieren, erst dann verfliegt das schlechte Gewissen und Sie können in die Zukunft blicken.«

Ja, das weiß ich schon längst! Aber es ist schwer, den Tatsachen ins Auge zu sehen und all das an einen heranzulassen.

»Erzählen Sie mir, wie war die restliche Woche so für Sie nach unserem ersten Gespräch am Dienstag?«, fragt Mrs. Scott mich und nimmt wieder Block und Stift zur Hand.

»Die Woche verlief so wie immer – William bekam ich eher selten zu Gesicht.« Ich blicke Mrs. Scott in die Augen und kann keine Regung erkennen. »Wissen Sie, früher hat mich das immer gestört, aber dieses Mal war ich sehr froh darüber. Bin ich dadurch jetzt ein noch schlechterer Mensch?«, frage ich.

»Nein, das sind Sie nicht. Sie gehen automatisch auf Abstand, auch das ist eine ganz normale Reaktion. Bitte erzählen Sie weiter.« Sie deutet mir an, dass ich fortfahren soll.

»Er verließ immer früh morgens die Wohnung und kam erst so spät, dass ich schon im Bett war und schlief. Meistens kuschelte er sich dann noch an mich und wenn ich es irgendwann in der Nacht mitbekam, schob ich ihn vorsichtig von mir und brachte so viel Abstand wie möglich zwischen uns. Untertags hörten wir uns immer nur dann, wenn Will gerade Zeit hatte. Das war dann meistens ein fünf Minuten Gespräch. Am Donnerstagnachmittag ist er dann mit seinem besten Freund nach Italien geflogen. Ab da konnte ich erst wieder so richtig durchatmen.«

»Es ist schon mal gut, dass Sie miteinander kommunizieren, auch wenn es vorerst nur übers Handy erfolgt. Das zeigt, dass Sie in der Lage sind, für das gerade zu stehen, was Sie getan haben, auch wenn Sie vielleicht noch nicht so weit sind«, sagt Mrs. Scott voller Zuversicht.

Schön, dass wenigstens eine von uns voller Zuversicht ist.

»Wenn Ihnen wirklich etwas an der Beziehung zu William liegt und Sie sich vorstellen können, mit ihm Ihre restliche Zukunft zu verbringen, dann müssen Sie daran arbeiten, müssen an sich arbeiten.« Sie deutet mit ihrer rechten Hand auf ihre Brust. »Gehen Sie in sich und hören Sie auf Ihr Herz, es wird Ihnen den richtigen Weg weisen.«

»Und wie stelle ich das an?«, frage ich schon fast verzweifelt. »William ist meine Zukunft. Er war mein Anker und hat mir Halt gegeben, als ich am Boden war.«

»Da haben Sie schon Ihre Antwort, Joana.«

»Ich verstehe nicht.«

»Dieser Anker ist noch tief in Ihrem Herzen verankert. Ergreifen Sie das Seil und tauchen Sie aus den Tiefen der Dunkelheit an die Oberfläche. Holen Sie ein paar tiefe Atemzüge, klären damit Ihren Verstand und der erste Gedanke, der Ihnen in den Sinn kommt, wird Ihre Zukunft bestimmen.«

Warum muss sie nur in so kryptischen Sätzen sprechen? Wenn Mrs. Scott das sagt, hört es sich so einfach an, aber das ist es nicht. Doch sie hat Recht. Ich muss endlich aus der Dunkelheit auftauchen und eine Entscheidung treffen.

Sie wirft einen Blick auf die Uhr. »Joana, unsere Zeit ist leider schon wieder rum.«

Jedes Mal bekomme ich nicht mit, wie schnell die Zeit vergeht und ich am liebsten noch Stunden bei ihr sitzen möchte. Mrs. Scott steht auf, geht zu ihrem Schreibtisch und verstaut den Block und Stift in der ersten Schublade. Ich nehme noch einen Schluck von meinem Wasser, bevor ich aufstehe und mir meine Tasche schnappe. Sie kommt auf mich zu und reicht mir ihre Hand. »Darf ich Ihnen noch einen Rat geben, Joana?«, fragt sie mich.

»Ja, klar.«

»Nehmen Sie sich Zeit für sich. William ist nicht da. Nutzen Sie das aus und machen das, worauf Sie Lust haben. Sei es sich mit Freunden treffen, einen entspannten Wellnesstag oder einfach nur ein gemütlicher Abend zu Hause mit Süßigkeiten und Filmen. Glauben Sie mir, dass wird Ihnen guttun.«

Ich nicke zustimmend und habe tatsächlich schon darüber nachgedacht, heute einen Filmeabend mit Süßigkeiten und Wein einzulegen.

»Okay. Danke für Ihre Ratschläge und danke, dass Sie mich diese Woche so kurzfristig aufgenommen haben.« Ich war wirklich dankbar dafür, auch wenn es mich eine Stange Geld kostet.

»Da einer meiner Patienten erkrankt ist, war es für mich kein Problem, Sie einzuschieben. Aber für die nächsten zwei Wochen habe ich leider keine freie Lücke mehr, wo ich Sie hineinzwängen könnte. Sie können sich jedoch einen neuen Termin bei meiner Sprechstundenhilfe für in drei Wochen geben lassen. Ansonsten bin ich telefonisch oder per Mail erreichbar.«

»Danke. Ich werde dann gleich einen neuen Termin ausmachen«, sage ich.

»Dann sehen wir uns in drei Wochen wieder.«

Mein Herz wiegt um einiges leichter und ich fühle mich positiv gestimmt.

William

Die Anprobe wird zu einer Geduldsprobe meiner Nerven. Mr. Contti, mein Schneider, zupft hier und da an dem Stoff der Hose herum, da sie noch unschöne Falten wirft, und Philippe kann es nicht lassen und muss mir wieder einmal eine Standpauke halten.

»Du musst diese ganze Scharade beenden, Will.« Er stellt sich mit verschränkten Armen hinter mich und wirft mir im Spiegel einen ernsten Blick zu. »Suzy hat mir erzählt, dass Joana in Barcelona ziemlich traurig und am Boden zerstört war, weil du dich bei ihr nicht gemeldet hast. Ich musste meine Frau beruhigen, denn ansonsten wäre sie ins Auto gestiegen, um zu euch zu fahren und dir die Eier abzuschneiden.«

Ich bitte Mr. Contti, uns ein paar Minuten zu geben, und als er den Anproberaum verlassen hat, drehe ich mich zu Philippe um. »Glaubst du, ich weiß nicht, was ich Joana mit meiner ständigen Abwesenheit antue?«

»Ich glaube, dass du es nicht weißt.« Er schnaubt verächtlich. »Bekomm´ endlich dein Leben auf die Reihe und lass den Scheiß mit den Clubs. Du bringst dich damit in Schwierigkeiten, und das nicht nur bei Joana. Auch mich und Suzy ziehst du da hinein.«

»Was willst du mir von Schwierigkeiten predigen? Du hast deine Käufer abgezockt und ihnen eine kaputte Software verkauft, nur damit sie sich weitere Pakete mit *verbesserten* Updates bei dir kaufen müssen.« Ich verschränke die Arme und schaue auf ihn herab. »Und du weißt schon, dass du dich und Suzy damit selber in Teufelsküche gebracht hast, zumal du auch leider an mich geraten bist.« Ich deute mit beiden Händen auf mich und ein diabolisches Grinsen macht sich in meinem Gesicht breit. »Du hattest ja keine andere Wahl - entweder du spielst meinen besten Freund und verschleierst alles oder du und Suzy liegen unter der Erde.« Niemand, wirklich niemand verarscht mich. Hätte ich ihn nicht für meine Zwecke benötigt, würden ihn wahrscheinlich schon die Maden zerfressen.

»Mittlerweile habe ich alles bereinigt, was ich damals getan habe, und sogar allen ihr Geld wieder erstattet. Ich habe aus meinen Fehlern gelernt und bin es leid, dass ich ständig Leute vom Sicherheitspersonal um mich haben muss.«

»Du bist einfach nur schwach«, sage ich mit einem gewissen Unterton, der absichtlich provozierend ist.

»Ich bin nicht schwach«, brummt Philippe und ein wütendes Funkeln tritt in seinen Augen auf.

»Ah ... Da sieh an. Der Nerd kann auch mal wütend werden.« Ich grinse. »Es war nur eine Frage der Zeit, bis du daran zu Grunde gegangen wärst, denn du hast keine Eier in der Hose. Und ein Mann ohne Eier ist schwach«, spucke ich ihm die letzten Worte entgegen.

»Ich habe aus meinen Fehlern gelernt, und das beweist, dass ich Eier in der Hose und Köpfchen habe. Du bist eher derjenige, der Schwäche zeigt. Wenn du dich als den ach-so-tollen-Geschäftsmann-mit-dicken-Eiern gibst, dann traue dich und sag Joana, was für ein Mensch du wirklich bist. Wenn du es nicht bald tust, werde ich es machen.« Philippe kommt auf mich zu und zeigt mit dem Zeigefinger auf meine Brust. »Denn es reicht, dass du mein Leben ruiniert hast, aber das von anderen lasse ich dich nicht mehr ruinieren.«

Ich steige vom Podest und gehe langsam auf ihn zu. »Vorsicht, Freundchen«, knurre ich ihn an und stehe so dicht vor ihm, dass sich fast unsere Nasen berühren. »Wenn du auch nur ein Sterbenswörtchen gegenüber Joana verlierst, werde ich mich mal mit Suzy auf einen Kaffee treffen und ihr ein bisschen was aus dem Nähkästchen über dich erzählen.«

Von der einen Sekunde auf die andere weicht jede Farbe aus seinem Gesicht. »Das wirst du nicht wagen!«

»Keine Sorge.« Ich grinse und klopfe ihm auf die Schulter. »So lange du dicht hältst, sind meine Lippen versiegelt. Haben wir uns da verstanden?«, frage ich und bringe wieder etwas Abstand zwischen uns.

»Ich werde ihr nichts sagen«, gibt Philippe kleinlaut bei.

»Sehr gut. Und weißt du was?« Ich stelle mich wieder auf das Podest und rufe nach dem Schneider. »Wenn diese ganze Scharade vorbei ist und ich mehr Zeit für Joana habe, können wir endlich jede Menge Pärchenabende machen und so tun, als wären wir einfach nur zwei CEOs, die verheiratet sind und zu viel Geld haben.« Ein dämliches Grinsen muss mir ins Gesicht geschrieben stehen, denn im Spiegel sehe ich, wie auf Philippes Stirn eine steile Falte entsteht und er murrend den Anproberaum verlässt.

»Vergiss nicht meinen Junggesellenabschied zu planen, denn bis jetzt lassen deine Qualitäten als Trauzeuge zu wünschen übrig!«, schreie ich ihm noch hinterher.

Während unserer Auseinandersetzung musste ich immer wieder daran denken, dass es Joana zugesetzt hat, dass ich mich vergangenes Wochenende nicht bei ihr gemeldet hatte. Natürlich wollte ich das, aber Amira ließ mir keine freie Minute, um das Handy einzuschalten und Joana zu schreiben. Für mich ist das alles auch nicht einfach und ich sehe, dass meine häufigen Geschäftsreisen Joana zusetzen. Aber nicht mehr lange und ich werde wieder mehr Zeit für sie haben. Und den Anfang werde ich gleich morgen machen und Matilda schreiben, dass sie meine Termine so verlegen soll, dass ich an ein paar Abenden zu Hause sein und mich um Joana kümmern kann. Sie wird zwar nicht erfreut sein, am Sonntag so eine Mail von mir zu bekommen, aber dafür bezahle ich sie schließlich überdurchschnittlich gut.

Du musst noch ein klein wenig durchhalten, mein Engel. Denn schon bald gehöre ich nur dir und wir werden viel mehr Zeit haben.

Kapitel fünfzehn

Als ich meiner Schönen gedroht habe, sie aufzusuchen und nach Dubai zu verschleppen, hatte ich das ursprünglich nur als Scherz gemeint. Klar, ich fand es ziemlich berauschend, was ich mit ihr angestellt habe, und die Kleine geht mir auch nicht mehr aus dem Kopf, aber wenn sie nicht kommen würde, dann halt nicht. Sie wäre nicht die Erste, die nach einer Nacht abspringt.

Aber als dann Malik auf mich zukam und die unterzeichneten Verschwiegenheitsvereinbarungen sehen wollte, wurde ich stutzig, denn die wollte er noch nie sehen. Ich gab ihm die Mappe und verschwand aus dem Büro, um die Abrechnungen mit den Kellnerinnen durchzugehen, aber aus irgendeinem Grund blieb ich vor der Tür stehen und lauschte. Als er nicht fand, was er gesucht hatte, fluchte er und kontaktierte seinen Hacker Victor. Er teilte ihm am Telefon mit, wie die gesuchte Person aussah und verriet ihm auch ihren Vornamen. Als er meine mysteriöse Schönheit beschrieb, stellten sich bei mir alle Haare auf. Was wollte er von ihr? Woher kannte er sie? Außer von ihrem kurzen Geplänkel an der Bar. Hatte sie ihm da ihren echten Namen verraten?

Die Antwort bekam ich leider nicht mehr zu hören, da er aufstand und die Tür zuschlug.

Sobald er weg war, und das mit einem wirklich grimmigen Gesichtsausdruck, sah ich mir die Mappe an. An diesem Abend wurden lediglich vier neue Vereinbarungen ausgefüllt, wovon drei von Männern und eine von einer Frau namens Nancy McAllister waren, aber keine von einer Joana. Die Neue hat es gleich an Ihrem ersten Abend verbockt und nicht kontrolliert, ob es sich tatsächlich um die Person handelt. Darum soll sich Amira kümmern, schließlich ist sie ja der Babysitter von den ganzen Frauen.

Das Ganze machte mich dann doch stutzig.

Sie war zum ersten Mal da, das wusste ich, und so begann ich selbst zu recherchieren. Ich ging das Überwachungsband der Kamera am Eingang durch und hoffte, dass sie darauf zu sehen war. Ich musste ziemlich weit nach hinten spulen, bis mir ihre Rückansicht ins Auge stach. Sie verschwand in einem Wagen und als dieser davonfuhr, drückte ich auf Pause, zoomte näher heran und hatte das Nummernschild.

Diese Information verriet ich Malik jedoch nicht, da ich in seinen Augen gesehen hatte, dass er diese Frau wollte. Somit war die Option, mich an Victor zu wenden, der alles in wenigen Stunden über sie herausfinden könnte, keine mehr. Aber dank des Nummernschildes bin ich anderweitig an ein paar Infos gelangt.

Erst nach meinem dritten Anruf bei der Taxigesellschaft wurden mir die benötigten Informationen ausgehändigt. Die beiden Männer meinten, dass sie keine Daten an Dritte weitergeben dürften, doch die Frau konnte ich erweichen. Ich erzählte ihr, dass ich der Assistent von Joana sei und der Betrag von ihrer Kreditkarte doppelt abgebucht wurde. Die Dame versicherte mir, dass Ms. Monroes Konto nicht doppelt belastet worden sei und ich mich an die zuständige Bank in New York wenden möge.

Man muss sich nur zu helfen wissen und ein bisschen den männlichen Charme spielen lassen.

Nun hatte ich, neben ihrem vagen Aussehen und ihrem Vornamen, noch ihren Wohnort und den Nachnamen. Es sah ganz danach aus, als würde sie auf keinen sozialen Netzwerken unterwegs sein. Zumindest gab es keine Übereinstimmungen der Frauen mit den Merkmalen meiner rätselhaften Schönheit.

Als ich dann die Bilder der Suchmaschine durchforstete, blieb ich bei einem Bild hängen und betrachtete es eingehender. Die braunen Augen wirkten schon fast schwarz, das Haar fiel ihr in leichten Wellen über die Schultern und die schwungvolle Oberlippe bildete die Form eines Herzens. Das musste sie sein. Als ich es dann anklickte, wurde ich auf die Homepage von *Honey & Letterman* weitergeleitet. Dort gab es eine größere Portraitaufnahme von ihr mit einem kleinen Steckbrief, welcher handschriftlich unterschrieben wurde. Beim Vergleich der Unterschriften bemerkte ich Gemeinsamkeiten und wusste, dass sie es war. Ich hatte sie gefunden und ein mulmiges Gefühl breitete sich in meinem Magen aus.

Jake Honey und Peter Letterman waren mir schon damals ein Dorn im Auge, als mir die Clubs noch nicht gehörten. Sie waren schon immer ein wenig sonderbar, nahmen sich Freiheiten heraus. Erst vor einem Monat machten die beiden einen riesen Aufstand, weil wir ihnen aufgrund eines unangemessen Verhaltens gegenüber zwei unserer Frauen eine Verwarnung ausgesprochen haben. Sie fragten allen Ernstes, ob wir auf der Seite unserer Schlampen stehen würden oder auf der, der zahlenden Kundschaft. Die beiden Frauen meinten, dass sie auf das Safe Word einen Scheiß gegeben und einfach weitergemacht haben.

Sie würden nun doch nicht eine ihrer Mitarbeiterinnen bei uns einschleusen? Nein, sie wissen schließlich, dass es sie den Kopf kosten könnte, außer sie schieben die Schuld Joana in die Schuhe. Wem würde man eher glauben? Zwei Geschäftsmännern, die ein hohes Ansehen genießen, oder einer jungen Frau, die bloß eine normale Angestellte ist?

Ich muss wissen, was für ein Spiel hier gespielt wird, und das kann ich nur auf meine Art.

Nun sitze ich an einem Donnerstag in einem kleinen Bistro in Midtown Manhatten, trinke meinen Kaffee und starre auf das gegenüberliegende Verlagsgebäude. In New York gestaltet es sich als äußerst schwierig, jemanden zu verfolgen. Hier ist es viel zu laut, viel zu viele Menschen treiben sich auf den Straßen herum, rempeln einen pausenlos an, und vom Verkehr brauchen wir erst gar nicht anfangen. Darum entschied ich mich, es sein zu lassen und komme seither jeden Tag zur Mittagszeit in dieses Bistro, um Joanas Ablauf und ihre Umgebung zu studieren. Ich weiß, dass sich Joana mit der jüngeren der beiden Empfangsdamen gut versteht, welche auch immer nur donnerstags den Empfang besetzt. Die ältere der beiden ist eine ziemliche Schreckschraube und unhöflich.

Meine Schöne ist eine der Letzten, die das Gebäude verlässt. Daher lauerte ich ihr abends von der Bar aus, zwei Geschäfte weiter, auf und beobachtete sie so lange, bis sie in der Menschenmenge Richtung U-Bahn verschwand. Gerne wäre ich ihr im Büro aufgelauert, aber ich kann nicht riskieren, gesehen zu werden. Zu viel Sicherheitspersonal und wer weiß, wo überall Kameras sind. Das war mir das Risiko nicht wert, auch wenn ich Joana gerne über den Schreibtisch gebeugt vor mir gesehen hätte. Oh, dass wäre bestimmt ein Anblick für die Götter gewesen.

Die Uhr auf meinem Laptop zeigt mir kurz vor halb zwölf an, als Joana mit einer ihrer Arbeitskolleginnen auf das Bistro zusteuert. Unauffällig beobachte ich sie, wie sie sich in der Schlange anstellen und sich unterhalten. Das ist meine Chance. Ich stehe auf, schließe den Knopf meines Sakkos, richte mir die Hemdärmel, setze meine Ray Ban auf und steuere auf das Verlagsgebäude zu. Die jüngere der beiden bekomme ich leichter um meinen Finger gewickelt, als die Alte, bei der mein Brief wahrscheinlich im Mülleimer landen würde. Und da heute mein letzter Tag hier ist, gehe ich natürlich nicht, ohne ein Abschiedsgeschenk zu hinterlassen.

»Hallo …« Ich starre auf das Namensschild an der Rezeption. »Beverly.« Meine Sonnenbrille nehme ich ab und zwinkere der blonden Empfangsdame zu, die wahrscheinlich Mitte zwanzig sein muss. Ihre Augen weiten sich und sie muss schwer schlucken. Es funktioniert einfach immer wieder.

»Wie … wie kann ich Ihnen helfen, Sir?«, fragt sie mich schüchtern. Sir? Oh, Baby. Wenn du wüsstest, was du mit diesem Wort bei mir anrichtest. Mein bestes Stück springt darauf an und ich kann es ihm nicht einmal verübeln.

»Ich weiß, dass ich keinen Termin bei Jake Honey oder Peter Letterman habe, aber ich bin ein alter Freund und Geschäftspartner der beiden und ich wollte ihnen nur diesen Brief übergeben.« Ich lehne mich lässig auf meinem rechten Unterarm gestützt über ihr Pult, lege ein schiefes Lächeln auf und zwinkere ihr wieder zu. Wieder muss sie schlucken. Wenn sie nicht sofort aufhört, muss ich sie in der nächsten Besenkammer nehmen. Ihre süßen rosigen und vollen Lippen, diese grünen Augen und das blonde lange Haar ziehen mich an. Und ihre Statur ist auch nicht schlecht, zumindest das, was ich ausmachen kann. Mein eigentliches Beuteschema.

»Sie können mir den Brief sehr gerne geben und ich werde sehen, dass er bei einem der beiden ankommt.« Sie lehnt sich nach vorne und somit habe ich einen ungehinderten Blick in ihr offenherziges Dekolleté. Mir gefällt, was sie mir präsentiert.

»Wenn Sie das für mich tun könnten, wäre ich Ihnen sehr verbunden, Beverly«, sage ich und hauche ihren Namen.

Ich überreiche ihr den Brief und als sie diesen entgegennimmt, streife ich mit Absicht ihre Finger. Sie reagiert mit einer Gänsehaut auf meine Berührung und mein Schwanz zuckt weiterhin freudig in der Hose. Kurzerhand entscheide ich mich, ihr noch etwas zu geben.

»Wenn Sie heute Abend noch nichts vorhaben, kommen Sie zu meinem Hotel. Da gibt es einen netten Italiener um die Ecke.« Ich bin so frei und schnappe mir selber einen Stift und ein Post-it, da ihr die Kinnlade heruntergefallen ist, um ihr die Adresse und eine Uhrzeit aufzuschreiben.

Sie nimmt es entgegen und krächzt: »Ich ... ich werde kommen.« Kein Widerstand? Das wird ein Spaß werden.

Zum Abschied zwinkere ich ihr ein letztes Mal zu und setze meine Sonnenbrille wieder auf. Dass wir am Abend nicht zum Italiener gehen, behalte ich für mich. Ich möchte ihren kleinen süßen Mund um meinen Schwanz sehen. Möchte sie auf allen vieren vor mir haben, während ich mir ihr langes Haar um meine Hand wickle und mein bestes Stück in ihren Arsch ramme. Wenn ich meinen Hunger gestillt habe, werde ich meine Koffer packen und zurück nach Mexico fliegen, bevor es nach einem kurzen Aufenthalt von vier Tagen nach Dubai geht. Ich war schon ewig nicht mehr in meiner Heimat und auf meinem Anwesen.

An der frischen Luft schaue ich zuerst nach links, ob ein Taxi in der Nähe ist, aber als ich keines entdecken kann und mich nach rechts wende, läuft eine zierliche Gestalt in mich. Gerade so bekomme ich die Frau noch an den Oberarmen zu fassen, drücke sie an mich und bewahre sie so vor einem Sturz. Ein blumiger Duft von Pfingstrosen und Jasmin umhüllt mich und als sich mein Blick senkt, sehe ich erst, wen ich da in den Händen halte. Joana.

»Oh Gott, das tut mir so leid«, entschuldigt sie sich. »Ich habe Sie nicht gesehen, Sie waren auf einmal da.«

Ich kann nichts machen, als dumm dazustehen, sie in den Händen zu halten und auf sie herab zu starren. Wie gut, dass sie hinter den dunklen Gläsern meine Augen nicht sehen kann, sonst wäre ich geliefert.

Joana so nah vor mir zu haben, lässt meine Haut kribbeln und all meine Sinne fixieren sich auf sie. Wie gerne würde ich sie mir jetzt über die Schultern werfen, sie irgendwo hinbringen, um sie auf meine Art zu befragen. Aber nicht hier. Das ist nicht mein Terrain. Gedulde dich, Diego. Sie wird nach Dubai kommen.

»Entschuldigung, aber Sie können mich jetzt loslassen«, sagt sie leicht eingeschüchtert und wie als wäre sie in Flammen aufgegangen, lasse ich von ihr ab.

Ihre Kollegin beäugt mich mit einem fragwürdigen Blick, als sie und Joana in das Gebäude verschwinden.

Ich kann nur hoffen, dass die Kleine vom Empfang heute Abend kommen wird, denn nach dieser Begegnung brauche ich dringend ein Ventil.

Kapitel sechzehn

Joana

Ich spüre, wie er seinen Arm von hinten um mich legt, mich an sich zieht und meinen Nacken küsst. Die LED-Anzeige des Weckers neben mir zeigt an, dass es kurz nach ein Uhr ist. Ich habe ihn schon unten gehört, dann im Bad und jetzt liegt er neben mir im Bett. Ich bin traurig und sauer.

Ich habe nämlich auf ihn gewartet und es mir währenddessen auf unserer Terrasse gemütlich gemacht. Die Musik habe ich aufgedreht, mir ein Glas Wein gegönnt und kurz mit Suzy telefoniert. Sie hat mir von ihrem Tag erzählt und ich ihr dann von meinem, selbst von dem heutigen Zusammenstoß mit diesem Typen weiß sie Bescheid. Sie meinte, es passiert einem ständig in New York, dass man mit irgendwelchen wildfremden Leuten zusammenstößt. Ja, da hat sie recht, aber es war seltsam, zumal mir der Duft unheimlich bekannt vorkam und er mich für meinen Geschmack zu lange festhielt. Aber wahrscheinlich stand er einfach nur unter Schock, immerhin hat er kein Wort gesagt.

Am Schluss unseres Telefonates haben wir uns für nächste Woche Mittwoch zum Kaffee verabredet. Aber irgendwann ist mir langweilig geworden und auf meine Nachrichten und Anrufe hat William auch nicht reagiert. Das war um halb zwölf. Er hat geschrieben, dass er noch einen Vertrag fertig aufsetzen müsse, aber sich um zehn Uhr auf den Weg nach Hause machen würde. Gut, das kenne ich ja bereits, dass er ab und an länger arbeitet und erst spät nach Hause kommt. Aber er hat mir am Sonntag erzählt, dass er alle seine Termine so verschoben hat, dass wir die Abende zusammenverbringen können. Und bei den letzten drei hat er sein Wort gehalten, nur heute nicht.

Ich möchte gerne wissen, wie sein Tag so war und warum er erst jetzt nach Hause gekommen ist, aber stattdessen halte ich meine Augen geschlossen und schlucke meine Wut hinunter.

Erst als ich merke, dass seine Atmung ruhig und gleichmäßig ist, stehe ich leise auf, schleiche mich in unser Badezimmer und schnappe mir meinen Morgenmantel.

In der Küche nehme ich mir eine Wasserflasche aus dem Kühlschrank und gehe wieder auf unsere Terrasse. Es ist mein liebster Platz hier in unserem Penthouse. Man hat von hier aus einen ungestörten Blick auf den Central Park und den restlichen Stadtteil.

Die Nacht ist typisch für Ende Mai, angenehm kühl und der Himmel ist klar. Man kann die Sterne und den Mond sehen. Ich setze mich in den großen und gemütlichen Korbsessel, ziehe die Knie an meinen Körper und blicke in den Sternenhimmel.

»Ihr fehlt mir«, flüstere ich in die Nacht und eine Träne rollt über meine Wange.

Mir fehlen die Gespräche mit meinen Eltern. Der mütterliche Rat, wenn mir mal wieder das Herz schmerzt, und der väterliche, um einem ein wenig Last von den Schultern zu nehmen. Nur allzu gerne würde ich ihn in einer heiklen Angelegenheit um Rat bitten.

Seit mehr als einer Woche fühle ich mich beobachtet. Das Prickeln ging meist schnell wieder vorbei, es dauerte vielleicht ein, zwei Augenblicke an, daher wusste ich nicht, ob ich mich getäuscht hatte oder nicht. Aber wer sollte mich in New York beobachten? Ich kenne doch so gut wie keinen und verscherzt habe ich es mir bis jetzt auch mit niemandem. *Du hast sicher nur Halluzinationen. In New York leben Millionen von Menschen und warum solltest gerade du herausstechen?*

Manchmal, in einem ruhigen Moment, lasse ich die Erinnerungen und Gedanken an meinen Eltern zu. Meistens fühle ich mich schwach und verletzlich, daher unterdrücke ich alles in Bezug auf sie. Aber wenn nicht, dann muss ich immer wieder an den Unfallbericht denken. Ich kann bis heute nicht verstehen, warum die Bremsen versagt haben.

Mein Vater hat immer darauf geachtet, das alles, sei es das Auto, die landwirtschaftlichen Geräte oder das Haus, in einem top Zustand ist. Es gab nichts, das er nicht repariert oder verbessert hatte. Selbst mein Go-Kart, das eigentlich nur zum Treten gedacht war, hat er umgebaut und mit einem Rasenmäher Motor ausgestattet. Ich bin über unsere Wiesen und Felder geflitzt wie Vin Diesel in *Fast & Furious*. Ein leichtes Schmunzeln umspielt meinen Mund, dass sich aber sofort wieder verflüchtigt.

Bis heute habe ich den Verdacht, dass mehr hinter diesem Unfall stecken muss, aber nachweisen konnte ich es nicht, zumal wir in Oklahoma immer für uns waren. Meine Eltern haben immer ehrliche Arbeit betrieben, die Leute nie um ihr Geld betrogen und brav ihre Rechnungen bezahlt. Und ich war auch eine Vorzeigetochter – war gut in der Schule, nie auf Partys und habe meinen Eltern nie widersprochen. Also wer hätte böse Absichten gehabt, wenn wir bloß eine 0815 Familie waren?

Als ich merke, dass mir durch das ganze Nachdenken meine Augen langsam zufallen, mache ich mich wieder auf den Weg ins Bett und lege mich zu William. Auch wenn er öfters durch seine

Abwesenheit glänzt und mich dadurch auf die Palme bringt, liebe ich ihn. Er und New York waren mein Neuanfang.

Wir haben auch viel Schönes erlebt, er war nicht immer so wie jetzt. Nach der Verlobung war unsere anfängliche Verliebtheit jedoch schnell vorbei, zumindest von seiner Seite. Ich schiebe es auf seinen Erfolg, der ihm ein höheres Ansehen beschert hat – und die Geschäftsreisen. Anfangs waren es nur welche innerhalb der Staaten, bis dann Europa folgte, und die Vereinigten Arabischen Emirate. Er meinte immer, dass Geld nicht schläft und von nichts, kommt nichts.

Ich weiß, dass er davor nie wirklich eine feste Beziehung hatte und für sich allein war, so meinte es zumindest Philippe, denn William erzählte mir nicht viel über seine Vergangenheit. Ich wusste nur, dass er in Philadelphia aufgewachsen ist und sich, seit dem Tod seiner Mutter, seine Tante immer um ihn gekümmert hat. Wenn man Desinteresse und zu hohen Alkoholkonsum kümmern nennen kann. Eine Vaterfigur gab es in seinem Leben nicht.

Philippe war damals der pickelige Nerd von nebenan und sein einziger Freund. Die zwei sind seit über fünfzehn Jahren beste Freunde und auch wenn sie sich nicht mehr so oft sehen, sind sie trotzdem füreinander da.

Sein Brustkorb hebt und senkt sich bei jedem Atemzug und er sieht so friedlich aus. Ob er auch so friedlich sein wird, wenn ich ihm von meinem Seitensprung erzähle? Wer weiß, aber ich habe mir fest vorgenommen, ihm alles zu beichten. Ich habe das Seil erklommen und mich aus der Dunkelheit gezogen. Mein erster Gedanke an der Oberfläche galt William – meinem Anker. Es wird schwierig werden, keine Frage, aber ich weiß, dass wir das schaffen können. Das Vertrauen kann wieder aufgebaut werden, natürlich nur, wenn er meine Entschuldigung annimmt. Der Weg wird steinig und schwer, aber wir können daraus gestärkt vorgehen und neu anfangen.

Dieser mysteriöse Fremde und die Einladung nach Dubai sind keine Option. Das war ein einmaliger Ausrutscher, auch wenn ich bis heute noch gelegentlich das Kribbeln in meinem Körper spüre, wenn ich an ihn denke oder wieder so fantasievolle Träume habe.

Doch meine Zukunft liegt neben mir und ich werde um sie kämpfen. Ich werde für das, was wir haben, kämpfen.

Nächste Woche möchte ich ihm alles beichten, das ist mein endgültiger Entschluss. Ich rücke an ihn heran, bette meinen Kopf auf seine Brust und höre seinen Herzschlag, der mich langsam aber sicher einlullt.

Kapitel siebzehn

Schon seit fünf Stunden sitze ich an ein und dem selben Projekt und komme nicht weiter. In diesen fünf "arbeitsreichen" Stunden habe ich nur zwei Sätze geschrieben, ansonsten ist der Rest des Dokuments leer. Ebenfalls habe ich weder angefangen das Kampagnenlayout zu erstellen, noch die ersten Ideen für einen Coverentwurf begonnen. Dabei ist dies eines jener Projekte, die im Nu erledigt sein sollten, würde mich mein Kopf nicht ständig an die Situation von heute Morgen erinnern.

Gott, ich bin noch immer so erregt. Dieser Sex war … unglaublich. William hat mir seine verletzliche Seite gezeigt und mir alles gegeben, was er geben konnte. Nichts war erzwungen – das waren pure Gefühle. Das hat mir gezeigt, dass vielleicht doch nicht alles verloren ist. Daher trage ich seit heute auch wieder meinen Verlobungsring, und er fühlt sich endlich wieder leicht und unbeschwert an.

Das Klingeln meines Telefons unterbricht mich in meinen Gedanken und als ich die aufleuchtende Durchwahl sehe, erstarre ich. Noch nie in diesen zwei Jahren hat mich einer der beiden Geschäftsführer persönlich angerufen, immer nur ihre Assistentinnen. *Das kann nichts Gutes bedeuten.* Mit verschwitzten Fingern nehme ich den Hörer ab, und hätte ihn beinahe auf die Schreibtischoberfläche fallen lassen. »Joana Monroe hier.«

»Ms. Monroe, ich wünsche Sie in zehn Minuten in meinem Büro zu sehen«, erklingt Mr. Lettermans Stimme.

»Natürlich«, sage ich, als es auf der anderen Seite der Leitung schon still wird.

Langsam lege ich ebenfalls auf und blicke auf meine zittrigen Hände. Ich werde gefeuert, das ist klar. Habe ich etwas falsch gemacht? Nicht, dass ich wüsste.

Mit weichen Knien gehe ich in Richtung Aufzug und betätige in der Fahrstuhlkabine den Knopf der fünfundfünfzigsten Etage. Je höher die Zahlen auf dem Display springen, umso nervöser werde ich.

Mit einem leichten Ruckeln bleibt der Aufzug stehen und die Türen öffnen sich. Ich wappne mich, meiner Kündigung ins Auge zu sehen, strecke meinen Rücken durch und verlasse hoch erhobenen Hauptes den Aufzug. Nicole, die Assistentin von Mr. Letterman, lächelt mich an und deutet auf die verschlossene Türe seines Büros. Bevor ich die Klinke herunterdrücke, atme ich noch einmal kräftig ein und aus und trete ein. »Mr. Letterman. Sie wollten mich sprechen.«

»Ja. Bitte nehmen Sie doch Platz, Ms. Monroe«, sagt er und deutet auf den freien Stuhl vor seinem Schreibtisch.

Ich nehme Platz und versuche mir meine Nervosität nicht anmerken zu lassen, indem ich meine Hände mit ineinander verschlungenen Fingern auf meinem Schoß platziere.

»Nun, Joana. Ich habe erfreuliche Nachrichten für Sie. Gestern wurde mir eine Einladung zu einem Seminar überreicht, zu welchem unsere Marketingleitung herzlich eingeladen ist«, teilt er mir freudestrahlend mit.

Erleichtert darüber, dass ich nicht gefeuert werde, lasse ich die angehaltene Luft entweichen und erwidere: »Das ist ja großartig. Worum geht es denn dabei und wann soll dieses stattfinden? Ich wüsste nicht, dass ich mich für ein Seminar eingetragen hätte.« Habe ich wirklich nicht, denn auf der Internetseite unserer Firma war bis jetzt noch kein Seminar dabei, das mich interessiert hat beziehungsweise das für mich relevant gewesen wäre.

»Es geht um die Zukunft der E-Leihe zwischen Verlag und Bibliothek, neue Lizenz- und Leih-Modelle und das Urheber- und Datenschutzrecht. Wobei für Sie eher Letzteres von Interesse sein wird.« Er kramt aus der ersten Schublade seines Schreibtisches ein paar Zettel hervor und schiebt mir diese über die hölzerne Oberfläche zu. »Ich war schon so frei und habe für Sie zugesagt. Da dies eine ziemlich kurzfristige Einladung war, kommt der Veranstalter für die Flugkosten auf. Ein Hotel haben wir Ihnen in der Nähe des Veranstaltungsortes gebucht.«

Mit einem Strahlen, das wahrscheinlich der Sonne Konkurrenz machen könnte, nehme ich die Zettel entgegen. Das würde meine allererste Geschäftsreise sein, und ich bin ziemlich aufgeregt deswegen. Doch als ich die Reservierungsbestätigung des Hotels genauer in Augenschein nehme, erstirbt alles in mir.

»Mr. Letterman. Sind Sie sicher, dass dieses Seminar in Dubai stattfinden wird? Nächstes Wochenende?« Habe ich gerade an der Kompetenz meines Chefs gezweifelt? Ich hoffe, dass er es nicht falsch verstanden hat.

»Ja, Ms. Monroe. Da liegen Sie richtig. Und da der Flug schon nächste Woche Mittwochabends geht, habe ich Ihnen bis zum Antritt Ihrer Geschäftsreise freigegeben.«

»Okay. Aber was ist mit den Abgabeterminen für manche Projekte? Ich kann doch nicht einfach so fliegen. Und meine privaten

Termine muss ich auch verschieben.« Auch wenn ich privat keine Termine an diesem Wochenende eingetragen habe, so hoffe ich doch, dass ich mich damit rausreden kann.

»Um die Arbeitseinteilung und die Abgaben kümmert sich ihre Assistentin, das habe ich schon abgeklärt, und Ihre privaten Termine müssen Sie nun mal verschieben. Ich möchte, dass Sie dahin fliegen.«

Bevor ich darauf etwas erwidern kann, läutet sein Telefon und er hebt sogleich ab. »Hallo Henry, wie schön, von dir zu hören. Warte einen Augenblick.« Er drückt den Hörer gegen seine Brust und richtet sein Wort wieder an mich. »Brauchen Sie noch etwas, Ms. Monroe?«

»Nein … alles ist klar soweit. Ich werde jetzt gehen und mich vorbereiten. Danke für diese Chance«, sage ich und er nickt mir nur zu, um sich gleich danach wieder seinem Telefonat zu widmen.

Wie ferngesteuert verlasse ich die Etage der Geschäftsführung und finde mich wieder in meinem Büro ein. Diese Nachricht noch nicht wirklich verdaut, wähle ich Williams Nummer. Ich hoffe, dass er Zeit hat, um zu telefonieren, denn ich brauche ihn im Moment. Ich muss seinen Worten lauschen, um nicht den Verstand zu verlieren. Nach dem dritten Klingeln hebt er ab: »Mein Engel, es ist gerade ziemlich ungünstig. Ich stecke mitten in einem Meeting. Ist etwas passiert?«, flüstert er in den Hörer.

»Ja … Nein. Ich weiß nicht. Mir geht es einfach gerade nicht so gut, und ich wollte nur kurz deine Stimme hören. Tut mir leid, dass ich dich gestört habe«, sage ich mit einem traurigen Unterton und muss mir die Tränen zurückhalten. Was hast du auch erwartet, Joana? Dass er sofort alles stehen und liegen lässt, nur um mit dir über deine Probleme zu reden? Du weißt, dass das niemals passieren wird. Es ist schon ein Wunder, dass er überhaupt abgehoben hat.

»Ach, mein Engel. Es ist schon okay.« Kurz höre ich gedämpfte Stimmen, als William sein Wort wieder an mich richtet. »Schatz, ich muss jetzt wieder ins Meeting zurück, aber am Abend erzählst du mir, was dich bedrückt, okay? Ich liebe dich.«

»Okay. Ich liebe … « Meinen Satz kann ich nicht beenden, da er einfach auflegt. Wütend darüber knalle ich das Handy auf den Schreibtisch, verschränke die Arme auf der Tischoberfläche und lasse den Kopf darauf sinken. Warum muss das ausgerechnet mir passieren? Ist das meine Strafe für das, was ich getan habe? Ich war doch schon bereit, alles zu beichten, doch nun wird mein Plan zunichte gemacht. Ich kann William ja wohl schwer sagen: Hey, weißt du, dass ich dich in Barcelona betrogen habe? Mir der Sex zwar gefallen hat, aber ich dann doch ziemliche Schuldgefühle hatte und daher beschloss, die Einladung nach Dubai nicht anzunehmen? Ich muss jetzt aber doch nach Dubai fliegen, nur für eine Geschäftsreise. Was für ein Zufall, findest du nicht auch?

Nachdem ich mich wieder einigermaßen gefasst habe und drei Stunden Recherche über das Urheber- und Datenschutzrecht machte, habe ich Schwierigkeiten, mich noch weiter zu konzentrieren. Daher beschließe ich eine kurze Pause einzulegen und gehe in unsere Teeküche. Einen Espresso und einen Müsliriegel später gehe ich wieder zurück in Richtung meines Büros. Auf dem Weg dorthin bleibe ich bei Layla stehen. »Mr. Letterman hat mir erzählt, dass er mit dir alles abgeklärt hat bezüglich den Projekten, die nächste Woche fällig sind. Du weißt, wenn irgendetwas ist, kannst du mir jederzeit schreiben. Sowohl an meinen freien Tagen als auch an denen, wo ich Seminare haben werden. Der Laptop ist immer dabei«, versichere ich ihr.

»Joana«, tadelt mich meine Assistentin. »Du weißt, dass ich das hinbekomme. Genieße deine freien Tage und konzentriere dich auf deine Seminare. Und wenn du wieder zurück bist, wirst du keine einzige Mappe mehr auf deinem Schreibtisch vorfinden.« Sie deutet auf alle Mappen, die bereits auf ihrem Tisch liegen.

»Oh, Joana. Bevor ich es vergesse«, sagt sie noch und kramt unter dem Berg nach ein paar Zetteln. »Ich habe mir erlaubt, alle Infos rund um das Seminarwochenende auszudrucken und dir schon einmal die wichtigsten Sachen markiert. Ein Lageplan ist ebenfalls dabei. Und am Samstag findet dann noch zum Abschluss am Abend ein Dinner in einem der teuersten Restaurants Dubais statt. Abendgarderobe ist erwünscht.«

Ich schenke ihr ein schwaches, aber ehrliches Lächeln und nehme die Zettel entgegen, die sie sorgsam zusammengeheftet hat, und gehe wieder in mein Büro.

Auch das noch. Jetzt muss ich auch noch ein Abendkleid mitnehmen, um diesem Essen beiwohnen zu können. Während ich die Zettel durchgehe und mir einen groben Überblick verschaffe, steigt mir ein blumiger Duft in die Nase. Als ich meinen Kopf hebe, sehe ich, dass eine cremefarbene Keramikvase mit einem Strauß aus weißen Pfingstrosen auf meinem Tisch steht. Völlig verwundert darüber gehe ich zurück zur Tür, strecke den Kopf heraus und frage Layla: »Weißt du, von wem die Blumen sind? Und seit wann stehen die schon da?«

»Nein, leider. Ein junger Mann von einem Blumenladen war gerade vor fünf Minuten da und meinte, dass sie für dich wären. Daher habe ich sie entgegengenommen und dir auf den Tisch gestellt, während du in der Teeküche warst.«

»Danke«, sage ich, drehe mich um und nehme hinter meinem Schreibtisch Platz.

Als ich so darüber nachdenke, von wem die Blumen sein könnten, fällt mir ein, dass sie bestimmt von William sein müssen. Vielleicht hat er ja doch mitbekommen, dass es mir nicht so gut ging, und nach unserem Telefonat seine Assistentin beauftragt, mir Blumen zu senden. Ansonsten wüsste ich nicht, wer mir noch Blumen schenken sollte.

Ich nehme die Vase in die Hand und rieche an ihnen, als ich mit der Nase etwas berühre, das sich nicht nach Blütenblättern anfühlt, stelle ich diese wieder ab. Ich blicke auf den Strauß und sehe, dass sich in der Mitte ein weißer Umschlag befindet. Voller Freude entnehme ich diesen, mache ihn auf und ziehe die Karte heraus. Beim Öffnen rutscht etwas heraus und fällt in meinen Schoß. Ohne der Karte noch weiter Beachtung zu schenken, lege ich diese beiseite und widme mich dem schwarzen Stück Stoff. Ich hebe es hoch, falte es auseinander und beim Anblick von diesem lasse ich es abrupt fallen, fast so, als hätte ich mir meine Finger daran verbrannt.

Mein Herz hämmert wie wild in der Brust. Auf meinem Schoß liegt eine schwarze Spitzenmaske im venezianischen Stil. Das kann doch jetzt wirklich nur ein ganz blöder Zufall sein. Ich habe doch damals mit einem falschen Namen unterzeichnet. Das ist bestimmt ein Irrtum und hat rein gar nichts mit *ihm* oder der Nacht zu tun. Vielleicht ist auch William dahintergekommen und zahlt es mir auf diese Weise heim. Wahrscheinlich war das heute Morgen ein Abschiedsfick. Mit schwitzigen Händen greife ich nach der Karte und lese:

Meine Schöne.
Es freut mich sehr, dass meine Einladung angenommen wurde. Ich hoffe, du wirst einen angenehmen Flug haben, denn was dich am Samstag erwartet, wird dir dieses Mal kein Vergnügen bereiten.

Mir gefriert das Blut in den Adern und das Schlucken fällt mir unheimlich schwer. Die blanke Panik muss mir förmlich ins Gesicht geschrieben stehen. Kalter Schweiß rinnt mir das Rückgrat hinunter und erst als ich die Zeilen wieder und wieder lese, wird mir bewusst, was da steht.

Er war es, von dem die Einladung kam? Nur damit ich zu dieser beschissenen Eröffnung komme und er wieder meinen Körper besitzen kann? Meine anfängliche Unsicherheit wandelt sich nach und nach in Wut. Er befiehlt mir sicher nicht, was ich zu tun habe. Der hat sie doch nicht mehr alle. Was glaubt er, wer er ist? Der fucking Präsident der Vereinigten Staaten?

Aber wenn ich mir das Ganze durch den Kopf gehen lasse, kommt mir eine Idee: Da ich jetzt sowieso nach Dubai fliegen muss, warum nicht gleich die Masken und den Schlüssel zurückbringen? So mache ich das. Dann bin ich diese Erinnerungsstücke wenigstens los. Soll er sich doch eine andere anlachen, mit der er seine scheiß Spielchen abziehen kann. Das Ganze macht mich so wütend, dass ich meinen Kopf freibekommen muss.

Ich hole meine Tasche aus der untersten Schublade und stopfe alles schnellstmöglich hinein. Mein Handy, diese bescheuerte Maske, die Zettel, einen Block und Stifte. Danach melde ich mich ab, fahre meinen PC herunter, schnappe mir die Laptoptasche und verlasse mein Büro.

»Layla. Ich werde den Rest von Zuhause aus machen. Bitte entsorge die Blumen oder stelle sie woanders hin, nur lass sie nicht in meinem Büro.« Seine scheiß Blumen kann er sich sonst wohin schieben.

»Oh … Okay, Joana«, sagt sie ein wenig eingeschüchtert, da mein Ton nicht gerade der netteste ist, was mir im Moment aber völlig egal ist. Es ist erst kurz nach drei Uhr nachmittags und ich müsste noch bis um fünf Uhr im Büro sein, doch ich muss hier weg.

Da ich, wie jeden Tag, mit den öffentlichen Verkehrsmitteln zur Arbeit gefahren bin und jetzt keine Lust darauf habe, in andere Gesichter zu blicken, rufe ich mir unten ein Taxi, welches auch sofort am Straßenrand stehen bleibt. Ich nenne dem Fahrer meine Adresse und versuche das Chaos in meiner Tasche zu ordnen. Da erfühle ich auch schon die Maske und ohne sie herauszunehmen, zerknülle ich diese und stopfe sie in eines der Seitenfächer. Durch meinen zwanghaften Drang, alles penibel zu ordnen, habe ich nicht mitbekommen, dass wir bereits vor dem Hochhaus stehen. Ich drücke dem Fahrer sein Geld in die Hand, verlasse das Taxi und knalle die Türe fester zu als gewollt. »Entschuldigung«, murmle ich, als sich der Fahrer beschwert. Ich gehe schnurstracks in das Gebäude und auf den Aufzug zu, stecke den Schlüssel in das Schloss und drücke den Knopf für das Penthouse.

Oben angekommen, kicke ich die Schuhe von meinen Füßen, lasse die beiden Taschen auf das Sofa fallen und gehe hinüber zu der Bar. Heute wird Wein nicht ausreichen, daher entscheide ich mich für Williams bernsteinfarbene Flüssigkeit. Dreißig Jahre alten Single Malt Whiskey von *The Macallan*. Davon trinkt Will nur, wenn er etwas zu feiern hat, da eine Flasche knapp fünftausend Dollar kostet. Jetzt werde ich mir auch einen Schluck genehmigen, schließlich habe ich auch etwas zu feiern.

Ich schnappe mir eines der teuren Kristallgläser und gehe mit der Flasche in der Hand in die Küche, um mir Eiswürfel zu holen. Danach gieße ich zweifingerbreit ein und hebe das Glas: »Darauf, dass ich nach Dubai fliegen und mir meine Jimmy Choos ruinieren werde, während ich ihm diese in seinen Arsch trete.«

Den Inhalt kippe ich in einem Zug hinunter und anfänglich brennt es wie die Hölle, aber danach setzt ein Gefühl der Taubheit ein und meine verkrampften Muskeln lockern sich allmählich. Ich schenke mir noch zweimal nach, und beide Male ist das Glas wieder in einem Zug geleert. Langsam merke ich, dass der Alkohol seine Wirkung freisetzt. Glückshormone durchfluten meinen Körper und lassen mich durch die Küche tanzen und direkt aus der Flasche trinken. Ich fühle mich wie in Watte gepackt und ich könnte schwören, dass ich schwebe.

Nach einer zu schnellen Drehung lasse ich mich auf den Barhocker fallen und greife nach der Flasche. »Warum habe ich dich nicht schon eher getrunken?« Halt, Stopp. Habe ich gerade mit der Flasche geredet? Ja, ich glaube schon, aber das ist mir im Moment egal.

»Ich werde dir jetscht mal was sagen. Tatsächlich habe isch vorgehabt, meinen Fehltritt zu beischten. Aber jetzt geht dasch nicht mehr. Zuerst musch ich das mit Dubai klären«, nuschle ich und lege den Zeigefinger auf die Lippen: »Aber Pschssst. Nichs verraten.«

»Was darf wer nicht verraten?«, erklingt Williams Stimme hinter mir und vor lauter Schreck falle ich vom Hocker.

»Autsch.« Ob mir mein Kopf oder doch der Hintern schmerzt, weiß ich nicht.

»Joana, bist du betrunken?«, fragt mich Will und ich glaube, dass er sich ein Lachen verkneifen muss. Oder sieht er doch wütend aus?

»Und wenn? Dieser kleine Kerl hier.« Ich halte ihm die Flasche entgegen und merke erst jetzt, dass ich sie die ganze Zeit über fest an mich gepresst gehalten habe. Selbst nach meinem Sturz vom Hocker, und ich sitze wohlgemerkt noch immer auf dem Boden. »Hat misch gerufen und gesagt: Komm her tsu mir, ich fühl mich einsam. Lass uns gemeinsam einsam sein.« Ich fange an zu glucksen.

»Okay, mein Engel. Genug für heute. Du gehst jetzt ins Bett und schläfst deinen Rausch aus.« William entzieht mir meinen neuen besten Freund und stellt ihn auf der Kochinsel ab. Danach hebt er mich hoch auf seine Arme und geht mit mir hinauf in Richtung Badezimmer.

»Du bis so stark«, nuschle ich, ziehe das *so* in die Länge und umgreife seinen Bizeps. »Die fühlen sich an wie harter Stahl. Genauso wie was anderes an dir«, flüstere ich und während ich kichere, muss ich hicksen.

»Du riechst, als hättest du einen ganzen Schnapsladen überfallen. Wie viele Gläser hast du getrunken, Joana?«, fragt Will.

»Lasch mich nachdenken«, sage ich mit dem Finger an meiner Schläfe, während William mich auf den heruntergeklappten WC-Deckel absetzt. »Isch glaube drei oder vier Gläscher und dann noch ein paar Schlucke aus der Flasche.« Stolz darüber mich noch genau daran erinnern zu können, wie viel ich mir eingeflößt habe, grinse ich wie ein Honigkuchenpferd.

»Okay. Das war zu viel Joana. Es reichen ein, maximal zwei Gläser davon. Kannst du dir die Zähne selber putzen oder soll ich das auch noch machen?« Er hält mir fragend die Zahnbürste vors Gesicht. Ich greife danach und beginne mir die Zähne zu putzen. Immerhin das bekomme ich noch hin.

Als ich fertig bin, stehe ich auf, spucke alles in das Waschbecken, spüle mir den Mund aus und wische ihn mir mit dem Handtuch ab, das William mir entgegenstreckt.

»So, und nun ab ins Bett mir dir, mein kleiner Trunkenbold«, sagt er und dirigiert mich zu unserem Bett, doch bevor ich mich darauf fallen lassen kann, hält er mich fest und entledigt mich, bis auf den Slip, meiner Kleidung.

Ich schlüpfe unter die kuschelig weiche Decke, ziehe mir diese bis unters Kinn und schließe meine müden und schweren Augen. So schnell hätte ich nicht gedacht, dass mich die Müdigkeit überrollen wird, immerhin war ich soeben noch voller Energie und bin durch die Küche getanzt.

»Versuch jetzt zu schlafen. Morgen wirst du es bereuen, dass du zu tief ins Glas geschaut hast.« Er beugt sich zu mir hinunter, um mir einen Kuss auf die Stirn zu geben.

»Aber ich bereue doch schon jetzt eine Sache zutiefst«, murmle ich.

»Und das wäre, mein Engel?«, fragt William, doch darauf kann ich ihm keine Antwort mehr geben, da ich eingeschlafen bin.

Kapitel achtzehn

Mittwochvormittag sitze ich in dem Lieblingscafé von Suzy und mir und warte auf sie. Ich bestelle mir einen Kaffee Latte, um mir die Wartezeit zu vertreiben, denn wie immer kommt meine Freundin zu spät. Die Frau hat echte Zeitprobleme im privaten Leben.

Während ich an meinem Kaffee nippe, spielt sich der schrecklichste Freitag in meinem bisherigen Leben wie in Dauerschleife, immer und immer wieder, in meinem Kopf ab. Die Geschäftsreise, der Blumenstrauß mit der Karte und meine kleine Eskapade mit dem Whiskey. Am nächsten Tag ging es mir überhaupt nicht gut. Erst als ich mich übergeben und eine Kopfschmerztablette eingenommen hatte, war ich auf dem Weg der Besserung. Aber mein Gewissen erleichterte es nicht. Alles, was ich mir vorgenommen hatte, wurde zunichtegemacht.

Die Erleichterung über eine baldige Beichte hielt nicht lange an, denn da war ja noch etwas – die Hochzeit, falls diese dann überhaupt noch stattfindet. Da wir uns im Standesamt das Jawort geben und in einem noblen Restaurant feiern würden, wäre der Schaden nur halb so schlimm. Aber Arbeit und Schweiß stecken trotzdem darin. Damit muss ich leben und vielleicht können wir zu einem späteren Zeitpunkt, nur wir zwei, vor den Altar treten – still und heimlich.

Durch Wills Abreise am Montag und meiner eigenen bevorstehenden Geschäftsreise hatte ich noch Zeit, um mir einen Plan zurechtzulegen.

Von meinen Seminaren in Dubai hatte ich ihm nichts erzählt, da ich es schlicht und einfach vergessen hatte. Durch meine Arbeit konnte ich jeglichen Gedanken daran verdrängen, auch wenn ich freibekommen hatte. Das blieb natürlich nicht unbemerkt, denn ich erhielt eine Mail von Layla, in der stand, dass ich endlich mal abschalten und meine freie Zeit genießen sollte. Doch ich wollte nicht abschalten, denn wenn ich das tat, dachte ich zu viel über Barcelona und Dubai nach. Zuerst muss ich das mit diesem Fremden regeln, danach habe ich wieder einen freien Kopf.

Nun sitze ich hier und warte darauf, dass Suzy ihren kleinen Knackarsch in das Café schwingt.

Wenn man vom Teufel spricht, denke ich, als sie auch schon in einem hellgelben, enganliegenden Sommerkleid, mit schwindelerregenden braunen High Heels und einer Sonnenbrille, so groß, dass sie wie eine Biene aussieht, durch die Tür kommt. Der blaue Kleidersack in der einen Hand lässt erahnen, dass sie wahrscheinlich wieder ein Kleid fertig hat und es dem Auftraggeber persönlich überbringen möchte.

»Tut mir leid, mein Schätzchen, dass ich mich verspätet habe, aber du weißt ja, wie der Verkehr kurz vor Mittag ist.« Sie gestikuliert mit einer Hand und lässt sich mit einem Seufzer auf den Stuhl zu meiner Rechten nieder. Zur Begrüßung drückt sie mir einen Kuss auf die Wange.

Ja ja.

Es ist lustigerweise immer der Verkehr. Dabei kann sie einfach nicht zugeben, dass sie wieder einmal eine schwere Entscheidung treffen musste bezüglich der Kleiderwahl.

»Ach, schon gut. Ich bin auch erst vor zehn Minuten angekommen und habe mir schon mal einen Kaffee Latte bestellt.«

»Erzähl. Wie war die Woche, in der William jeden Abend zu Hause war?«, möchte sie wissen und winkt den Kellner an unseren Tisch.

Ich warte mit meiner Antwort, bis Suzy ihre Bestellung aufgegeben hat und der Kellner davonmarschiert, denn er muss ja nicht gleich meine ganze Liebesgeschichte auf einem Silbertablett serviert bekommen.

»Na ja … die ersten drei Abende waren schön. Er war meistens schon vor mir zu Hause, hat gekocht oder uns etwas zu essen bestellt und wir haben dann meistens noch geredet, einen Film angesehen oder hatten Sex«, Letzteres flüstere ich ihr zu.

»Das klingt doch ganz nach meinem Geschmack.« Suzy zwinkert mir zu und ich kann nur die Augen verdrehen. »Aber sag, was war mit den restlichen Abenden und dem Wochenende?«

»Am Donnerstag haben wir zwei ja noch telefoniert, während ich auf ihn gewartet habe, aber er kam nicht. Also er ist dann schon gekommen, aber erst irgendwann um ein Uhr in der Nacht oder so. Am Freitag in der Früh hat er sich dann ausgiebig für Donnerstag bei mir entschuldigt. Und am Wochenende hat er hat mich sogar auf eine ausgedehnte Shoppingtour und ein schönes Abendessen eingeladen. Quasi als Entschuldigung für damals, als er wieder kurzfristig abreisen musste«, sage ich und trinke einen Schluck von meinen Kaffee.

»Mhm …«, grummelt Suzy und dabei verengen sich ihre Augen. »Hast du wenigstens seine Karte zum Glühen gebracht?«

»Sagen wir es mal so: er hat mir viel mehr gekauft, als ich eigentlich haben wollte. Du weißt, dass ich es nicht sonderlich mag, wenn jemand alles für mich bezahlt. Immerhin kann ich auch gut für mich selbst sorgen.«

Ja, das kann ich wirklich. Ich verdiene in meinem Job nicht schlecht und kann mir das ein oder andere schon leisten, beziehungsweise habe ich auch noch einige Ersparnisse auf der Seite und die Lebensversicherung meiner Eltern, welche aber nicht für jegliche Art von Schnick Schnack gedacht sind.

»Schätzchen, hier geht es aber nicht ums Selber-sorgen, hier geht es ums Prinzip. Er hat dich verletzt und er musste es wieder gutmachen. Daher war es nur mehr als fair, dass er dir alles gekauft hat, was du liebevoll beäugt hast. Apropos, ist die neu?«, will sie wissen und deutet auf meine Yves Saint Laurent Loulou Tasche. Sie hat ein Adlerauge, wenn es um Mode geht, und erkennt immer sofort, wenn ich etwas Neues habe.

»Ja, die war unter anderem eine der Sachen, die er mir einfach so gekauft hat, als wäre sie eine Zigarettenschachtel, die man sich mal schnell holt.«

Ich entdeckte die Tasche beim Vorbeigehen im Schaufenster und betrachtete diese länger als gewollt. Williams aufmerksamen Augen entging das natürlich nicht, denn er schleppte mich in den Laden und kaufte sie mir.

»Gib mal her«, fordert meine beste Freundin mit ihrer ausgestreckten, perfekt manikürten Hand und ich überreiche sie ihr.

»Da hast du eine gute Wahl getroffen, Joana. Du wirst eine sehr große Freude mit dieser Tasche haben. Ich habe die kleinere Version und vergöttere sie.«

Ich muss grinsen, denn Suzy vergöttert jedes Teil in ihrem begehbaren Kleiderschrank. Einmal durfte ich ihre heiligen Hallen – wie sie die Räumlichkeiten immer nennt - betreten und war im siebten Himmel.

Philippe und sie wohnen in einem Hochhaus, nur drei Querstraßen von uns entfernt und bewohnen die beiden obersten Etagen. Die gesamte Wohnung besteht fast nur aus Fensterfronten und beherbergt einen eigenen Fitnessraum, ein kleines Atelier für Suzys kreativen Geist, ein Arbeitszimmer, zwei Wohnzimmer, wobei nur das in der obersten Etage genutzt wird, drei Gäste- sowie Badezimmer, eine hochmoderne und geräumige Küche und das Herzstück: Suzys heilige Hallen - ganze drei Räume. Einer nur für Kleidung, der zweite für ihre Schuhe und der dritte für jegliche Art von Accessoires und ihre Taschen.

»Danke dir. Die habe ich jetzt schon«, sage ich, grinse über beide Ohren und nehme mein neues Baby wieder an mich.

»Erzähl. Wie sind die Geschäfte bis jetzt gelaufen, nach dieser hammermäßigen Modenschau?«

»Was soll ich sagen ...« Suzy trinkt einen Schluck von ihrem Chai Latte. »Ich kann mich vor lauter Aufträgen kaum retten. Schon am Tag der Veranstaltung kam sofort die erste Bestellung rein. Meine Schneiderinnen arbeiten auf Hochtouren und deren Köpfe rauchen schon, weil es einfach nicht weniger wird. Im Großen und Ganzen kann ich sagen, dass es sich für mich komplett gelohnt hat. Ach ja, bevor ich es vergesse: hier.« Sie nimmt den Kleidersack vom Stuhl und hält ihn mir hin. »Ich habe dir ja ein Kleid aus meiner Kollektion versprochen und ich habe es heute extra für dich mitgenommen.«

Freudestrahlend nehme ich es entgegen und kann es mir nicht verkneifen, kurz einen Blick hineinzuwerfen. Plötzlich erstarre ich und reiße die Augen auf.

»Suzy ... bist du wahnsinnig? Du kannst mir doch nicht das teuerste Kleid aus deiner Kollektion schenken! Nein. Das kann ich nicht annehmen.« Ich schließe den Reißverschluss wieder und halte ihr den Kleidersack hin.

Sie schüttelt den Kopf und drückt ihn mit einer Hand an meine Brust. »Joana. Ich habe doch gesehen, dass deine Augen bei dem Anblick des Kleides wie Diamanten strahlten. Da war für mich klar, dass du es bekommen wirst, und da ich deine Maße in meiner Datenbank gespeichert habe, konnte ich es auch gleich anpassen lassen. Dieses Kleid, sowie du es jetzt in den Händen hältst, wird es kein zweites Mal geben. Die Produktion war so aufwendig, dass ich beschlossen habe, dass es ein Einzelstück bleiben soll.«

Tränen treten mir in die Augen und mein Blick verschleiert sich für einen Moment, als ich mir auch schon die kleinen, salzigen Tropfen aus den Augenwinkeln mit der Serviette wegwische. Suzy musste meinen Blick bemerkt haben, als ich damals Backstage zu ihr ging und sah, dass das Kleid dem Model nicht passte, denn ich verlor kein Wort darüber, dass ich dieses besonders schön fand.

»Danke. Du weißt ja nicht, was mir das bedeutet.« Ich falle ihr um den Hals und drücke sie kurz an mich.

Womit habe ich Suzy nur verdient? Sie ist so liebenswürdig und aufrichtig und ich bin so falsch und hinterhältig.

Nicht mehr lange und auch sie wird von mir alles erfahren. Das wird ebenfalls ein Vertrauensbruch sein und ich kann nur hoffen, dass unsere Freundschaft das überstehen wird.

Nach unserer Umarmung lasse ich mich wieder in meinen Stuhl zurück sinken und esse diesen kleinen Keks, welchen man immer zu einem Heißgetränk dazubekommt.

Suzy nimmt einen Schluck von ihrem Kaffee und verschluckt sich fast, da sie zum Sprechen ansetzt. »Aber jetzt kommen wir mal zu erfreulichen Nachrichten.«

Sie strahlt mich an und während ihr Grinsen immer breiter wird, bekomme ich es immer mehr mit der Angst zu tun. Sie sieht aus wie diese Puppe aus *SAW*, die auf einem Dreirad durch die Gegend fährt.

»Philippe hat mir erzählt, dass er eine Woche vor eurer Hochzeit Williams Junggesellenabschied geplant hat. Und da habe ich mir gedacht, wir könnten deinen auch an diesem Wochenende feiern. Was hältst du davon?«

Den habe ich ja völlig vergessen.

»Ja, klar. Wieso denn nicht? Das ist eine gute Idee.«

»Sehr gut.« Suzy klatscht in die Hände. »Wer soll alles dabei sein?«

Kurz überlege ich und sage: »Layla und du.«

»Sonst niemand, Joana?«, fragt mich Suzy mit einem fragwürdigen Blick.

»Nein. Ich kenne ja ansonsten nicht wirklich jemanden und ich denke, dass wir uns zu dritt sicher prächtig amüsieren werden.« Ich habe mich nie wirklich um weibliche Freundschaften gekümmert. Klar, ich gehe ab und an mit Kolleginnen aus anderen Abteilungen essen, aber ich würde sie jetzt nicht als so enge Freunde bezeichnen, um sie auf meine Hochzeit einzuladen. Und die sogenannten College-Freunde entpuppten sich nur als solche. Für Lerngruppen und die ein oder andere Party waren sie toll, ansonsten war ich immer der Einzelgänger.

»Gut. Dein Wunsch ist mir Befehl, aber den Rest erfährst du erst kurz davor.« Sie zwinkert mir verschwörerisch zu. Ich bete zu Gott, dass sie mir keinen Stripper schenken wird. Noch einen wildfremden Mann, der sich vor mir auszieht, kann ich nicht gebrauchen.

»Ich freue mich schon so, wenn du am Montag in mein Atelier kommst und das Hochzeitskleid zum ersten Mal als ein Ganzes anprobieren wirst. Du wirst sicher umwerfend darin aussehen.«

Das ist wie ein Schlag in die Magengrube.

Die nächsten Worte muss ich regelrecht erzwingen. »Ja, ich bin auch schon ganz gespannt.« *Lächeln nicht vergessen, Joana.*

Ich blicke auf meine Uhr und stelle fest, dass es schon kurz nach drei Uhr nachmittags ist und ich mich um sechs Uhr auf den Weg zum Flughafen machen muss. »Suzy. Ich muss jetzt leider schon los, habe noch einen Termin«, sage ich und hole das Portemonnaie aus meiner Tasche.

»Lass mal, Joana. Ich mache das schon.«

Ich danke ihr und zum Abschied drücke ich ihr einen Kuss auf die Wange. Mit einem Taxi mache ich mich auf den Weg nach Hause. So feige bin ich schon, dass ich Suzy gegenüber kein Wort über die Geschäftsreise verliere. Ich reite mich immer tiefer in den Strudel aus Lügen.

In meinem Ankleidezimmer hänge ich den Kleidersack auf und nehme das Kleid heraus, um hineinzuschlüpfen. Der kühle Seidenstoff gleitet sanft streichelnd über meine Haut und fällt bis auf den Boden. Ich streiche vorsichtig mit den Händen jede noch so kleine Falte heraus, bis das Kleid wie ein silbrig schimmernder Vollmond an meinem Körper anliegt.

Ich betrachte mich im Spiegel und stelle fest, dass der V-Ausschnitt vorne sehr tief ist, denn er reicht bis in das Tal zwischen meinen Brüsten.

Das Kleid schmiegt sich eng an meinen Oberkörper und fällt dann weiter unten in einen Meerjungfrauenschnitt. Aber das absolut Beste an dem ganzen Kleidungsstück ist der Rücken, dessen Ausschnitt wie ein Wasserfall bis hinunter zum Ansatz meines Hinterns reicht.

Schnell schnappe ich mir meine silbernen Riemchensandaletten von *Jimmy Choo* und schlüpfe hinein, um den Look zu vervollständigen.

Ich drehe und wende mich vor dem Spiegel und beobachte, wie der Stoff durch die Lichtreflektionen leicht zu schimmern beginnt. Fieberhaft überlege ich, zu welchem Anlass ich dieses Kleid tragen könnte, da trifft es mich wie ein Blitz. Ich werde es an dem letzten Abend in Dubai anziehen, wenn wir dieses Abendessen haben. Dazu muss ich mir noch die passende Stola aus dem Schrank heraussuchen, um meinen freizügigen Rücken und den Ausschnitt zu verdecken. Denn in der Öffentlichkeit möchte ich mit diesem Kleid kein Aufsehen erregen und mir keinen Ärger einhandeln.

Ein Blick auf den Wecker am Nachttisch verrät mir, dass ich nicht mehr allzu viel Zeit habe, um meinen Koffer zu packen. Ich schlüpfe aus dem Kleid, verstaue es wieder in dem Kleidersack und suche mir alles zusammen, was ich für die drei Tage benötige. Das Kleid landet zuletzt in meinem Koffer, zusammen mit der Maske und dem Schlüssel.

Das Verkehrsaufkommen hält sich in Grenzen und somit sind wir schnell am Flughafen. Mir wurde ein Nachtflug in der Business Class gebucht, da der Flug fast vierzehn Stunden dauern wird. Diese Zeit wollte ich entspannt verbringen ohne zu arbeiten oder meinen Gedanken hinterherzuhängen. Daher überfliege ich vor dem Check In nochmals meine Mails, gehe die Unterlagen zu den Seminaren durch und schreibe William eine Nachricht, dass ich kurzfristig auf einer Geschäftsreise wäre. Wohin es geht, verrate ich ihm nicht.

Der Aufruf fürs Boarding ertönt durch die Lautsprecher, woraufhin ich meine Sachen zusammenpacke und mich in den Flieger begebe.

Da ich das erste Mal so lange fliegen werde, mache ich mich über die Videothek her. Mein erster Film ist *Save Haven* und zweieinhalb Stunden und ein paar Tränen später brauche ich etwas Aufmunterndes und sehe mir *Pitch Perfect* an. Während des zweiten Films fallen mir immer wieder die Augen zu, bis ich den Bildschirm ganz abschalte und die Schlafmaske überziehe.

Kapitel neunzehn

Ich stehe mitten im Büro des neuen Clubs in Dubai. Oder zumindest sollte es das mal werden, denn noch sieht hier oben und unten im Clubbereich das meiste noch nach Baustelle aus.

Ich gehe hinüber zu der Bar, nehme mir ein Glas aus dem Regal, gebe zwei Eiswürfel aus der Eiswürfelmaschine hinein und kippe mir ein wenig von der bernsteinfarbenen Flüssigkeit dazu. Egal in welchem Club ich bin, Will hat dafür gesorgt, dass immer ein paar Flaschen des teuren Whiskeys auf Lager sind. Natürlich nur für den privaten Gebrauch.

Ich schwenke das Glas ein wenig und nehme einen kräftigen Schluck. Der Alkohol brennt sich einen Weg in meinen Magen. Genauso wie sich eine bestimmte Sache in mein Hirn gebrannt hat: Nach Samstag wird es keinen weiteren Schlüssel mehr für Joana geben, und sie wird auf die Blacklist gesetzt. Auch wenn sich vielleicht herausstellt, dass sie für ihre Arbeitgeber nicht spioniert hat und das nur ein blödes Missverständnis ist. Nur so kann ich verhindern, dass uns geschadet wird.

Wenn herauskommt, was wir hier eigentlich betreiben, wird Maliks Einfluss auf der Welt uns auch nicht mehr helfen können. Und diesen kann ich nur vermeiden, wenn ich einen Schlussstrich ziehe.

Ganz zum Leidwesen für mein bestes Stück, doch nicht ohne einen phänomenalen Abgang.

Ein letztes Mal werde ich mir ihren Körper zu eigen machen. Werde sie dafür bestrafen, dass sie nicht ehrlich war. Und danach widme ich mich wieder meinem alten Leben.

Wenn die Eröffnung geglückt ist und Joana wieder in ihr Leben zurückkehrt, werde ich mich auf mein Anwesen nach Mexico verziehen. Dort werde ich dann wieder meine Arbeit im Club aufnehmen und mir jede Frau nehmen, auf die ich Lust habe. Scheiß drauf was William sagt. Wen ich ficke, kann ihm sowas von egal sein. Er sollte sich nicht immer so aufspielen, immerhin arbeiten noch alle Frauen für uns und erfreuen sich bester Gesundheit nach einer Nacht mit mir. Selbst schuld, wenn er sich nur mit Amira vergnügt, aber besser für ihn, dass es nur die eine ist.

Was wohl seine Verlobte dazu sagen würde?

Mit tut die Kleine echt leid, die ihn als Mann nehmen wird. Bestimmt hat sie überhaupt keine Ahnung, was hier alles abgeht und mit wem William so verkehrt. Wenn ich sie kennen würde und ihr einen Rat geben dürfte: Ändere deinen Namen und ziehe auf einen anderen Kontinent.

Auch wenn ich Will wie einen Bruder liebe - so könnte ich ihm manchmal auch einfach meine Faust ins Gesicht rammen. Wenn ich eine Chance auf ein Leben mit einer geliebten Person hätte, würde ich diese nutzen und nicht mit Füßen treten. Doch mir wird so eine Chance immer verwehrt bleiben.

In meiner Welt hat eine Frau an meiner Seite einfach keinen Platz. Man hätte das perfekte Druckmittel gegen mich in der Hand, und das würde mich angreifbar machen. Ich könnte es mir nicht verzeihen, wenn man mir meine Frau oder sogar Kinder nehmen und sie foltern würde, wenn ich später ihre Leichen verstümmelt vorfinden würde. Das wäre für mich der Todesstoß und es würde nichts Menschliches mehr von mir übrigbleiben. Ich würde wahrscheinlich von reiner Mordlust übermannt werden, bis ich die Waffe auf mich selbst richte und abdrücke.

Nach einem weiteren Glas intus schiebe ich die Abdeckfolie von der Ledercouch ein Stück beiseite, setze mich und muss an die Zeit in New York zurückdenken. Für meinen perfekt ausgedachten Plan könnte ich mir auf die Schulter klopfen.

Als mich die Nachricht erreichte, dass Joana nach Dubai fliegen würde, konnte ich es mir nicht nehmen lassen und musste ihr einfach ein Strauß Blumen mit einer Karte schicken. Zu gerne hätte ich ihr Gesicht gesehen, als sie die Karte gelesen hat. Nein wartet, ich kann es mir vorstellen: ihre blasse Haut wurde fast weiß und ihre Augen weiteten sich sicher vor lauter Schreck. Danach ist sie bestimmt vor Wut rot angelaufen wie eine Tomate. Ob sie ihre Wut am Samstag an mir auslassen wird?

Ich muss aufhören an das Bevorstehende zu denken, denn mein Schwanz drückt schon schmerzhaft gegen meine Hose.

Da ich weiß, dass er keine Ruhe geben wird, muss ich mir wohl Abhilfe verschaffen. Ich stelle das Glas auf den Boden, öffne meine Hose und hole meinen Schwanz heraus. Langsam bearbeite ich diesen und denke an die zwei Frauen, die ich am vergangenen Wochenende noch gevögelt habe. Und zwar beide gleichzeitig. Sie waren gut, keine Frage, aber an Joana kamen sie nicht heran.

Ich muss sie noch ein letztes Mal besitzen. Muss ihren Körper spüren, ihre weiche Haut fühlen und zwischen diese Lippen, deren Amorbogen eine perfekte Herzform hat, meinen Schwanz schieben. Man sagt, wenn jemand ein perfekt symmetrisches Lippenherz hat, ist das ein Ausdruck für Sinnlichkeit. Und Gott, sie ist mit jeder Faser sinnlich und betörend.

Mit meinen Zähnen beiße ich mir auf die Unterlippe, um mein Stöhnen zu unterdrücken. Mein Puls beschleunigt sich und meine Atmung kommt stoßweise. Was ich da gerade mache, erregt mich bis zum äußersten. Ich stehe auf der Klippe, bereit zum Sprung, um mich in die köstlichen Tiefen der Erfüllung zu stürzen.

»Oh mein Gott …«, stöhne ich jetzt laut und mein Sperma verteilt sich auf meiner Hand und meinem Schwanz.

Ich habe mich schon eine Ewigkeit nicht mehr selbst befriedigt. *Danke, Joana.*

Mit heruntergezogener Hose gehe ich in das angrenzende Badezimmer, um mir die Hände und meinen Schwanz zu waschen.

Zurück im Büro hebe ich das Glas vom Boden und schenke mir noch ein letztes Mal von diesem köstlichen Whiskey ein, als mein Handy auf dem Bartresen vibriert. Ich nehme es in die Hand, lese die Nachricht, während sich mein rechter Mundwinkel immer weiter nach oben schiebt. Es ist alles vorbereitet.

Wenn Joana den Schlüssel an der Tür vorzeigt, verständigt man mich, denn den goldenen Schlüssel gibt es nur einmal. Eine der Frauen bringt Joana dann direkt in mein Büro. Dort lasse ich sie dann ein wenig auf mich warten, weil ich weiß, dass sie die große Glasscheibe magisch anziehen wird – wie das Licht die Motten.

Nun stehe ich selbst vor dieser, durch welche ich einen Blick auf den Hauptbereich habe.

Schnell kippe ich das Glas Whisky auf ex hinunter und beobachte die Handwerker dabei, wie sie ihre letzten Arbeiten abschließen. Dieser Club ist mein Baby und der erste, den ich – oder besser gesagt, William und ich – auf die Beine stellen. Alle anderen haben wir durch den Kauf von Secret Events Society erworben und ihnen dann nur noch den Feinschliff verpasst.

Am Samstag werde ich mich nach dem letzten Rundgang gleich direkt hier fertigmachen. *Ich werde mir alles nehmen, was du mir diesen einen Abend gibst, Joana. Verlass dich darauf.*

Joana

Beim Verlassen des Flughafengebäudes empfängt mich eine sengend heiße Hitze und ich kann für kurze Zeit nicht mehr richtig atmen. Es fühlt sich an, als würde mir jemand die Kehle zudrücken und jeglicher Versuch, Luft zu holen, scheitert.

Langsam gewöhnt sich mein Körper an das hier herrschende Klima und ich kann während der Fahrt zum Hotel die Landschaft betrachten.

Erstaunlich, was sie in der Wüste aus dem Boden gestampft haben. Vielleicht lässt sich ja die umliegende Gegend von meinem Hotel aus erkunden. Wenn nicht, werde ich einmal hierher zurückkommen und mir die Zeit dazu nehmen.

So annehmlich der Flug war, so karger fällt das Hotel aus. Es ist ein gutes drei Sterne Hotel mit dem Notwendigsten, was man so braucht. Da ich in meinem Zimmer aber nicht wirklich viel Zeit verbringen werde, kann ich die drei Tage damit leben.

Das Gute ist, dass mein Hotel nur zehn Minuten entfernt von der Seminarveranstaltung liegt und ich einen Shuttleservice nutzen kann. Daher beschließe ich, schnell unter die Dusche zu springen und mich fertigzumachen, sodass ich gleich auf die Konferenz gehen kann.

In den zwei großen Seminarräumen tummeln sich jede Menge Menschen mit unterschiedlicher Herkunft. Es gibt viele Vorträge und danach die Möglichkeit, sich mit den Vortragenden und den anderen zu unterhalten. Der Austausch mit den Kollegen aus den anderen Verlagen ist sehr informativ und man lernt viele neue und interessante Leute kennen.

Am Abend falle ich todmüde ins Bett, da der lange Flug und die Seminare meine komplette Energie verbraucht haben. Daher wird das heute eher eine Pyjamaparty werden. Aber für morgen habe ich mit einigen anderen ausgemacht, dass wir am Abend in einem netten Restaurant essen gehen. Ich hätte nicht gedacht, dass es mir doch so gut gefallen wird, nachdem ich unter einem falschen Vorwand hier bin.

Bettfertig lege ich mich in das große Doppelbett, was weich und kuschelig aussieht, aber in Wahrheit steinhart und kratzig ist. Na ja, ich muss ja nur zwei Nächte hier verbringen. Das werde ich schon überstehen. Schnell stelle ich mir noch den Wecker, drehe mich auf die rechte Seite und schlafe binnen Sekunden ein.

Ich glaube, heute sind mehr Leute anwesend als gestern. Manche Seminare platzen förmlich aus allen Nähten, und an den verschiedenen Buffets tummeln sich die Menschen wie die Tiere um ein Wasserloch. Wie gut, dass ich bereits in meinem Hotel reichlich gefrühstückt habe und mir das nicht antun muss.

Nachdem ich von einem Raum in den anderen gehetzt bin, mich mit den verschiedenen Gruppenleitern unterhalten und mit ein paar Leuten von anderen Verlagen Visitenkarten ausgetauscht habe, freue ich mich jetzt auf eine heiße Dusche und auf eine kurze Verschnaufpause, bevor es zum Abendessen geht.

Mit einem kugelrunden Bauch lasse ich mich nach der abendlichen Routine ins Bett fallen und seufze schwer. Das Beisammensein mit den anderen war unbeschwert und leicht. Wir haben viel gelacht, uns gegenseitig die witzigsten und peinlichsten Erlebnisse unserer Karriere erzählt und ein wenig über das Geschäft gesprochen.

Morgen habe ich nur zwei Seminare am Vormittag und den Rest des Tages, bis zur Abendgala, frei. Diesen werde ich auf dem Zimmer verbringen, da es untertags einfach mal knapp vierzig Grad hat und mir das zu heiß ist, um einen auf Tourist zu machen. Gute Nacht, du heißes und wunderschönes Dubai.

Beide Seminare waren schnell vorbei und schon vor zwölf Uhr mittags bin ich wieder auf meinem Zimmer. Die Gala am Abend, bei der Urkunden zur Teilnahme ausgehändigt werden, Danksagungen ausgesprochen und ein acht Gänge Menü serviert wird, findet erst gegen zehn Uhr abends statt. Daher habe ich noch genug Zeit und tue einfach mal nichts.

Ich schlafe oder schaue ein, zwei Folgen meiner Lieblingsserie *Queen of South* auf Netflix und bestelle ein Clubsandwich beim Zimmerservice.

Gegen sieben Uhr abends dusche ich mich, locke mir die Haare und schminke meine Augen in einem dunklen Smokey Eyes Look und perfektioniere das Ganze mit einem Lippenstift in Nude. Das Kleid habe ich beim Wäscheservice des Hotels aufbügeln lassen, da es kleine Falten bekommen hat.

Bevor ich das Hotel verlasse, bedecke ich meine Schultern mit meiner Stola, durch welche auch der Ausschnitt vorne und hinten verhüllt wird. Immerhin hat dieses Land strenge Regeln und ich möchte diese nicht unbeachtet lassen und den Zorn der Einheimischen auf mich ziehen.

Die Masken und den Schlüssel stecke ich in meine kleine Tasche und gebe dann dem Fahrer die beiden Adressen, wobei ich ihn wissen lasse, dass er zuerst bei der einen halten und auf mich warten soll. Das, was ich vorhabe, wird schnell erledigt sein und danach kann ich mir einen tollen und lustigen Abend machen.

Das Navigationssystem zeigt an, dass wir nicht ganz dreißig Minuten bis zu unserem ersten Ziel brauchen.

Umso weniger Minuten verbleiben, desto nervöser werde ich und meine Handflächen fangen leicht an zu schwitzen. *Du schaffst das, Joana.* Einfach den Schlüssel und die Masken abgeben, umdrehen und wieder gehen. So schwer kann das ja nicht sein.

»Bitte warten Sie hier, wie besprochen. Es wird nicht lange dauern«, versichere ich dem Taxifahrer, welcher mich anlächelt und nickt.

Als ich aus dem Wagen steige, staune ich nicht schlecht. Ein schwarzer, langer Teppich, gesäumt mit Blumenvasen in größeren Abständen zueinander, führt zu einem weißen Gebäude. Dieses besteht zur Hälfte nur aus riesigen Glasfronten und die andere aus weißem Sandstein. Beim genaueren Betrachten kann ich auf der rechten Seite, hinter dem Glas, eine Bar ausmachen. Ein DJ steht an den Turntables und unterhält die Gäste. Leise dringt die Musik nach außen und ich kann den gerade aufgelegten Song erkennen: Pokerface von Lady Gaga.

Wie passend zu meinem derzeitigen Leben, denke ich mir und bringe mein Pokerface zum Vorschein.

Langsam setze ich einen Fuß vor den anderen und umso näher ich komme, desto besser kann ich erkennen, dass es zwei Eingänge zu geben scheint, wobei nur einer von Securitys flankiert wird. Instinktiv weiß ich, zu welchem ich gehen muss. Einem dieser beiden Hünen werde ich die Sachen geben und wieder verschwinden.

Ich strecke dem Größeren der beiden Männer die drei Sachen entgegen. »Ich wollte das hier nur schnell abgeben«, versuche ich laut und deutlich zu sagen, aber ich kann ein leichtes Zittern in der Stimme nicht unterdrücken.

Er nimmt mir nur den Schlüssel aus der Hand, spricht sofort in sein Mikro am Jackett und bittet mich danach, einen Moment zu warten. Was soll das? Warum nimmt er mir nur den Schlüssel ab? Ich glaube, er hat mich nicht verstanden.

»Ähm ... ich glaube, dass Sie die noch vergessen haben.« Ich strecke ihm nochmals die Masken entgegen. »Die gehören mir nicht und ich würde sie gerne zurückgeben.«

Er drückt meine ausgestreckte Hand mit seiner, die so groß wie eine Bärentatze ist, zurück und schüttelt den Kopf.

Ich will doch einfach nur diese beschissenen Masken abgeben und wieder gehen. Versteht er vielleicht kein Englisch? Tja, sein Pech. Dann knalle ich sie ihm halt einfach vor die Füße. Mir doch egal, was er mit denen dann macht.

Ich setze an, die Masken einfach auf den Boden zu legen, als die Tür aufschwingt, und ich eine schwarzhaarige Schönheit in einem kurzen schwarzen Kleid anstarre. »Wenn Sie mir bitte folgen würden«, sagt sie mit einer hocherotischen Stimme und der eine der beiden Männer deutet mir an, ihr zu folgen. Wahrscheinlich muss ich Papierkram ausfüllen, wenn ich die Sachen zurückgeben möchte. Soll mir recht sein, daher folge ich ihr, um danach schnell von hier wegzukommen. *Hoffentlich wartet das Taxi solange.*

Der schmale Gang hat einen weißen Marmorfußboden, an der Wand befindet sich dieselbe Blumentapete wie in Barcelona und in regelmäßigen Abständen hängen silberne Wandleuchten.

Ich beobachte die südländische Schönheit vor mir, wie sie ihren Arsch im Takt ihrer Bewegungen mitschwingt. Ihr langes dunkles Haar schwebt – wie der Umhang eines Superhelden – hinter ihr her und reicht ihr bis zum unteren Rücken.

Am Ende nehmen wir die Stufen und begeben uns eine Etage tiefer. Die ganze Zeit über sagt sie kein Wort und ich folge ihr wie ein braver Hund seinem Besitzer. Wohin sie mich wohl bringt, um diese dämlichen Papiere zu unterzeichnen?, frage ich mich und kann nicht leugnen, dass sich ein mulmiges Gefühl in meiner Magengegend breitmacht. Eigentlich wollte ich keinen Fuß hineinsetzen, da es mich zu sehr daran erinnert, was hier hinter verschlossenen Türen vor sich geht. Es hat mich verschreckt und erregt zu gleichen Teilen. Und das macht mir jetzt gerade auch wieder eine Heidenangst.

Aus dem Stockwerk unter uns nehme ich leise, melodische Klänge wahr und muss die Erinnerungen vom letzten Mal verdrängen.

Der Flur hier unten ist wesentlich kürzer und hat nicht wirklich was mit dem ersten gleich, außer dem weißen Marmorfußboden und die silbernen Wandleuchten. Hier sind die Wände schwarz gestrichen und am Ende befindet sich eine mattschwarze Tür. Sie sieht aus wie der Eingang zur Hölle - wo ich auch hingehöre, ermahnt mich mein Schuldbewusstsein und ich kann es nicht einmal leugnen.

Die Frau klopft an, sperrt mit einem Schlüssel auf und deutet mir, einzutreten. Zögerlich wage ich mich hinein und bevor ich mich umdrehen und sie fragen kann, wo ich die Masken abgeben darf, fällt die Tür ins Schloss.

Verdammt.

Ich überprüfe, ob sich die Tür wieder öffnen lässt, und irritiert stelle ich fest, dass sie abgeschlossen wurde.

»Was soll das? Das ist nicht witzig!«, rufe ich panisch.

Zaghaft begebe ich mich in die Mitte des dunkel gehaltenen Raumes, um eventuelle Fluchtmöglichkeiten ausmachen zu können. Links neben der Tür befindet sich ein großer, dunkler Schreibtisch, auf welchem nur ein Block und ein Stift liegen. Dahinter hängt ein Bild, eingefasst in einen silbernen Rahmen und zeigt die Erschaffung Adams. Es ist in dunkleren Farben gehalten als das Original und nimmt fast die ganze Wand ein.

Mein Körper dreht sich nach rechts und ich erspähe eine Bar aus dunklem Holz, und zwei Ledersofas. Daneben befindet sich eine weitere Tür. Bevor ich einen Schritt darauf zugehe, nehme ich aus dem Augenwinkel eine Bewegung wahr und richte meine Aufmerksamkeit auf eine Glaswand. Sie erstreckt sich über die gesamte Länge des Zimmers. Langsam bewege ich mich darauf zu und bestaune den riesigen Raum dahinter und das Treiben der Menschen.

Das ist ein Fehler.

Ein wenig ähnelt der Club dem in Barcelona, außer, dass hier andere Farben zum Einsatz gekommen sind. Wo es in Barcelona noch hauptsächlich Rot, Schwarz und Gold waren, sind es hier jetzt Weiß, Schwarz und Silber. An den Decken befinden sich Käfige, worin sich halbnackte Frauen zu der Musik bewegen. Oberhalb der Bühne hängen jeweils links und rechts Tücher von der Decke, in denen sich zwei nackte Frauen wie im Zirkus winden. Darunter zeigt eine weitere Dame ihr Können an der Stange. Die Gäste auf den umliegenden Sesseln und Sofas beobachten sie, holen sich einen auf sie runter, lassen sich von anderen Frauen verwöhnen oder leeren ihre Gläser und rauchen Zigarren.

Eine wohlige Wärme breitet sich zwischen meinen Schenkeln aus und ich presse diese unwillkürlich zusammen. Das wollte ich tunlichst vermeiden. Doch mein Körper arbeitet wieder gegen meinen

Verstand, obwohl dieser in höchster Alarmbereitschaft ist. Warum muss mich das hier alles so erregen? Plötzlich verspüre ich ein Kribbeln in meinem Nacken und weiß, dass ich beobachtet werde und nicht mehr allein bin. Genauso wie damals in New York.

Ich spüre eine Präsenz wie die Wärme, die von einem Lagerfeuer ausgeht.

Langsam drehe ich mich um und stoße gegen eine Wand von stahlharten Muskeln und zwei große, mir sehr vertraute Hände packen mich an den Hüften, drehen mich wieder zu dem Geschehen herum und halten mich an Ort und Stelle.

Ein leises Aufkeuchen verlässt meine Lippen. Ich konnte nur einen kurzen Blick auf ihn erhaschen und was ich sah, gefiel mir, doch das sollte es nicht. Seine gebräunte Haut, der Bartschatten und die schwarze, simple Maske lassen ihn verdammt sexy wirken. Und seine Augen. Sie stechen aus dieser eigentlich undurchdringbaren Dunkelheit der Maske wie zwei Apatit Steine hervor. Gott, ich bin so dumm. Warum bin ich dieser Frau nur hierher gefolgt? Ich hatte doch einen Plan, aber wie war der noch gleich?

»Gut, dass du gekommen bist, denn ich habe Lust auf ein Spiel«, flüstert er mir ins Ohr, woraufhin ein wohliger Schauer meinen Körper durchfährt. All meine Härchen stellen sich bei seiner rauen Stimme auf.

Warum ist mein Körper nur so verräterisch mir gegenüber? *Du bist ein Arsch!*, schimpfe ich ihn gedanklich, aber kann nicht abstreiten, dass auch ich nicht davon abgeneigt bin. *Schuldgefühle, ihr müsst euch hinten anstellen.*

Kapitel zwanzig

Diego

Ich liebe es, wie ihr Körper auf meine Stimme, meine Nähe und meine Berührungen reagiert. Ich hatte ein wenig Sorge, dass das Knistern zwischen uns aus Barcelona hier in Dubai nicht mehr vorhanden sein würde. Dass die vergangene Zeit etwas zwischen uns zerstört hätte, sie auf ihre Vernunft hören, oder erst gar nicht auftauchen würde – trotz meiner eindeutigen Botschaft.

Aber nun ist sie hier und ich merke, wie sie den Atem anhält. Langsam fahre ich mit meinen Händen über ihre Arme, packe sie dann etwas fester und drehe sie zu mir. Durch diese ruckartige Bewegung presse ich sie gegen meine Brust und kann ihr Herz spüren, wie es in ihrem Oberkörper unkontrolliert hämmert. Ich packe ihr Kinn fester als gewollt und hebe ihren Kopf an, sodass sich unsere Blicke treffen.

Die Zeit ist gekommen.

»Du warst nicht ehrlich zu mir, meine Schöne. Ich mag es nicht, wenn man mich anlügt, und schon gar nicht, wenn man sich mir verweigert.« Zuerst reißt Joana ihre Augen weit auf und sie sieht aus wie ein verschrecktes Reh. Doch dann verengt sie diese zu Schlitzen und Wut spiegelt sich darin.

»Dir verweigern? Du hast doch wohl nicht ernsthaft geglaubt, dass ich das Ganze ein zweites Mal mitmache. Ich habe diese Einladung nur angenommen, um dir den Schlüssel und die Masken zurückzubringen. Ich will sie nicht und ich will auch nicht, dass das zwischen uns nochmal passiert«, faucht sie mich wie eine kleine Raubkatze an. Gefällt mir.

»Du lügst«, ist das Einzige, was ich sage, und ein verächtliches Schnauben entfährt ihr.

»Warum sollte ich lügen? In meiner Hand halte ich die beiden Masken und der Schlüssel … nun ja, der wurde mir an der Tür abgenommen.«

»Ich weiß einfach, dass du lügst. Denn dein Körper verrät dich«, sage ich und nähere mich ihrem linken Ohr. »Du glühst, deine Nippel recken sich in meine Richtung, die ich unter diesem Kleid sehr gut erkennen kann, und in deinen Augen spiegelt sich grenzenlose Lust.«

»Fahr zur Hölle«, stöhnt sie atemlos.

Ihr Blick ist auf meine Brust gerichtet und langsam hebe ich ihren Kopf, damit sie mich ansieht. »Da bin ich doch schon längst.«

»Weißt du was? Das hier ist alles reine Zeitverschwendung. Ich werde jetzt gehen, da ein Taxi auf mich wartet und ich noch auf eine Abendveranstaltung muss. Die Masken entsorge ich einfach im nächsten Mülleimer auf der Straße.« Joana drängt sich an mir vorbei und steuert die Tür an, durch welche sie gekommen ist.

Mit einem Schmunzeln stehe ich da und höre, wie sie an der Türschnalle rüttelt.

»Das ist jetzt nicht dein Ernst!«, brüllt sie. »Mach diese verdammte Tür auf.«

Langsam drehe ich mich zu ihr um. »Es gibt nur einen Weg hinaus, und der führt dort hinunter und in eines der Zimmer.«

Zorn blitzt in ihren Augen auf und mit erhobenem Zeigefinger kommt sie auf mich zu. »Entriegle jetzt diese Tür.« Ihr Gesicht ist wutverzehrt, wodurch sich ihre Stupsnase leicht kräuselt.

Ich kann nicht anders und fange an zu lachen. Es ist so süß, dass sie versucht, mir Befehle zu erteilen.

Plötzlich verpasst mir Joana eine Ohrfeige, die mich augenblicklich verstummen lässt. Mit schockgeweiteten Augen sieht sie mich an und kann wahrscheinlich selbst nicht glauben, was sie soeben getan hat.

Ohne zimperlich zu sein packe ich sie an den Oberarmen und dränge sie Richtung Tür. Sie keucht auf und verzieht kurz ihr Gesicht, als die Türschnalle sich in ihren unteren Rücken bohrt. Ich neige meinen Kopf so weit zu ihr hinunter, dass ich auf die Stelle unter ihrem rechten Ohr einen Kuss hauche. »Das war ein großer Fehler«, flüstere ich in ihr Ohr und sie erschaudert.

»Es tut mir leid. Das … wollte ich nicht.«

Ihre Entschuldigung klingt ehrlich, wird ihr jetzt aber auch nicht mehr weiterhelfen.

»Das Spiel hat soeben begonnen.«

Ich spüre, wie ihr Körper anfängt zu zittern und sich leicht gegen meinen drängt. Ihre erhitzte Haut und die harten Nippel kann ich durch die Schichten meiner Kleidung förmlich spüren. Sie kämpft zwar dagegen an, aber dass sie den Kampf gegen ihren Körper bereits verloren hat, scheint ihr gerade klarzuwerden.

Zwischen uns herrscht eine Spannung, die man beinahe spüren kann. Auch sie kann sich dem nicht entziehen.

»Heute wirst du jene sein, die vorgeführt wird. Ich habe dich letztens genau beobachtet«, lasse ich sie wissen und lehne mich wieder ein Stück zurück. »Deine Blicke haben mir gezeigt, dass du auch gerne das gewollt hättest, was die Frau an der Bar bekam. Was in dem anderen Raum zwischen den Frauen und dem Mann passiert ist. Du möchtest auch die Blicke anderer auf dir spüren, möchtest, dass sich die Männer selbst befriedigen oder sich einen blasen lassen, während du der Mittelpunkt des ganzen Schauspiels bist. Habe ich Recht?«, frage ich sie und kann sehen, wie sich ihre Wangen leicht ins Rötliche färben.

Sie schluckt hart und ich stehe darauf, wenn sie mir völlig ausgeliefert ist. Unmerklich fängt sie an zu nicken. Ich kann ihr ansehen, dass sie einen innerlichen Kampf mit sich selbst ausfechtet.

»Ich kann dich nicht hören. Du musst schon mit mir reden. Auch wenn wir nicht mehr in Barcelona sind, gelten dieselben Regeln«, stelle ich klar.

»Ja, ich will es«, haucht sie sanft und kommt meinen Lippen gefährlich nahe.

Na geht doch, Joana.

Ich muss mich echt zusammenreißen, dass ich sie jetzt nicht hier in meinem Büro nehme und für die Ohrfeige bestrafe. Obwohl ich sie gerne auf meinem Schreibtisch sehen möchte, wie sie mit ihrem Oberkörper darauf liegt und ich sie von hinten nehme. Doch jetzt noch nicht, denn ich habe etwas anderes mit ihr vor. Daher halte ich sie eine Armlänge von mir entfernt und strecke ihr meine Hand hin.

»Gut. Gib mir eine von den beiden Masken.« Das ist keine Bitte, sondern ein Befehl.

Schnell gehorcht Joana und legt mir die Spitzenmaske in die Hand. Ich deute ihr an, sich umzudrehen, damit ich ihr diese anlegen kann und sie lässt mich gewähren. Die andere nehme ich ihr aus der Hand und schmeiße sie in Richtung der Ledercouch.

»Dann komm«, sage ich und biete ihr meinen Arm an, sodass sie sich einhaken kann. Zögerlich nimmt sie mein Angebot an und so begeben wir uns schweigend zu der Tür neben der Bar, wo uns eine Treppe nach unten in den Clubbereich bringt.

Der Geruch von Sex, Tabak, Alkohol und die leise, melodische Stimme der Sängerin empfangen uns.

Alle Blicke sind auf uns gerichtet, beziehungsweise gelten sie meiner Begleitung, denn sie sieht in diesem Kleid einfach umwerfend und sexy aus. Ihre helle Haut sticht durch den silbrigen Farbton besonders hervor, genau wie ihre weiblichen Rundungen.

Von wegen sie muss zu einem geschäftlichen Abendessen. Das Kleid ist zu aufreizend für eine Gala.

Ich bringe uns beide zur Bar, platziere sie auf einem freien Hocker und winke die Kellnerin herbei. Aus dem Augenwinkel kann ich sehen, dass die Brüste der nackten Frau durch die schnellen Schritte auf und ab wippen, aber es interessiert mich nicht im Geringsten. Meine Aufmerksamkeit gilt heute nur *ihr*.

Gestern ließ ich eine unserer neuen Frauen abblitzen, als sie mich verführen wollte. Ich wollte mir nicht meine Vorfreude auf heute nehmen lassen, auch wenn es sehr verlockend war.

Meine Hand ruht besitzergreifend auf Joanas unterem Rücken, während ich ihr einen Gin Tonic und mir einen Whiskey on Ice bestelle.

»Was wirst du heute genau mit mir machen?«, möchte sie wissen und bevor ich ihr darauf eine Antwort geben kann, legt sich eine perfekt manikürte Hand auf meine Schulter.

»Mr. Nobody«, begrüßt mich Amira mit einem Kuss auf die rechte Wange.

»Schön, auch dich zu sehen, Sugar«, sage ich und erzwinge ein leichtes Lächeln, bevor ich das Glas an meinen Mund hebe und einen Schluck der braunen Flüssigkeit zu mir nehme.

Wir mussten uns Kosenamen zulegen, um unsere wahren Identitäten so gut es ging zu verbergen. Ich muss gestehen, dass meiner ziemlich genau auf meine Person zutrifft. Bei Amira habe ich da eher meine Zweifel, denn ich würde sie nicht als süß und liebevoll, sondern eher als unberechenbar und teuflisch bezeichnen.

»Hey, ich bin Sugar und mit wem habe ich das Vergnügen?«, richtet Amira das Wort an Joana und bevor diese antworten kann, komme ich ihr zuvor. »Sie ist niemand.«

»Oh«, formen Amiras Lippen. »So ist das also. Sie ist dein neues Spielzeug und sie darf kein Wort mit jemandem außer dir wechseln. Wusste gar nicht, dass du seit neuestem auf Pummelige stehst. Ich kann mich erinnern, dass deine Letzte eine schlanke Blondine war. Wann hast du dein Beuteschema geändert?« Amira lacht auf und betrachtet meine Begleitung mit einem abwertenden Blick.

»Ich darf ja wohl bitten«, entrüstet sich Joana, bevor ich Amira selbst zurechtweisen kann und befürchte, dass sie eine weitere Ohrfeige verteilen wird. »Niemand verbietet mir das Wort und auch wenn, werde ich mich nicht zurückhalten und gegenüber solchen Frauen wie Ihnen meine Meinung äußern. Es tut mir leid, dass Sie nichts von Rundungen verstehen, denn offenbar besitzen Sie ja keine, außer Ihren gemachten Brüsten. Sie sollten wieder dorthin zurückkehren, woher Sie gekommen sind, denn anscheinend hat Mr. Nobody keine Lust, mit Knochen zu spielen.« Nach dieser überraschenden Ansage dreht sie sich energisch in Richtung der Bar und kippt ihren Gin Tonic auf ex.

Durch meine Hand an ihrem Rücken kann ich spüren, dass sie leicht zu zittern anfängt. Ein Zeichen dafür, dass ihr das Adrenalin durch den Körper schießt.

Amira steht da, ihr Mund bewegt sich auf und zu, aber sie sagt kein Wort. Sie sieht aus wie ein Fisch, der auf dem Trockenen liegt.

Ich hätte niemals gedacht, dass ich sie mal so sprachlos erlebe. Und meine Schöne hat Feuer. Das gefällt mir.

»Sugar, verschwinde«, sage ich genervt.

Ihre Miene verfinstert sich, mit einem Seufzer wendet sie sich von uns ab und stolziert hocherhobenen Hauptes davon. Ich bedeute der Barkeeperin, dass das Glas leer ist, und prompt wird dieses durch ein volles ersetzt.

Joana beißt sich auf die Unterlippe. »Tut mir leid, ich weiß auch nicht, was da in mich gefahren ist. Diese Frau ... ich musste ihr einfach die Meinung sagen.«

Ich hebe eine Augenbraue. »Du bist die Erste, die ihr die Stirn geboten hat. Dafür erhältst du einen Teil meiner Achtung, was dein Strafmaß bezüglich der Ohrfeige und deiner Lügen nicht mindert.«

»Wie wird die Strafe denn ausfallen?«, fragt sie verunsichert, aber mit einem vor Lust verschleierten Blick.

Unwillkürlich muss ich schmunzeln. »Das wirst du gleich erfahren. Komm, genug getrunken. Zeit, sich dem Vergnügen zu widmen.«

Ich packe sie am Handgelenk und ziehe sie hinter mir her, vorbei an der Bar, während die notgeilen Gaffer ihre Augen nicht von ihr lassen können, solange, bis wir in einem dunkel gestrichenen Gang mit acht Türen verschwinden. Wir nehmen die fünfte, welche sich nicht nur durch die weiße Farbe von den anderen unterscheidet. Aber sie wird gleich selber erfahren, was diesen Raum so besonders macht.

Das Zimmer ist in etwa genauso ausgestattet wie das in Barcelona. Nur, dass es hier kein Bett gibt, sondern einen massiven Holztisch, mit ein paar Befestigungsmöglichkeiten an den Tischbeinen und an der Oberfläche.

Joana geht auf den Tisch zu und betrachtet diesen eingehend, dabei bemerkt sie nicht, dass ich mich auf sie zubewege, bis ich sie mit meinem gesamten Körper gegen den Tisch drücke. Ich baue mich zu meiner vollen Größe vor ihr auf und lege eine Hand um ihren Hals.

»Was genau erhoffst du dir von alldem hier?«, frage ich sie ruhig und streiche mit dem Daumen über ihre Haut.

»Wie meinst du das? Was soll ich mir erhoffen?«

Ich drücke leicht zu. »Keine Gegenfragen. Was erhoffst du dir? Bist du auf der Suche nach einer guten Story? Willst du uns ans Messer liefern?«

Wenn ich sie das jetzt nicht frage, werde ich später keinen Kopf mehr dafür haben, das weiß ich jetzt schon. Also hoffe ich, dass sie es zugibt. Am besten so schnell wie möglich. Damit ich sie danach endlich über den Tisch legen kann.

»Was redest du da?«, fragt sie jedoch mit einem entsetzten Ausdruck, der nicht gespielt wirkt. »Ich bin nur hierhergekommen, um dir die Sachen zurückzubringen. Hättest du nicht dafür gesorgt, dass ich nach Dubai reisen muss, wäre ich nicht gekommen und hätte die Sachen zu Hause im nächsten Mülleimer entsorgt!« Ihr Schreck wandelt sich langsam in Wut.

Ich ziehe Joana ein Stück zu mir und blicke ihr tief in die Augen. In ihnen erkenne ich nichts als die Wahrheit. Ich habe schon einigen Lügnern in die Augen gesehen, und den Schalk erkannt, der in ihnen glitzerte, aber bei ihr sehe ich nur Ratlosigkeit, Zorn und Lust.

Sie scheint nicht zu wissen, wer ich bin. Dann wird meine Bestrafung nur halb so schmerzhaft für sie werden. Kommen lasse ich sie heute aber dennoch nicht.

Meine Hand löse ich von ihrem Hals, aber ich bleibe dicht vor ihr stehen. »Du wirst mir jetzt genau zuhören: heute werden wir etwas Neues ausprobieren.«

Ehe ich weitersprechen kann, schüttelt Joana den Kopf. »Du kannst mich doch nicht so angehen, mir etwas unterstellen und dann ohne eine Erklärung weitermachen.«

Ich weiß nicht, ob ich lachen oder meine Hand direkt wieder an ihre Kehle legen soll. Offenbar hat sie hier etwas nicht verstanden.

Ich beuge mich zu ihr, sodass unsere Nasenspitzen gefährlich nah voreinander schweben. »Ich kann alles tun, was ich will, Schätzchen. Und du bist mir freiwillig in diesen Raum gefolgt. Soll ich dich daran erinnern, warum du das getan hast?« Ich greife unvermittelt in ihr Haar und ziehe ihren Kopf zurück, sodass sie laut nach Luft schnappt. »Während ich dich völlig nackt an diesen Tisch ketten werde, wird nebenan ein kleiner Kreis unserer treuesten Mitglieder zusehen, wie ich mit dir spiele und dich dann schlussendlich ficke«, erkläre ich ihr.

Bei meinen Worten stellen sich ihre Nackenhaare auf. Gut. Sie reagiert auf mein Gesagtes wie erhofft.

»Letzteres aber nur dann«, sage ich weiter, »wenn du dich zu benehmen weißt. Alle Regeln, welche wir schon in Barcelona besprochen haben, sind dieselben, genau wie dein Safe Word. Weißt du es noch?«, raune ich in ihr Ohr, während sie ihr Gesicht in meine Richtung dreht und »Schwarz« haucht.

»Sehr schön.« Ich lasse ihre Haare los und trete einen Schritt zurück. »Auch wenn ich dieses Kleid gern an dir sehe, musst du es jetzt loswerden. Zieh dich aus«, befehle ich ihr und sie gehorcht, ohne mit der Wimper zu zucken.

Zufrieden lasse ich meinen Blick über sie schweifen. Ihre samtig weiche Haut kommt zum Vorschein und am liebsten würde ich sie am ganzen Körper berühren, diesen mit Küssen versehen und sie einfach *normal* lieben. Aber das kann ich nicht. Sie könnte meine Narben berühren, und dafür wäre ich nicht bereit. Wenn ich es nicht einmal schaffe, diese selbst zu berühren, wie wird es dann erst sein, wenn jemand anderes sie berührt?

Nun steht sie nur noch mit ihrem String bekleidet und mit gesenktem Kopf vor mir. Ich kann ihr ansehen, dass sie mit sich hadert und dabei betrachte ich ihren Körper eingehend.

Ich kann mich einfach nicht an ihr sattsehen. Sie passt nicht in mein eigentliches Beuteschema, da muss ich Amira schon Recht geben, denn meine bisherigen Gespielinnen waren bis jetzt meist Blondinen mit Modelmaßen. Aber Joana hat etwas an sich, was mich einfach in ihren Bann zieht.

Ich will wissen, was hinter der Fassade dieser geheimnisvollen Frau steckt und dafür werde ich sie mir Stück für Stück vornehmen.

Ich bewege mich, so wie sich ein Raubtier an seine Beute anpirscht, auf sie zu. »Sieh mich an.«

Abrupt geht ihr Kopf nach oben und unsere Blicke begegnen sich, suchen einander. Ich kann Angst erkennen, aber auch Vertrauen und Lust spiegeln sich darin wieder. Sie fühlt sich so sehr von mir angezogen, dass sie keine weiteren Erklärungen von mir verlangt. Dass sie ihre Wut und ihre Vernunft vergisst.

Ob sie sich mittlerweile Sorgen macht wegen unserer Zuschauer gleich?

»Du brauchst dir keine Gedanken zu machen. Es wird dich niemand erkennen. Du wirst die ganze Zeit über die Maske anbehalten und sie nicht abnehmen. Sie können durch diese Glaswand das Geschehen verfolgen und zuhören. Du wirst nur reden, wenn ich es dir befehle«, erkläre ich ihr.

»Okay. Ich vertraue dir.«

Sie sollte mir nicht vertrauen. Ich vertraue mir nicht einmal selbst.

Ich positioniere sie an der kurzen Seite des Tisches und drücke ihren Oberkörper nach vorne auf die Tischplatte. Um ihre Handgelenke schlinge ich Seile und binde diese an den Ringen auf der anderen Seite des Tisches fest. So liegt sie mit ausgestreckten, aber dennoch leicht angewinkelten Händen auf der Tischplatte und streckt mir ihren prallen Arsch entgegen. Ich trete einen Schritt zurück und betrachte mein bis jetzt verrichtetes Werk, bevor ich fortfahre.

Erregung bahnt sich durch meinen Körper und lässt meine Nervenenden kribbeln.

Ich streichle ihr zärtlich über den Rücken und gebe ihr mit der flachen Hand einen Schlag auf den Hintern, bevor ich ihr den String hinunterziehe. Durch den kleinen Klaps erschreckt sie leicht und bewegt ihre Beine. Um dem Abhilfe zu schaffen, hole ich eine Eisenstange, an der an beiden Seiten Haken befestigt sind und zwei lederne Fußfesseln, die ich an ihren Fußgelenken fixiere.

An den beiden Manschetten befestige ich die Spreizstange so, dass sie ihre Beine nicht mehr bewegen und vor allem später nicht zusammenziehen kann. Um das ganze Gefühl zu intensivieren, möchte ich ihr einen Analplug verpassen, welchen ich vorher mit Gleitgel einschmiere.

»Entspanne dich«, sage ich zu ihr und streichle dabei sanft über ihren Po, um ihr die Anspannung zu nehmen. Langsam lasse ich den Plug in ihr kleines, süßes Loch gleiten, und ihr entkommt ein leises Keuchen.

Ich entledige mich meines Sakkos und des Hemdes, und werfe beides auf den Sessel neben der Tür. Daneben am Bedienfeld betätige ich eine Taste, woraufhin das Licht im Raum gedimmt wird. Anschließend drücke ich eine weitere Taste, sodass der Raum auf der anderen Seite der Glaswand Bescheid weiß, dass die Show beginnt.

»Als aller Erstes werde ich dich dafür bestrafen, dass du ohne meine Erlaubnis mit jemand anderem gesprochen hast«, sage ich zu ihr, woraufhin sie leicht erschrickt und sich ihr Körper anspannt.

»Ich denke, acht Schläge mit dem Flogger sind wohl angemessen. Von denen wirst du jeden einzelnen mitzählen, verstanden?«

Mit einem kurzen »Ja« erwidert sie meine Forderung und spannt ihre Pobacken an, um den ersten Schlag zu erwarten. Ich hole den Flogger von der Wand und schnappe mir ein Kondom aus der ersten Schublade.

Zurück bei Joana bringe ich mich in Position und hole aus. Der erste Schlag trifft sie und sie zählt leise »Eins«, worauf sie ein weiterer, festerer Schlag trifft und sie lauter als zuvor »Zwei« sagt. Zwischen jedem Schlag streichle ich immer wieder mit meiner Hand über ihren Hintern, der nun leicht gerötet ist. Es kommt mir wie eine Ewigkeit vor, bis sie endlich der achte Schlag trifft und sie ihre Strafe abgebüßt hat.

Sie passt so gut zu mir und meinen Vorlieben, denke ich mir und löse die Stange zwischen ihren Beinen. Ihre Knie geben nach und sie knickt leicht ein. Ich halte sie und streiche langsam über ihren geröteten und ziemlich erwärmten Hintern, während ich langsam einen Finger in sie gleiten lasse. Dabei stelle ich fest, dass das nicht wirklich eine Bestrafung für sie war. Die Schläge, mit dem Plug in ihrem Arsch, haben sie so erregt, dass ihre Spalte vor Nässe nur so trieft.

Als ich mir sicher bin, dass sie auch ohne meine Hilfe stehen kann, lasse ich die Finger aus ihr herausgleiten, entferne ihr den Plug und umrunde den Tisch, um die Seile zu lösen. Wieder bei ihr, richte ich sie auf, drehe sie mit dem Gesicht zu mir und hebe sie auf den Tisch.

Nun können unsere Zuschauer einen Blick auf ihren erhitzten Körper erhaschen und gleich dabei zusehen, wie ich mich in ihr versenke.

Kapitel einundzwanzig

Dank meiner Maske erkennt mich hier in dem Club keiner. Jeder denkt, ich wäre irgendein neureicher Milliardär, welcher sich nur ein wenig vergnügen möchte, was ja auch in gewisser Weise stimmt. Meine Termine in Europa habe ich alle hinter mich gebracht und bevor ich nach Hause fliege, vergnüge ich mich noch ein wenig in unserem neuen Club.

Diego hat mich informiert, dass er uns heute eine kleine Showeinlage bieten möchte. Das hat er bis jetzt nur einmal getan und das ist schon bestimmt fünf Jahre her.

An die Blondine erinnere ich mich nicht mehr wirklich, außer, dass sie nach der Show, die er uns geboten hat, austickte und abhaute. Seitdem haben wir sie nie wieder gesehen und Diego war danach ziemlich mies gelaunt.

Mit mir im Raum sitzen Malik, seine angekaufte Nutte, drei weitere Mitglieder und Amira auf meinem Schoß.

»Ich habe Diegos heutiges Spielzeug schon kennengelernt. Beste Freundinnen werden wir bestimmt nicht mehr«, flüstert sie in mein Ohr und fährt mit ihren Krallen unter mein Hemd und über meine Brust.

»Du kennst ihn ja. Er sucht sich immer die außergewöhnlichsten Frauen aus.«

»Wenn Sie mit ihr fertig sind, würde ich sie auch gerne mal kosten«, richtet Malik seine Worte an mich und nickt in Amiras Richtung. Dabei hat er seine Finger in seiner äußerst hässlichen Nutte.

»Ich denke, dass ich diese Frau heute für mich beanspruchen werde. Aber wie ich sehe, sind Sie schon gut versorgt.« Mit erhobenem Glas proste ich ihm zu. Bevor er Amira in irgendeiner Form anfassen kann, bringe ich ihn um.

»Sie haben Geschmack, das muss ich Ihnen lassen. So eine wie diese da, kann ich Ihnen auch besorgen. Die versteht kein Wort und sie können alles mit ihr machen.« Er entblößt die Brüste der Nutte, indem er ihr das Kleid runterzieht. Sie wehrt sich kein bisschen.

»Danke. Auf dieses Angebot werde ich gerne zurückkommen.«
Sicher nicht.

Bevor er darauf etwas erwidern kann, fängt das rote Licht an zu leuchten. Showtime.

Die Tönung des Glases verändert sich und gibt den Blick auf die Rückenansicht einer nackten Frau frei, wie sie mit gespreizten Beinen und dem Oberkörper auf dem Tisch vor uns steht. Den Plug in ihrem Arsch kann ich sehr gut erkennen und auch ihre kleine, süße Muschi, wie sie vor Nässe trieft.

Diego verpasst ihr Schlag um Schlag und ich kann spüren, wie mein Schwanz immer härter wird. Auch Amira hat es bemerkt und lässt ihre Hand zu meinem Schritt gleiten, um ihn durch meine Hose zu kneten.

Nach den Schlägen, welche die Frau über sich ergehen lässt, fingert Diego sie für einen Moment und ich kann ihre Scham bis hierher glänzen sehen. Er bindet sie los und hilft ihr dabei, sich aufzurichten. Als sie einen festen Stand hat und sich uns zuwendet, stockt mir der Atem. Diesen herzförmigen Leberfleck, der sich über der linken Hüfte befindet, erkenne ich sofort.

Wie zufällig kann es sein, dass eine andere Frau den exakt gleichen Leberfleck an der exakt selben Stelle wie meine Verlobte hat?

Mein Blick gleitet genauer über den Körper der Frau, und mit jedem Zentimeter werden auch meine Augen größer. *FUCK. Joana!*, schießt es mir so schnell durch meine Gedanken, wie sich ein Stromschlag durch einen Körper fortbewegen kann. Ich muss meine aufsteigende Übelkeit hinunterschlucken.

Der Anblick lässt mich in eine Art Schockstarre verfallen.

Das ist eindeutig ihr Körper.

Ihr seidig glänzendes langes braunes Haar.

Ihre Brüste, die ich vor ein paar Tagen noch ausgiebig geknetet habe.

Meine Hände ballen sich auf Amiras Schoß so fest zu Fäusten, dass die Knöchel weiß hervortreten. Was hat sie, verdammt nochmal, hier zu suchen? Ist sie vielleicht hinter mein Geheimnis gekommen und will es mir so auf groteske Weise heimzahlen? Nein. Das würde sie nicht tun! Aber was macht sie dann hier?

Voller Zorn stoße ich Amira von mir herunter und verlasse den Raum, um sie da rauszuholen, bevor Diego seinen verfickten Schwanz in sie rammen kann.

Ich hämmere wie ein Bekloppter gegen die Tür. Als ich das Klicken des Schlosses höre, stoße ich die Tür auf, drücke die Schalter für die Tönung der Scheiben und die Lautsprecher und stürme auf Joana zu, ohne Diego Beachtung zu schenken.

»Was tust du hier?« Zornig funkele ich meine Verlobte an und packe sie mit einer Hand am Kiefer. Ich kann sehen, dass in ihren Augen hinter der Maske die blanke Panik herrscht.

Ja, Baby, jetzt solltest du Angst haben und davonlaufen, spricht meine dunkle Seite in mir und ich könnte schwören, dass sie meinen Blick und meine Wut verstanden hat.

»Will, du tust mir weh. Lass mich los«, nuschelt sie, da ich ihren Kiefer noch immer in der Hand halte.

»Was ist los? Du kennst sie?«, geht Diego dazwischen und als sich sein Gesicht in mein Blickfeld schiebt, sehe ich nur noch rot.

»Du.« Wutentbrannt deute ich auf ihn. »Du willst wissen, ob ich sie kenne? Diese Schlampe ist meine Verlobte, du Wichser!« Dafür wird er bezahlen, aber vorher ist sie an der Reihe.

Ich wende mich wieder an meine Hure von Verlobte. »Los, runter mit dir und zieh dir das über, dieser Anblick bringt mich gleich zum Kotzen.« Ich halte ihr mein Sakko entgegen, ohne sie eines weiteren Blickes zu würdigen.

Sie nimmt es an sich und schlüpft hinein. Gott sei Dank verdeckt es ihren gesamten Oberkörper und ihre Pussy, denn die Blicke der Typen, wie sie sich an meinem Engel aufgeilen, brauche ich am wenigsten.

Ich packe sie fest am Arm und ziehe sie hinter mir her, raus aus dem Zimmer und in Richtung des Büros.

»William!«, ruft mir Diego hinterher, doch ich zeige ihm nur meinen Mittelfinger. Wenn er mir jetzt auch noch hinterherläuft, dann werde ich ihm noch etwas anderes zeigen als nur meinen Mittelfinger. Zuerst muss ich mich um meinen Engel kümmern und ihr die Flügel stutzen, danach kommt der kleine Bastard dran.

Mir ist es scheißegal, ob es die anderen Leute hier mitbekommen, wie ich sie durch den gesamten Club zerre. Sie gehört mir und ich kann und werde machen, was mir verdammt nochmal in den Kram passt. Jetzt wird sie mein wahres Ich kennenlernen. Jenes, mit welchem sie noch nicht das Vergnügen hatte. Bis jetzt.

Oben angekommen lasse ich von ihr ab, verschließe die Tür und lasse den Schlüssel stecken. Ich streife durch das Büro und immer wieder fahre ich mir mit einer Hand über das Gesicht.

»Will, ich … es tut …«

»Spar dir deine Entschuldigungen, Joana. Du bist nicht in der Position, dich bei mir zu entschuldigen«, fahre ich sie an. »Warum?«, frage ich sie gleich darauf. Ja, mich würde brennend interessieren, warum sie das getan hat.

»Es tut mir leid.«

»Ich habe dich nach dem Warum gefragt und ich frage dich nur noch einmal.« Langsam macht sie mich echt wütend. »Warum warst du mit ihm in diesem Raum? Warum bist du überhaupt hier?«, knurre ich, gehe auf sie zu und schubse sie ein Stück von mir weg.

»Du fragst nach dem Warum? Warum ich es getan habe? William, das kann ich dir nicht sagen. Ich wollte doch nur etwas zurückgeben, denn es war nicht das erste Mal, dass ich in so einem Club war«, gibt sie zu und weiß nicht, was sie mit diesen Worten anrichtet. Ich spüre, wie Zorn von mir Besitz ergreifen will, doch noch schaffe ich es, ihn zu unterdrücken. Ich brauche Antworten.

»Wann? Wann war das erste Mal?«

»In Barcelona. Ich habe damals, als ich deine Wäsche gewaschen habe, einen Schlüssel in der Hose gefunden und ihn an mich genommen«, sagt sie und ich sehe, wie sie mit aufsteigenden Tränen kämpft.

Scheiße! Das habe ich völlig vergessen, dass der Schlüssel da drinnen war. Einer der Securitys hat ihn mir gegeben, als seine Schicht zu Ende war und ich wollte ihn eigentlich gleich darauf in den Safe legen. Da kam mir wiedermal ein rothaariges Biest zwischen die Beine.

»Als ich dann mit Suzy in Barcelona war, habe ich die Adresse aufgesucht und bin das erste Mal auf diese Art Club gestoßen. Bitte glaube mir, ich wollte es dir erzählen. Ich wollte dir wirklich von der ganzen Scheiße erzählen, aber ich wusste nicht wie.« Nun ist sie mittlerweile am Weinen und ich kann nicht anders, als sie einfach nur fassungslos anzustarren. Wenn sie meine nächste Frage mit einem Ja beantwortet, dann weiß ich nicht, ob ich mich noch beherrschen kann.

»Und auf ihn? Bist du dort auch auf ihn gestoßen?«, frage ich, fast flüsternd.

Sie fängt an ihre Hände zu kneten. Ein Zeichen dafür, dass sie mit der Situation nicht umgehen kann und mit sich hadert, zu antworten.

»Joana!«, ermahne ich sie mit zusammengebissenen Zähnen, sodass meine Kiefermuskeln anfangen zu arbeiten.

»Ja«, haucht sie und dicke Tränen bahnen sich ihren Weg über ihre Wange.

»Fuck!«

Bei meinem Schrei zuckt Joana zusammen.

Erst jetzt wird mir bewusst, dass Malik und auch ein paar andere, alles mitbekommen haben. Auch wenn ich die Scheibe wieder verdunkelt habe, als ich in den Raum stürmte, haben sie gesehen, wo ich hin bin.

»Du hättest nie in die ganze Sache hineingezogen werden dürfen«, murmle ich und überlege, wie ich sie am besten aus dem Ganzen hier unbeschadet herausbekomme.

»Wo hätte ich nicht mit hineingezogen werden dürfen? Will. Verdammt, erkläre mir das alles hier!«, fordert sie und macht einen zögerlichen Schritt auf mich zu, bevor sie fortfährt. »Was genau hast du mit diesem Club hier zu tun? Wieso hattest du einen dieser

Schlüssel? Warum bist du überhaupt hier? Ist das die Art von Geschäftsreisen, die du ständig machst? Sag schon.«

Ihr Zeigefinger an meiner Brust legt einen Schalter in mir um, der meine dunkle Seite zum Vorschein bringt. Ich packe sie und schubse sie auf eines der Sofas.

Was glaubt sie, wer sie ist, dass sie sich so aufspielen kann?

Sie wird sich wünschen, diese eine Seite in mir nie geweckt zu haben.

»Ich bin dir keine Erklärungen schuldig, aber du mir anscheinend schon. Fangen wir zum Beispiel mal damit an, wie du überhaupt hierherkommst.« Dass sie den Schlüssel für Barcelona in meiner Hose gefunden hat, erklärt nicht, wieso sie jetzt hier in Dubai ist.

»Er hat mir in Barcelona einen Schlüssel überreicht und mich gebeten zu kommen«, gesteht sie zögernd. »Aber ich habe mich dagegen entschieden und wollte es dir dieses Wochenende sagen. Dann kam diese blöde Geschäftsreise nach Dubai dazwischen und ich habe mir gedacht, dass ich meinen Entschluss gleich in die Tat umsetzen kann und die Sachen zurückbringe. Sobald wir uns wieder gesehen hätten, hätte ich dir alles gestanden.«

Ich packe grob ihr Kinn und befehle ihr, dass sie mir in die Augen sehen und das nochmal wiederholen soll.

»Er. Hat. Mir. Einen. Schlüssel. Überreicht«, speit sie mir entgegen. Die Tränen in ihren Augen sind verschwunden. Stattdessen steht nun ein angriffslustiges Funkeln in ihnen. »Und weißt du was? Ich bereue es nicht, hergekommen zu sein, denn es hat mir gefallen. Es hat mir gefallen, was er mit mir machte!«, schreit sie mir ihre Worte ins Gesicht.

Das reicht. Ich drücke sie mit meinem gesamten Körper auf das Sofa, ziehe ihr die Maske vom Gesicht und reiße das Sakko auf, sodass sie nackt unter mir liegt.

»Dir hat es gefallen, ja? So eine bist du also. Das, was er dir gegeben hat, kann ich dir auch geben, nur anders.«

Mit einer Hand drücke ich ihre Arme oberhalb ihres Kopfes in das Leder und mit meinen Beinen spreize ich ihre so weit auseinander, dass ihr jede Bewegung Schmerzen zufügen wird, falls sie sich bewegen sollte.

»Will, du tust mir weh.« Verzweifelt versucht sie, sich aus meinem Griff zu befreien. Doch sie hat keine Chance.

»Aber Liebling. Dir hat es doch gefallen, oder? Ich will dich doch nur glücklich machen und zeigen, dass du all das auch von mir haben kannst«, gebe ich mit einem gehässigen Grinsen von mir, beiße ihr in die linke Brust und wiederhole dasselbe bei der rechten.

Sie windet sich unter mir und fleht mich an, aufzuhören. Als ich nach dem nächsten Biss den verräterischen metallischen Geschmack in meinem Mund schmecke, ist es mit meiner Beherrschung vorbei.

Mein Körper reagiert auf den Geschmack von Blut wie andere auf Drogen. Ich fühle mich wie in einem Rausch.

Meine Bisse führe ich an ihrem gesamten Oberkörper fort, und zwar so fest, dass ich überall auf ihrer weichen Haut Abdrücke hinterlasse und teilweise auch ein klein wenig Blut aus den Wunden quillt.

»Will ... bitte ... ich tue alles, was du willst, aber bitte hör auf damit. Du tust mir weh!«, fleht Joana und die Tränen laufen ihr jetzt ungehalten über das Gesicht und verschmieren die gesamte Schminke. »Ich wollte das alles nicht!«

»Halt deine verdammte Fresse, du Schlampe!«, brülle ich sie an und verpasse ihr einen Schlag ins Gesicht.

Für einen kurzen Moment stockt ihr der Atem und ein kleines Rinnsal Blut rinnt ihr aus dem Mundwinkel. Durch meinen Schlag hört sie auf zu weinen und wimmert nur noch.

Ich packe wieder ihr Kinn und zwinge sie dadurch, mich anzusehen. »Liebling, es tut mir leid. Ich wollte dich nicht schlagen, aber ich musste es tun. Damit wollte ich dich nur wieder zur Vernunft bringen. Du weißt, dass du mir gehörst und du wirst mir nie wieder entkommen. Du. Gehörst. Mir!«

»Nein«, krächzt sie mir entgegen und schüttelt dabei ihren Kopf.

Ich sehe nur noch rot und scheuer ihr eine nach der anderen.

Ihr Kopf fällt hin und her, ihr rechtes Auge ist schon leicht angeschwollen und fängt an, sich blau zu färben. Ihre Unterlippe ist schon ganz rissig und aufgeplatzt. Ich möchte sie nicht so zurichten, aber sie muss verstehen, dass ich doch nur das Beste für sie will. Ihr muss klarwerden, dass sie zu mir gehört, und das geht nur, wenn ich ihr diese Flausen aus dem Kopf treibe.

Grob fahre ich ihr mit meiner freien Hand über den Körper und penetriere sie mit zwei Fingern. Mir ist es sowas von egal, dass sie da unten noch nicht bereit dafür ist. Ich nehme mir, was mir gehört. Im Moment will ich es mehr als alles andere, damit sie sich erinnert, wem sie versprochen ist und was mit ihr passiert, wenn sie mich hintergeht.

Ich packe meinen schon mehr als harten Schwanz aus der Hose, lege mich auf sie und stoße in sie hinein. Sie versucht, sich dagegen zu wehren, doch ihre Schreie werden von den Schluchzern erstickt, die aus ihrer Kehle kommen. Ich ficke sie hart, stoße immer wieder bis zum Anschlag in sie hinein. Meine freie Hand lege ich an ihren Hals und drücke, so wie schon einmal bei uns zu Hause, zu. Damals wollte ich sie nicht verletzen, doch jetzt gibt es kein Halten mehr.

Langsam merke ich, dass ihr das Atmen schwerfällt, denn sie reißt die Augen auf und japst nach Luft.

»Ich hoffe, das wird dir eine Lehre sein. Ich will doch nur das Beste für dich. Du sollst wieder glücklich werden und das kannst du nur mit mir. Ich liebe dich doch, mein Engel«, flüstere ich in ihr Ohr und streichle mit meiner freien Hand über ihren Kopf, während ich noch bis zum Anschlag in ihr stecke.

Ich muss in diesem Moment gnadenlos zu ihr sein, damit sie weiß, dass ich so ein Vergehen nicht toleriere.

Kapitel zweiundzwanzig

»Fuck. Fuck. Fuck!«, schreie ich in den Raum, suche meine Kleidung zusammen, ziehe mich an und hebe Joanas Kleid vom Boden auf.

Warum muss ausgerechnet sie Williams Verlobte sein?

Im Grunde sollte es mir egal sein, wer sie ist und was jetzt mit ihr passieren wird, doch das tut es nicht. Mein Verstand rät mir, mich zu distanzieren, den Club zu verlassen und vielleicht später auf William zuzugehen, wenn Gras über diese Sache gewachsen ist. Doch mein Bauchgefühl sagt: Du musst ihr helfen, denn sie kann sich allein nicht gegen ihn zur Wehr setzen. Du weißt, was in ihm schlummert, und dass er diese Seite schon lange verschlossen hält. Doch in seinen Augen konnte ich es sehen - Zerstörung. Er wird Joana zerstören. Sie brechen und für alle Zeit unschädlich machen.

Er hat sie nicht verdient.

Ich aber auch nicht, erinnert mich mein Unterbewusstsein, doch ich ignoriere es geflissentlich. Vielleicht ist das meine Chance, wenigstens irgendetwas im Leben mal gut zu machen.

Als ich aus dem Zimmer heraus haste, stoße ich mit Malik, seiner Nutte und Amira zusammen.

Fuck. Die kann ich jetzt überhaupt nicht gebrauchen. Ich kann nur hoffen, dass er Joana nicht erkannt hat.

»Schätzchen, geh schon mal zur Bar und bestell uns etwas zu trinken. Ich komme gleich nach«, schickt er die Nutte mit seiner Kreditkarte und einem Klaps auf den Arsch davon. Wenn sie klug ist, dann läuft sie weg und nimmt ihn aus, solange die Karte noch aktiviert ist.

»Nun zu dir.« Malik dreht sich wieder in meine Richtung und ich kann seinen fragenden und zugleich zornigen Blick erkennen. »Was sollte das denn gerade eben? Gehört das zu deiner kleinen Show?«

»Malik, ich erkläre dir das Ganze ein anderes Mal. Ich muss jetzt wirklich los«, versuche ich, ihn mit diesen Worten abzuwimmeln. Doch seine Hand schnellt zur Seite und hindert mich am Gehen.

»Mein Junge. Du weißt, wer dich und deine kleine Freundin hier damals von der Straße geholt hat?«, sagt er und deutet dabei auf Amira. »Das war ich. Und nun raus mit der Sprache. Was war das gerade eben?«

»Nein, ich habe nicht vergessen, was du alles für uns getan hast. Sie ist offenbar die Freundin eines Mitglieds und er wusste nicht, dass auch sie hier ihre Begierden auslebt.« Hoffentlich schluckt er den Köder und denkt nicht weiter darüber nach.

»Was?«, platzt es aus Amira, wie aus der Pistole geschossen, heraus.

Verdammt. Sie weiß ja nichts von Joana. Sie denkt, dass sie die Einzige ist, mit der William etwas hat. Zickereien kann ich jetzt echt nicht gebrauchen.

»Auch wenn sich dieser Club nicht in meinem Besitz befindet, möchte ich trotzdem, dass so etwas wie das gerade eben nicht nochmal vorkommt. Ich habe viel Geld investiert und dadurch ein Mitspracherecht. Sieh zu, dass du die beiden aus diesem Club bringst. Sowas darf sich nicht herumsprechen unter den Mitgliedern.«

Er weiß nicht, dass es Joana war. Die Erleichterung darüber darf ich mir jetzt nur nicht ansehen lassen.

»Aus diesem Grund bin ich gerade auf dem Weg gewesen, das zu klären«, gebe ich zurück, schiebe mich an ihm vorbei und renne in den Clubbereich, vorbei an der Bar und hinauf zu meinem Büro.

Scheiße.

Der Schlüssel lässt sich zwar hineinstecken, aber nicht umdrehen. Dieser Mistkerl hat seinen von der anderen Seite steckengelassen. Ich lege ein Ohr an die Tür und versuche, den Geräuschen in meinem Büro zu lauschen. Ich kann nur Wills Stimme wahrnehmen, aber nicht genau verstehen, was er zu Joana sagt, bis ich plötzlich ein dumpfes Geräusch und ein Wimmern höre.

Sofort renne ich die Treppen wieder hinunter, durch den Clubbereich, vorbei am unteren Empfang und hinauf zur zweiten Tür, welche ebenfalls in mein Büro führt. Ich kann nur hoffen, dass diese nicht ebenfalls verschlossen ist.

Ich habe Glück, denn die Türklinke lässt sich hinunterdrücken. Leise öffne ich die Tür und sehe, wie Williams Körper über Joana gebeugt ist und wie er sie fickt. Nein, nicht fickt, er vergewaltigt sie.

Am liebsten würde ich auf ihn losstürmen und auf ihn einprügeln, bis er tot ist, doch das möchte ich Joana nicht antun. *Aber ich*, sinniert eine dunkle Stimme in meinem Kopf. Das Monster leckt sich über die Zähne, bereit um zu spielen. Nein. Nicht jetzt. Ich muss das anders angehen.

Ich schleiche daher zu meinem Schreibtisch, lege das Kleid darauf ab und ziehe aus der ersten Schublade meine Pistole, welche sich unter einem zweiten Boden befindet. Leise begebe ich mich zu den beiden hinüber und ziehe dem schnaufenden Will mit der Pistole eines über den Kopf. Er kippt auf die Seite, fällt mit einem dumpfen Geräusch zu Boden und bleibt bewusstlos liegen.

Schnell stecke ich mir die Pistole in den Hosenbund und ziehe William ein Stück von der Couch weg, um einen besseren Zugang zu Joana zu haben.

Diese liegt röchelnd und nach Luft schnappend auf der Seite.

Was hat dieses Schwein nur mit ihr angestellt?

Ich hebe ihr Kinn leicht an, um mir das Ausmaß von Wills brutaler Aktion ansehen zu können. Dabei zuckt sie leicht zusammen und stille Tränen bahnen sich ihren Weg über ihr gerötetes Gesicht.

»Er wird dafür bezahlen, Joana«, presse ich zwischen zusammengebissenen Zähnen hervor. Oh ja, dafür wird er definitiv bezahlen.

Eine Mischung aus Blut und verlaufener Schminke ziert ihr Gesicht, das eine Auge ist komplett blau und angeschwollen und am Hals kann ich erkennen, dass William sie gewürgt haben muss. Meine aufkeimende Wut lässt sich nur schwer herunterschlucken und all meine Mordgedanken muss ich schnell verdrängen, um nicht das Falsche zu tun.

Nach dem letzten Auftragsmord habe ich nie wieder einen Menschen getötet, und das werde ich auch jetzt nicht tun. Obwohl William gerade den Tod mehr als verdient hätte.

»Nein. Ich bin selbst an allem schuld. Ich habe ihn gereizt. Ich …«

»Stopp«, sage ich lauter als gewollt und unterbreche sie. »Du hast an deinem Zustand überhaupt keine Schuld. Auch wenn du vielleicht einen Fehler begangen hast, ist das noch lange nicht gerechtfertigt, dich so zuzurichten.« Nein, niemand hat das Recht, einer Person so etwas anzutun. »Du denkst, dass du William kennst. Aber das tust du nicht. Er hat dir sicher nichts von seiner Vergangenheit erzählt und wenn doch, dann waren es nur Lügen. Er war schon immer gut darin, jemandem die perfekte Lüge aufzutischen.«

Aus ihren verquollenen und geschwollenen Augen sieht sie mich an und drückt mir einen flüchtigen Kuss auf die Wange. »Danke.«

Ich drücke sie sachte ein Stück von mir, bevor ich sie auf ihre Beine ziehe und mit ihr zum Schreibtisch gehe.

»Zieh dein Kleid an und setze dich anschließend auf den Stuhl. Ich bin gleich wieder da«, sage ich zu ihr.

»Bitte, lasse mich nicht mit ihm allein. Bitte«, fleht sie mich an und klammert sich an meinem Arm fest.

»Ich gehe nur schnell in das Badezimmer und hole ein feuchtes Handtuch für dein Gesicht. So kann ich dich hier nicht rausschaffen«, lasse ich sie wissen und schaue ihr dabei in die Augen. Jeglicher Glanz ist daraus verschwunden. Es herrscht ein Sturm aus Angst und Verzweiflung in ihnen.

Sie lässt meine Hand los und ich begebe mich schnell ins Badezimmer, das sich neben der Bar befindet, um mit einem feuchten Handtuch wieder zurückzukommen.

Bekleidet sitzt sie nun auf meinem Stuhl und hält ihren Blick gesenkt. Ich werde ihr mein Sakko umhängen müssen, denn die Bissspuren an ihrem Oberkörper werden durch den tiefen Ausschnitt so gut wie überhaupt nicht verhüllt.

»Das kann jetzt ein wenig schmerzhaft sein, aber ich versuche, vorsichtig zu sein«, sage ich, als ich vor ihr in die Hocke gehe.

Langsam fange ich an, ihr das von Schminke und Blut verschmierte Gesicht zu reinigen. Dabei zuckt sie immer wieder zusammen und zieht scharf die Luft ein.

»Wo soll ich jetzt nur hin?«, fragt sie auf einmal in die Stille hinein und bevor ich ihr auf diese Frage eine Antwort geben kann, werden wir unterbrochen.

Joana

»Am besten in ein Grab tief unter der Erde, Schlampe«, ertönt hinter uns eine mir bekannte Frauenstimme. Mein Blick wandert zur Tür. Sugar.

Bevor ich darauf etwas erwidern kann, fällt ihr Blick auf den am Boden liegenden William. Schnell stürmt sie auf ihn zu, fällt auf ihre Knie und betet, während sie seinen Kopf auf ihren Schoß bettet. Sie versucht fieberhaft, ihn aufzuwecken, aber er scheint einen ordentlichen Schlag abbekommen zu haben.

»Sag mal, Diego, spinnst du? Du hast ihm eine Platzwunde verpasst und nun ist er bewusstlos!«, speit sie in unsere Richtung und funkelt mich dabei böse an.

Diego, was für ein schöner und passender Name. Im nächsten Moment verfluche ich mich. Ich sollte jetzt ernsthaft nicht daran denken, ob der Name schön oder passend ist, denn ich habe weitaus andere Probleme.

Wer ist diese Frau überhaupt? Wieso fasst sie Will an, als würden sie …

»Er hat es nicht anders verdient. Dieses Arschloch hat Joana vergewaltigt«, knurrt Diego als Antwort und bei dem Wort »vergewaltigt« zucke ich zusammen.

Erst langsam wird mir bewusst, was er mir angetan hat. Erst jetzt nehme ich den Schmerz und das Ziehen zwischen meinen Beinen wahr. Die pochenden, geschwollenen Stellen an meinem Körper und in meinem Gesicht. Sofort muss ich wieder anfangen zu weinen und die Tränen verschleiern mir mein Sichtfeld.

»Sie hat es ja anscheinend nicht anders verdient, diese kleine Schlampe. An der Bar noch ein loses Mundwerk und jetzt mucksmäuschenstill. Du bist wohl doch nicht so taff, was?«

Ich weiß nicht warum, aber ihre Worte bohren sich wie ein Messer in mein Herz und rauben mir die Luft zum Atmen. Ich glaube, dass ich kurz vor einer Panikattacke stehe. Nein. Es ist eine Panikattacke.

»Bring mich bitte hier raus«, wende ich mich schwer atmend an Diego. Er erkennt den Ernst der Lage, hilft mir, aufzustehen und stützt mich, indem er mir eine Hand um die Hüften schlingt. Als wir die Tür erreicht haben, erstarre ich und ein kalter Schauer läuft mir über den Rücken, als ich eine männliche, mir allzu bekannte Stimme, höre.

»Ihr wollt schon gehen? Es hat doch gerade erst angefangen, Spaß zu machen.«

Nein, das darf nicht sein. Es darf verdammt nochmal nicht wahr sein.

Ich werde dieses Gebäude nicht lebend verlassen.

Kapitel dreiundzwanzig

Ich spüre, wie das Adrenalin durch meinen Körper schießt. Ich spüre, wie es in meine Blutbahn strömt, sich wie ein Lauffeuer verbreitet und all meine Schmerzen und Ängste verschwinden. Mein gesamter Körper fühlt sich betäubt an. Ich spüre nichts mehr.

Wie konnte ich nur denken, dass ich hier lebend wieder einen Fuß hinaussetzen würde? *Joana, das wird nicht passieren*, ermahnt mich meine innere Stimme und dabei erfüllt mich ein ungutes Gefühl. Ein Gefühl, dass meine letzte Stunde geschlagen hat.

Diegos Hand ruht noch immer an meiner Hüfte und gibt mir ein klein wenig Sicherheit und Halt. Seine andere Hand ballt sich zu einer Faust, so fest, dass seine Knöchel weiß hervortreten. Ich wage einen Blick in sein Gesicht und mir läuft ein weiterer Schauer den Rücken hinab.

Seine Miene ist eiskalt. Seine Augen haben jeglichen Glanz und Wärme verloren. Geblieben ist ein tosender Sturm. Seine Lippen sind zu einem schmalen Strich geworden und seine Kiefermuskeln arbeiten.

Warum riskiert er sein Leben für mich? Für eine Frau, die er eigentlich gar nicht kennt? Er könnte mich einfach Will überlassen, sich umdrehen und davongehen, aber das tut er nicht. Er steht an meiner Seite und gibt mir ein unbeschreibliches Gefühl. Ein Gefühl, das meinen geschundenen Körper und mein zerbrochenes Herz mit neuem Leben erweckt.

Ich dürfte jetzt nicht solche Gedanken hegen, aber ich kann nicht anders. Wenn schon mein Leben gleich vorbei sein wird, warum darf ich mir dann nicht vorstellen, wie es mit ihm gewesen wäre? Wie es gewesen wäre, wenn ich nicht William, sondern *ihn* kennengelernt hätte. Wie ich seine Verlobte geworden wäre und mit ihm den Rest meines Lebens verbracht hätte.

Hätte ich das? Hätte ich mit ihm ein Leben führen können? Immerhin hat auch er Narben aus seiner Vergangenheit, die nicht nur körperlich sind, wie ich feststellen musste. Auch vor seiner Seele machten sie nicht Halt. Ich möchte ihre Geschichten erfahren. Ich möchte einfach alles von ihm wissen.

»Nimm deine dreckigen Pfoten von ihr, wenn du alle deine Finger behalten willst. Sie gehört dir nicht. Sie gehört zu mir«, reißt mich Wills Stimme aus meinen Grübeleien und ich schlucke schwer.

»Ich denke nicht, dass sie mit dir gehen möchte. Du hast sie verloren, William. Du hast sie mit all deinem Scheiß, den du ihr angetan hast, verloren. Ich werde mit ihr dieses Gebäude verlassen und du kannst daran nichts ändern.«

Als er sich mit mir in Bewegung setzen will, ertönt einen Augenblick später ein Schuss und wir beide bleiben abrupt stehen. Mir stockt der Atem, meine Glieder werden steif, dennoch bewege ich meinen Kopf in Diegos Richtung, um zu sehen, ob die Kugel ihn getroffen hat. Sein Kopf ist nach rechts gedreht und ich folge seinem Blick.

William hat auf der Höhe seines Kopfes in die Wand geschossen. Das war eine Warnung. Die nächste Kugel würde sein Ziel nicht verfehlen.

»Ich wiederhole mich nur noch einmal: nimm deine dreckigen Pfoten von ihr, Diego.«

Diego und ich drehen uns um, wobei er mich ein Stück hinter sich schiebt, um mich zu beschützen, vor meinem wahnsinnigen Verlobten.

Mein Blick fällt auf Will. Mit der Pistole zielt er noch immer auf uns und als seine Augen in meine blicken, lächelt er und lässt die Waffe sinken. Meine Hände hängen an meinem Körper herab und zittern unentwegt. Ich balle sie zu Fäusten, um dieses zu unterdrücken. Ich will nicht schwach wirken, auch wenn ich es bin, aber diese Genugtuung will ich ihm nicht geben.

»Joana, bitte komm zu mir. Ich verspreche dir auch, dass ich dir nichts mehr antun werde«, sagt er und streckt dabei eine Hand nach mir aus. Die andere umklammert die Pistole noch immer wie einen Schraubstock.

Mein Blick huscht zu Sugar. Sie steht ein paar Schritte von ihm entfernt und ihr Blick verrät mir, dass sie vor Wut kocht.

»Will, vergiss sie doch einfach und nimm mich stattdessen. Sie will mit ihm gehen? Dann lass sie doch! Sie passt sowieso nicht zu dir. Sie ist eine … «, beginnt sie, doch weiter kommt sie nicht, denn William dreht sich blitzschnell zu ihr um und hält ihr die Pistole vors Gesicht.

»Wage es nicht, meine Entscheidungen in Frage zu stellen. Wage es nicht, dich da einzumischen, und wage es nicht, deinen letzten Satz zu beenden. Ansonsten wird dieses schöne Köpfchen ein Loch zieren. Auf die Knie mit dir und halte dein Maul, so wie es eine gute Sub tut«, droht er ihr und sie gehorcht wie ein Hündchen.

Sie ist seine Sub? Heißt das, er … Ich kann diese groteske Szene nur mit großem Entsetzen beobachten. Sie gehorcht ihm aufs Wort und lässt sich auch noch mit einer Pistole bedrohen. Sie muss wahnsinnig von ihm besessen sein. Wie kann sich ein Mensch nur so erniedrigen lassen? Was muss diese junge Frau in ihrem Leben durchgemacht haben, dass sie so ist? Ich möchte es mir ehrlich gesagt nicht vorstellen.

William dreht sich wieder in unsere Richtung und richtet seine nächsten Worte an mich. »Joana, du hast mir gefehlt.« Dabei neigt er seinen Kopf zur Seite, um aufrichtiger zu wirken. »Wenn du unglücklich warst, warum hast du es mir nicht einfach gesagt? Ich hätte alles getan, was du willst, das weißt du. Du bedeutest mir einfach alles. Du bist meine Verlobte und ich will dich noch immer heiraten. Willst du mich denn auch noch heiraten?«

Bei seinen Worten und Fragen stellen sich all meine Haare auf und mir wird richtig flau im Magen. Unter Strom stehend blicke ich William an. Eigentlich hätte ich glücklicher nicht sein können: Ich habe einen Job, auf den ich jahrelang hingearbeitet habe. Einen Mann, dem ich mein Vertrauen und meine Liebe geschenkt habe, und ein Leben, welches ich mir so nie erträumt hätte. Doch der äußerliche Schein trügt.

In meinem Inneren fechte ich einen Kampf mit mir selbst aus. Leider habe ich die schlechte Angewohnheit, dass ich Dinge nicht anspreche, die mich stören, sondern einfach meinen Mund halte. Ich möchte immer das Gute in einem Menschen sehen und, öfter als gewollt, sehe ich dann meistens das Schlechte viel zu spät - so auch bei Will. Ich dachte, dass ich ihn kenne, aber da habe ich mich wohl getäuscht.

Mich interessiert es nicht, was er zu sagen hat – alles, was ich wissen will, ist, warum er mich all die Jahre betrogen und angelogen hat. Er hätte mir alles erzählen können, wirklich alles. Ob ich es verstanden und hingenommen hätte? Das kann ich nicht sagen. Aber ich hätte es gerne gewusst.

»Joana, du musst ihm keine Antworten auf seine Fragen geben. Was er dir angetan hat, ist unverzeihlich und mit nichts auf der Welt wiedergutzumachen. Ich verspreche dir, dass ich dich hier raus und in Sicherheit bringen werde«, sagt Diego in einem ruhigen, aber entschlossenem Ton.

»Wenn du noch ein Wort sagst, dann schwöre ich dir, dass die nächste Kugel dich treffen wird und nicht die Wand. Wie willst du sie beschützen? Du konntest weder deine Mutter, noch dich selbst beschützen. Sie gehört an meine Seite und das weiß sie auch. Ich kann sie *wirklich* beschützen.«

Ich spüre, wie sich Diego neben mir versteift. »Wie kannst du es wagen, über meine Mutter zu sprechen? Du hast nicht die geringste Ahnung, wie es bei mir war«, zischt er zwischen zusammengebissenen Zähnen. »Die Drecksarbeit erledigen andere, während du die Beine hochlegst und nicht weißt, für was du dein ganzes Geld ausgeben sollst. Du kannst gar nichts selbst erledigen, dazu hast du nicht die Eier. Ich gebe dir Recht, dass du sie beschützen könntest, mit all deinem Geld, aber wer beschützt sie vor dir?« Diego schäumt vor Wut und macht einen Schritt auf William zu.

Ich stehe noch immer wie angewurzelt da und kann nichts anderes tun, als das alles hier zu beobachten.

Sugar, wie sie am Boden kniet, mit gesenktem Kopf. William, wie er mit der Pistole in der Hand da steht und jeden Moment den Abzug betätigen könnte.

Diego, wie er sich drohend vor ihm aufbaut und mich dadurch aus der Schussbahn nimmt. Wie konnte ich hier nur reingeraten? Hätte ich Will schon vor über einem Monat die Wahrheit gesagt, wäre es sicher nicht so weit gekommen. Doch wie hätte er reagiert? Wäre er nur enttäuscht von mir gewesen, oder hätte er seine Stimme und seine Hand gegen mich erhoben? Bei dem letzten Gedanken werde ich mir wieder über meine Verletzungen und die Schmerzen bewusst und zucke unmerklich zusammen.

Das muss aufhören. Ich kann nicht mehr. Ich kann einen fremden Mann nicht meinen Kampf austragen lassen. Ich habe mir das alles selbst zuzuschreiben und ich muss das auch wieder geradebiegen, auch wenn ich dafür mit meinem Leben bezahle.

Die beiden liefern sich noch immer ein Wortgefecht und niemand bekommt mit, wie ich »Hört auf« sage. Noch einmal hole ich tief Luft und erhebe meine Stimme. »Hört verdammt noch einmal auf!«

Beide verfallen sofort in Stillschweigen und blicken mich an. Für die nächsten Worte muss ich all meinen Mut zusammennehmen, denn das, was ich jetzt sagen werde, kann ich selbst kaum glauben. »William, ich werde mit dir kommen.«

Eigentlich möchte ich mich nicht in seine Hände begeben. Ich möchte nicht von ihm berührt werden. Ich möchte rein gar nichts mehr mit ihm zu tun haben, aber ich muss. Ich habe ihn belogen und betrogen und das sind die Konsequenzen.

»Nein, du wirst nicht mit ihm gehen, Joana. Er wird deine Seele brechen. Du wirst nie wieder dieselbe sein.« Diegos Hand schließt sich um mein Handgelenk und stoppt mich dadurch in meiner Bewegung, auf William zuzugehen.

»Aber ich bin doch schon nicht mehr die Person, die ich einmal war, Diego«, sage ich, drehe mich zu ihm um und zwinge mich zu einem Lächeln.

Obwohl es mir schwerfällt, muss ich diesen Entschluss fassen. Für mich und für ihn. Ich kann den Gedanken, ihn zu verlieren, nicht ertragen. Das alles hier geht schon zu weit und meine nächsten Worte liegen wie Blei in meinem Magen.

»Ich möchte, dass du dich nicht um mich oder mein Leben kümmerst. Es ist allein meine Entscheidung, was ich tue.«

Vom ersten Moment an wusste ich, dass mein Leben nie wieder so sein wird, wie es mal war. Der tosende Sturm in seinen ozeanblauen Augen hat mich mit Haut und Haar verschlungen. Wie ein treibendes Schiff, das versucht, gegen die brechenden Wellen anzukämpfen, aber kläglich scheitert.

Und ich bin gescheitert. Vor wenigen Stunden wollte ich einfach nur die Sachen abgeben und auf diese Gala gehen. Tja, Letzteres kann ich mittlerweile wohl vergessen.

Ich entziehe Diego mein Handgelenk, wodurch mein Herz endgültig in tausend Einzelteile splittert und gehe auf William zu. Er hält mir seine ausgestreckte Hand entgegen. Ich werde sie ergreifen und mich damit in die Fänge des Monsters begeben.

Kapitel vierundzwanzig

Mit gesenktem Blick kommt sie auf mich zu und ich warte nur darauf, dass sie meine ausgestreckte Hand ergreift. Das Arschloch hinter ihr behalte ich im Blick, falls er auf dumme Gedanken kommen sollte.

Wenn sie ihre Hand in meine legt, besiegelt sie damit ihr Schicksal. Ein Schicksal, das aus Leid und Qualen bestehen wird. Sie wird sich wünschen, mich damals nie nach dem Weg gefragt zu haben.

Sobald ich sie von hier weggebracht habe, werde ich sie vorerst einsperren und mir nehmen, was mir zusteht. Ich werde ihr solange Prügel verpassen, bis sie wieder bei klarem Verstand ist. Danach werde ich sie zur Frau nehmen und sie somit für immer an mich binden, bis dass der Tod uns scheidet.

»Du hast mir gefehlt, Joana«, sage ich, als sie ihre Hand endlich in meine legt. Mit einem Ruck ziehe ich sie an mich und ein leiser Schrei entkommt ihrer Kehle, als sie gegen meine Brust prallt. Mit der Pistole in der einen Hand umklammere ich sie und mit der anderen streiche ich über den Kopf und ihr samtig weiches Haar.

»Gehen wir einfach. Bitte«, fleht sie mich mit zittriger Stimme an. Dabei wagt sie es nicht aufzusehen, sondern hält den Blick starr auf meine Brust gerichtet.

Ein tiefes Lachen entkommt meiner Kehle, ich drücke sie etwas von mir und sage: »Lass dich mal ansehen.« Dabei mustere ich ihr Gesicht.

Ich betrachte mein Werk. Ihr rechtes Auge ist blau und zugeschwollen, darunter befindet sich eine kleine Platzwunde, welche durch meine harten Schläge entstanden ist. Es quillt noch immer ein wenig Blut heraus. Ihre Unterlippe ist doppelt so dick wie sonst und einige Blutergüsse zieren ihr einst so schönes Gesicht und färben sich schon dunkellila.

Die Beherrschung habe ich schon lange nicht mehr so verloren wie heute. Sie hat den Bogen überspannt und daher bin ich einfach ausgerastet. Früher schlug ich immer Schlampen grün und blau, wenn diese nicht gehorchten und taten, was ich wollte. Doch seit Amira hat es aufgehört. Sie lässt alles mit sich machen und daher war es nie nötig, Hand anzulegen. Nicht so wie heute.

Die ganze Zeit über hält Joana die Augen geschlossen und eine Träne löst sich aus ihrem Augenwinkel und läuft über die Wange.

Ich hebe meine Hand, um die Träne fortzuwischen, dabei zuckt sie zusammen und weitere Tränen bahnen sich ihren Weg.

»Du weißt, dass du dir das alles selber zuzuschreiben hast, mein Engel, oder?«, frage ich sie und bekomme darauf sofort ein Nicken als Antwort. Das ist der erste Schritt in die richtige Richtung. Sie wird es eines Tages verstehen, warum ich so gehandelt habe. Ihr muss vor Augen gehalten werden, warum das alles passiert ist und wer das Sagen hat.

»Hättest du ihn nicht gefickt, dann wäre das alles nicht geschehen. Aber gut, dass du dich richtig entschieden hast, denn du gehörst zu mir.«

Ich beuge mich vor und atme ihren unverkennbaren Duft von Pfingstrosen und Jasmin ein, wickle mir eine Haarsträhne um den

Finger und streiche mit meiner Nase über ihre Wange. Sie riecht so gut und fühlt sich so herrlich weich an.

»Ich werde immer nur dir gehören«, flüstert sie und beobachtet mein Spiel mit der Haarsträhne.

Das waren die falschen Worte, mein Engel, und das weißt du auch.

»Lüge mich nicht an. Du hast keine Ahnung, was du mir damit angetan hast, als ich dich da in dem Raum gesehen habe. Du hättest das alles hier nicht machen dürfen. Du hast mich vor all den anderen gedemütigt und gezwungen, dir Manieren beizubringen. Glaubst du, ich wollte das? Glaubst du, mir hat das Spaß gemacht?«

Sie hebt ihre zittrige Hand und legt mir ihre Finger in den Nacken. Ihren Kopf bettet sie mit der Wange an meine Brust. »Ich weiß, und es tut mir leid. Ich wollte dich nicht demütigen und ich glaube dir, dass du das alles nicht wolltest.«

Ich streiche ihr über den Hinterkopf, als sie noch nachsetzt: »Tut mir so leid, dass ich dir das angetan habe. Ich liebe dich, William.«

Diese Worte sollten ein Glücksgefühl in meiner Magengegend auslösen, aber aus irgendeinem Grund tun sie es nicht. Stattdessen ziehen sich meine Eingeweide schmerzlich zusammen. Ich liebe Joana von ganzem Herzen, aber bei ihren Worten an mich kann ich ihr nicht glauben, dass sie dasselbe empfindet. Ich muss mich vergewissern, ob ich Recht behalte. Daher nehme ich ihren Kopf in beide Hände und als das kühle Metall der Waffe ihre Haut berührt, zuckt sie abermals zusammen. Ich befehle ihr, in meine Augen zu sehen. Ich muss es in ihrem Blick sehen, ob die letzten drei Worte der Wahrheit entsprechen, oder es sich um eine Lüge handelt.

Als sie den Blick hebt und mich ansieht, kann ich es erkennen. Eine Erkenntnis, welche das Blut in meinen Adern zum Kochen bringt.

Ihr Blick ist nicht mehr der, der er einmal war. Da ist nichts mehr von der Vertrautheit und Liebe zu erkennen, die sie einst für mich hegte. Ich kann sehen, dass sie noch Liebe in sich trägt, aber diese gilt nicht mehr mir. Diese wird mir nie wieder gehören.

Auch wenn ich zwei Leben führe, Zeit mit Amira verbringe und sie ficke, hat mein Herz immer nur einer Person gehört. Meine Liebe hat immer nur Joana gehört.

Hätte sie doch niemals den Schlüssel gefunden, dann wäre sie nicht in das Ganze hier hineingezogen worden und würde zuhause im Penthouse sitzen und Pläne für unsere Hochzeit schmieden. Würde auf mich warten, bis ich wieder nach Hause käme und wir könnten unser Leben in New York unbeschwert weiterleben. Ich hätte ihr mein Jawort gegeben und mich aus dem Ganzen hier zurückgezogen. Sie hätte von alldem nie erfahren, doch sie musste mich belügen und ausgerechnet an *ihn* geraten.

Mein Blick wandert zu Diego und ich kann erkennen, dass er diese ganze Situation mit Argusaugen überwacht. Meine Miene verfinstert sich und ich fasse einen Entschluss.

»Warum glaube ich dir das nur nicht, mein Engel?«, frage ich sie mit einer hochgezogenen Augenbraue und verpasse ihr eine Ohrfeige, mit der Pistole in der Hand.

Joana fällt zu Boden und fährt mit ihrer Hand über die Wange. Als sie die Hand wegnimmt und betrachtet, kann ich jede Menge Blut sehen. Die kleine Platzwunde auf ihrer Wange dürfte wohl weiter aufgerissen sein. Ihr gesamter Leib zittert und leise Schluchzer durchbrechen die Stille.

Ich habe nur noch eine Kugel und ich weiß, wem diese gebührt. Ich weiß, wem der Verlust des anderen mehr schmerzen würde. Dieser würde auch mir große Schmerzen bereiten, aber ich habe keine andere Wahl. Ich muss loslassen.

Daher richte ich die Pistole auf Joanas Kopf, doch bevor ich den Abzug drücken kann, stürzt sich Diego mit voller Wucht auf mich und verpasst mir einen Schlag. Ich spüre einen dumpfen Schmerz und den Geschmack von Blut auf meinen Lippen.

»Fuck! Du hast mir die Nase gebrochen!« Ich ertaste diese mit meiner freien Hand und Blut tropft auf den schwarzen Boden.

»Nur die Nase?«, fragt er und zieht seine Faust durch. Er trifft mein Jochbein und benommen taumele ich nach hinten, dabei fällt mir die Pistole aus der Hand und schlittert über den Boden.

»Verdammte Scheiße!«, brüllt er und hält sich seine rechte Hand mit der linken. Der Schlag hat nicht nur mir wehgetan. Ich nutze das Überraschungsmoment und meine Faust prallt gegen sein Kinn. Ich kann ein leichtes Knacken vernehmen. Doch es war nicht nur sein Kinn, sondern auch meine Finger.

»Fuck«, zische ich, da zwei von ihnen gebrochen sein dürften, aber das Adrenalin lässt mich den Schmerz kaum fühlen.

Diego greift sich an seinen Kiefer und bewegt diesen hin und her. Sein hasserfüllter Blick ist auf mich gerichtet. Er reißt sich die Maske vom Gesicht, stürmt auf mich zu und ringt mich zu Boden. Ich liege auf dem Rücken und immer wieder schlägt er auf mich ein, ins Gesicht und auf den Oberkörper. Ich versuche, mich mit erhobenen Armen zu schützen und teilweise gelingt es mir auch.

In einem Augenblick der Unachtsamkeit verpasse ich Diego einen Fausthieb in die Rippen, woraufhin er zu Boden geht, sich krümmt, nach Luft schnappt und sich die Seite hält. Bevor er sich wieder aufrappeln kann, springe ich auf ihn und prügle auf ihn ein. Schlag um Schlag und jeder ist ein Treffer.

Blut läuft ihm ins rechte Auge, weil ich ihm einen tiefen Cut oberhalb der Augenbraue verpasst habe. Es behindert eindeutig seine Sicht, denn er sieht meinen nächsten Schlag nicht kommen. Ich hole für den letzten aus und kurz bevor ich meine Faust in sein Gesicht rammen kann, ertönt ein Schuss.

Ein stechender Schmerz durchzieht meine Brust und als ich den Blick senke, weiß ich auch wieso. Ein Einschussloch ziert die Mitte meiner Brust und mein weißes Hemd wird von meinem eigenen Blut getränkt.

Ich richte den Blick in die Richtung, aus der der Schuss kam, und schaue in mir zwei so vertraute Augen. Joana kniet mit der auf mich gerichteten Pistole am Boden. Ihr gesamter Körper bebt vor Angst und erst als sie realisiert, was sie getan hat, lässt sie die Waffe fallen und schlägt sich die Hände vor den Mund. Ihre vor Schreck geweiteten Augen blicken noch immer in meine.

Ich merke, dass mein Körper schlaff wird und ich langsam nach hinten kippe. Kraftlos liege ich da und das Zimmer beginnt sich zu drehen. Jeder Atemzug fällt mir schwer und wird von höllischen Schmerzen begleitet.

Plötzlich schiebt sich Amiras Kopf in mein Sichtfeld und ich kann erkennen, dass Tränen wie Sturzbäche über ihre Wangen laufen. Ihre Lippen bewegen sich, aber ich nehme ihre Stimme nur gedämpft wahr, denn ein dichter, grauer Nebel umhüllt meine Sicht und meine Gedanken. Ich würde ihr gerne etwas sagen, aber ich kann nicht.

Das letzte Bild in meinem Kopf zeigt mich, stehend am Traualtar, und Joana, wie sie mit dem schönsten Lächeln und in einem weißen Kleid auf mich zukommt. Es hätte alles so wundervoll werden können. Alles.

Ich schließe die Lider und lasse mich von der Dunkelheit holen.

Kapitel fünfundzwanzig

Mein Schädel dröhnt. Tränen fluten meine Augen und verschleiern mir die Sicht.

Einatmen … Ausatmen … Einatmen … Ausatmen …, wiederhole ich immer wieder im Geiste und versuche, meine aufgeregten Nerven zu beruhigen. Langsam lege ich die zittrigen Hände in meinen Schoß und starre sie einfach nur an.

Meine Gedanken driften ab und ich nehme nichts mehr wahr außer meinen Herzschlag. Ich höre genau hin. Höre, wie es kräftig schlägt und Blut durch meine Adern pumpt. Ich bilde mir ein, dass ich es auch spüren kann, wie es sich bewegt.

Ich nehme ein leises Wimmern wahr, welches mich wieder ins Hier und Jetzt zurückholt. Bevor ich nach dem wahrgenommenen Geräusch Ausschau halten kann, entdecke ich zu meinen Knien die Pistole. Das kalte Stück Eisen liegt leblos und mit blutverschmiertem Griff vor mir. Ich kann seine Kälte an meiner Haut spüren. Kann spüren, was diese einem anderen Menschen antun kann. Nein, was ich einem anderen damit angetan habe.

Meinen Blick richte ich wieder auf meine Hände und erst jetzt merke ich, dass meine rechte Hand, mit welcher ich mir zuvor meine Wange gehalten habe, voller Blut ist.

Ich wische mir die Handfläche an dem Kleid ab und auf dem silbrig schimmernden Stoff bildet sich ein großer, blassrosa Fleck. Ich drehe die Innenfläche der Hand wieder zu mir. Sie ist noch immer mit Blut bedeckt. Ich hebe sie näher an mein Gesicht und betrachte sie eingehend.

In jeder Linie hat sich das Blut gesammelt. Es sieht irgendwie aus wie ein nur einmal erschaffenes Kunstwerk.

Langsam lasse ich die Hand wieder sinken, aber mein Blick bleibt nach vorne gerichtet und heftet sich auf den leblosen Körper von William.

Ich habe auf William geschossen. Ich. Joana Monroe. Wie konnte es nur soweit kommen? Wegen einer einzigen Lüge und der Feigheit, die Schandtat nicht gestanden zu haben.

Sugar beugt sich über Wills Leiche, küsst seine Stirn und streicht ihm über den Kopf. Sein Brustkorb hebt und senkt sich nicht mehr.

Ich habe einen Menschen getötet. Einen Menschen, den ich vor kurzem noch geliebt habe.

Mein Magen rebelliert und ich übergebe mich zu meiner Linken. Meine Speiseröhre brennt von der Magensäure und das Schlucken bereitet mir Schmerzen.

Beide Hände lege ich auf meinen Oberschenkeln ab und konzentriere mich, damit ich mich kein zweites Mal übergeben muss. Als ich langsam wieder die Kontrolle über meinen Körper habe, nehme ich ein gequältes, leises Stöhnen wahr. Diego. Sofort krabble ich auf ihn zu und hocke mich neben ihn.

Das Blut ergießt sich aus einer Platzwunde oberhalb seiner Augenbraue über eine Gesichtshälfte. Seine Oberlippe ist aufgeplatzt und an den Nasenlöchern klebt getrocknetes Blut. Seine Hände hält er sich vor den Bauch und er atmet schwerfällig.

Ich streiche über sein rabenschwarzes Haar und versuche, mir sein Gesicht ohne die Maske einzuprägen, aber all das Blut und die Verletzungen hindern mich daran.

»Joana«, keucht er und öffnet dabei seine Augen. Eine Mischung aus kristallblauem Meer und einem tosenden Sturm fixiert mich und ich kann nicht anders als hinein zu starren. Seine Augen haben kein langweiliges Blau oder ein hässliches Grau, eher ein stechendes Türkis.

»Ich bin hier«, gebe ich lächelnd von mir und lege eine Hand auf seinen Brustkorb.

»Dein Gesicht. Du blutest, Joana«, gibt er entsetzt von sich. Ich berühre leicht meine Platzwunde und ein Ziehen durchfährt meine Wange. Das Blut um die Wunde ist noch etwas warm, aber die Gerinnung hat eingesetzt.

»Mir geht es gut, Diego. Aber du bist ebenfalls verletzt, wenn nicht sogar schwerer als ich.«

Er schenkt mir ein halbherziges Lächeln, bevor er sich auf die Seite rollt und auf den Arm aufstützt. Mit schmerzverzerrtem Gesicht kommt er auf die Beine und hält sich kurz die Seite, wo er den heftigen Schlag von William abbekommen hat.

Er reicht mir seine Hand und hilft mir ebenfalls auf. Sanft berührt er meinen Oberarm und streicht darüber. »Geh bitte zum Schreibtisch hinüber und bleib dort. Ich muss mich noch hierum kümmern.« Sein Blick wandert kurz zu der noch immer weinenden Sugar und dem leblosen Körper von William.

Ohne etwas zu erwidern, drehe ich mich zum Schreibtisch und gehe darauf zu. Mein Blick wandert über die glatte Oberfläche, an den Kanten entlang und zu dem Stift und dem Zettel, die darauf liegen. Mit erhobenem Blick gehe ich weiter, auf die Glasscheibe zu, und betrachte all die Leute.

Wie sie lachen, trinken, rauchen und Spaß haben. Wie sie sich ihren Gelüsten hingeben. Sie haben nicht mitbekommen, was hier oben passiert ist. Als wäre nicht gerade in ihrer aller Gegenwart ein Schuss gefallen und ein Mann getötet worden.

Mein Blick schweift weiter durch den Raum und hält bei der Frau an der Stange. Wie eine Schlange schlängelt sich ihr Körper an dem Metallstab entlang und sie zeigt all ihr Können. Eingehend betrachte ich sie und neige den Kopf leicht zur Seite.

Eine so zerbrechliche Frau, der man mit einem zu festen Handgriff ihre Knochen brechen könnte. So wunderschön, dass ich mir wünschte, sie zu sein. Sie hat bestimmt noch nie einen Menschen getötet. Ich schon und es verändert einen.

Ich werde nie seinen trüben und trostlosen Blick vergessen, als ich auf ihn geschossen habe. Als die Kugel seine Brust durchbohrte und das Hemd rot färbte. Ich habe diesen Menschen einmal geliebt.

Die Pistole war zum Greifen nah gewesen und es ging nur noch um Sekunden. Um Augenblicke, die über Leben oder Tod entschieden. Ich wollte nicht noch einmal seiner Tyrannei zum Opfer fallen. Ich wollte leben.

Deshalb drückte ich ab.

Kapitel sechsundzwanzig

Ich weiß nicht, wie ich so schnell reagieren konnte, aber als er seinen Finger auf den Abzug legte, hatte er diesen Ausdruck in seinem Gesicht, dass er nicht davor zurückschrecken würde, sie zu erschießen.

Ich entließ das Monster aus seinem Gefängnis und stürzte mich auf ihn. Endlich wieder jemanden töten. Das war das Einzige, was ich vor Augen hatte. Und es war mir egal, dass es William war. Doch ich habe ihn unterschätzt. Er brach mir zwei Rippen und mein Kopf schmerzt höllisch.

Wenn wir hier raus sind, werde ich mich darum kümmern, eine ärztliche Behandlung zu bekommen.

Joana steht, wie ich es ihr befohlen habe, beim Schreibtisch und ihr Blick richtet sich auf den Clubbereich hinter der Glaswand.

Wäre sie nicht gewesen, dann wäre ich vermutlich nicht mehr hier und ich will mir nicht ausmalen, was Will dann mit ihr angestellt hätte. Daran möchte ich nicht denken, denn es kann ihr jetzt nichts mehr geschehen.

Ich zücke mein Telefon und befehlige zwei meiner Männer, in mein Büro zu kommen, dabei haftet sich mein Blick auf Amira. Sie sitzt noch immer bei William am Boden und sein Oberkörper liegt in ihrem Schoß.

Langsam bewege ich mich in ihre Richtung. Sie muss loslassen, denn sonst kann ich den Leichnam nicht wegschaffen.

»Amira«, fange ich an. »Lass ihn los. Er kommt nicht mehr zurück.« Nie mehr, sage ich in Gedanken und kann es selbst kaum glauben.

»Sie hat ihn getötet, Diego. SIE HAT IHN GETÖTET!«, schreit sie mich an. »Und du hast es zugelassen. Warum hast du nicht eingegriffen? Wegen ihr?« Sie deutet mit zittriger Hand auf Joana, welche noch immer wie versteinert mit dem Rücken zu uns vor der Glaswand steht.

Bevor ich ihr eine Antwort darauf geben kann, klopft es an der Tür und ich gehe hinüber, um sie zu öffnen. Ich lasse beide Männer eintreten, deute auf den leblosen Körper und befehle ihnen, diesen vorerst in den Abstellraum zu bringen. Ohne jegliche Regung tun sie, was ich von ihnen verlange, und ich zerre Amira, trotz ihres Widerstandes, auf die Seite und manövriere sie auf die Couch. Ihre Schultern fangen unter den heftigen Schluchzern an zu beben und ihr tränennasses Gesicht vergräbt sie in ihren Händen. Die beiden Securitys packen Williams Arme und Beine und ich sehe ihnen nach, wie sie ihn aus dem Raum tragen.

Nachdem sie verschwunden sind, richtet sich meine Aufmerksamkeit auf Joana und ich gehe auf sie zu.

Als ich hinter ihr stehe, lege ich meine Hände auf ihre Oberarme. Ihr entkommt ein spitzer Schrei und sie schlägt wie wild geworden um sich.

Ich packe sie an den Handgelenken, drehe sie zu mir um und ziehe sie ganz nah an mich heran. Ihren Körper umschließe ich mit meinen Armen und halte sie gefangen.

Sie ballt die Hände zu Fäusten und schlägt auf meine Brust ein. Ich lasse sie gewähren, auch wenn jeder Schlag meinem geschundenen Körper schmerzt. Irgendwann verlässt sie die Kraft und sie verdeckt ihr Gesicht mit den Händen.

Sie schluchzt an meiner Brust, wobei sie sich an ihren Tränen verschluckt und Schluckauf bekommt. Ich halte sie die ganze Zeit über fest. Ungeschickt von mir, denn das habe ich noch nie zuvor getan, doch für sie breche ich all meine Regeln.

Nie habe ich diese Art von Traurigkeit und Schmerz erlebt, nicht einmal, als ich ein Kind war. Aber da war eine vage Erinnerung, die mich auch einmal so einen Schmerz fühlen ließ.

Meine Mutter war die Einzige, die mich einmal so gehalten hat, als ich noch ein Junge war. Damals bin ich von meinem Skatebord gestürzt und schürfte mir mein komplettes rechtes Bein inklusive meiner rechten Hand auf. Ich wollte genauso cool sein wie die anderen Kids, wie sie mit ihren Skateboards im Skate Park die Curbs, Rails oder Skaterampen gefahren sind.

Aber ich kann mich nicht mehr erinnern, wie es sich anfühlte, als sie mich gehalten hat. Ich ziehe Joana noch fester an mich und drücke ihr ein paar leichte Küsse aufs Haar. Wieder etwas, was ich zuvor noch nie gemacht habe.

»Ist alles wieder gut bei dir?«, frage ich sie und hebe ihr Kinn mit zwei Fingern an, um sie anzusehen. Auch sie sieht mich an und als sie mir in die Augen blickt, sehe ich, dass ihr kalter Ausdruck einer bekümmerten Miene weicht. Ich kann den Schmerz in ihren Augen sehen und es zerreißt mich innerlich. Die Anspannung verlässt ihren Körper und sie lässt sich in meine Arme sinken.

»Ja«, flüstert sie. »Ich habe ihn getötet, Diego. Ich habe Williams Leben genommen. Meine Schuldgefühle zerreißen mich innerlich und ich war so vertieft, dass ich dich nicht bemerkt habe. Es tut mir leid. Ich wollte dir nicht wehtun.«

»Du hast mich keinesfalls verletzt, meine Schöne. Die Schläge habe ich verdient. Immerhin war es mein Fehler, dass ich mich nicht bemerkbar gemacht habe. Es tut mir leid«, sage ich und schaue ihr dabei tief in die Augen.

Ein leichtes Lächeln umspielt ihre Lippen. »Schon gut. Ich hatte einfach nur kurz Panik, das ist alles. Kannst du mich noch einen Moment halten?«

Daraufhin drücke ich sie wieder an meine Brust und ihre Arme schlingen sich um meine Mitte.

Ich weiß nicht, wie lange wir so ineinander verschlungen dastehen, aber es ist mir auch egal. Am liebsten würde ich sie für immer in meinen Armen halten. Sie fühlt sich so gut an und ihr Körper schmiegt sich perfekt an meinen. Egal, wie einsam und lädiert sie momentan ist, ich weiß, dass sie das perfekte Gegenstück zu meiner verlorenen Seele und damit die einzige Hoffnung für mich ist.

Falls ich diese Hoffnung zuließe ... Ich werde mich vorerst nur um ihre Wunden und ihre Sicherheit kümmern. Auf mehr darf ich mich nicht einlassen, auch wenn ich ihr versprochen habe, sie zu beschützen.

An meiner Seite wäre sie ohnehin niemals sicher.

»Können wir gehen? Ich bin müde und erschöpft und möchte einfach nur noch schlafen«, nuschelt sie und ein wenig kitzelt mich die Vibration ihrer Stimme an meiner Brust.

Ich drücke sie von mir weg und sage: »Zuerst werden wir uns verarzten lassen und danach ruhen wir uns aus. Okay?«

Mit ihrer zittrigen Hand greift sie nach meiner.

»Du brauchst jetzt keine Angst mehr zu haben. Alles wird gut. Du bist jetzt bei mir und ich kümmere mich um dich. Ich werde dafür sorgen, dass du in Sicherheit bist.«

»Das klingt gut.« Völlig erschöpft lächelt sie mich an und ich kann nicht anders, als es zu erwidern.

»Komm«, sage ich und wir gehen Hand in Hand durch die Tür und lassen das Geschehene hinter uns. Vorerst.

Joana

Es gibt nur einen Weg hinein und dieser führt mich auch wieder hinaus. Immer wieder eröffnen sich mir die Geschehnisse der Nacht und legen sich wie ein dunkler Schatten um meine Seele. Sie lassen meine Glieder schwer werden, wie Blei. Stählerne Seile schlingen sich um meinen Körper und nehmen mir die Luft zum Atmen. Hindern mich daran, zu entkommen. Eine dunkle Schattenwolke türmt sich über mir auf und droht, mich zu verschlingen. Würde Diego nicht meine Hand halten und mir mit seinem Daumen über den Handrücken streicheln, würde ich mich von dieser Wolke verschlingen lassen.

Nur diese hauchzarte Berührung hält mich im Hier und Jetzt. Er gibt mir dadurch so viel Kraft, die ich momentan nicht habe, und wiegt mich, damit ich mich geborgen fühle. Doch ich sollte mich nicht geborgen fühlen. Nein. Ich darf mich nicht geborgen fühlen, denn ich bin eine Mörderin.

Eine Kälte flutet meinen Körper. Wie ein Käfig aus purem Eis umschließt mich diese und hält mich gefangen. Diese Kälte fühlte bestimmt auch William, kurz bevor er seine Augen für immer schloss.

Für einen Moment drückt Diego meine Hand und ich kann nicht anders, als ihn anzustarren. In meiner körperlichen Mitte ballt sich eine Wärme, die sich nach und nach in meinem gesamten Körper ausbreitet. Sie legt sich schützend um mich und verdrängt die Kälte. Befreit mich aus den Seilen, die mich zu Boden drücken. Er beschützt mich. Ich schaffe das, rede ich mir immer wieder gut zu.

Kurz bevor wir die Treppen erreichen, ertönt hinter mir ein Schuss und ich spüre einen stechenden Schmerz unter meinem rechten Schulterblatt.

Diego dreht sich sofort um und schaut mich mit geweiteten Augen an.

»Das ist dafür, dass du Will umgebracht hast.«

Ich drehe mich langsam in die Richtung, aus der der Schuss kam, und muss gegen den stechenden Schmerz ankämpfen. Die Kugel muss irgendwo in den hinteren Rippen stecken. Ich kann sie in mir spüren.

Sugar steht mit hasserfülltem Blick im Türrahmen und lässt langsam die Hand mit der Pistole sinken.

Ich versuche, mich so wenig wie möglich zu bewegen und gleichmäßig zu Atmen. Meine Augen versuchen, sie zu fixieren, aber ein Schwindelgefühl durchfährt mich und ich muss mich mit einer Hand an der Wand abstützen.

Ich spüre, wie sich das Kleid blutdurchtränkt an meinen Rücken klebt. *Jetzt bloß nicht wegkippen, Joana, du musst wachbleiben*, sage ich mir immer wieder, wie ein Mantra, im Gedächtnis vor.

»Was hast du getan?«, schreit Diego über den gesamten Flur und legt meinen Arm um seine Schulter, um mich zu stützen.

Mit kleinen, hektischen Bewegungen greift sich Diego mit der freien Hand an den Rücken, ganz so, als würde er etwas suchen.

»Suchst du die?«, fragt Sugar mit einem teuflischen Lächeln. »Du solltest besser darauf aufpassen, denn ansonsten passieren so unschöne Dinge wie gerade eben. Ich habe nur vollendet, was William angefangen hat. Sie hat mir ihn genommen und daher werde ich sie dir nehmen.«

»Woher hat sie die Waffe, Diego?«, frage ich keuchend, denn diese ist silbern und sieht aus wie ein Revolver und nicht wie Williams Pistole, mit der ich geschossen habe.

»Das ist meine. Sie dürfte mir beim Kampf aus dem Hosenbund gerutscht sein«, antwortet er und sein Gesicht wird aschfahl.

Es ist ihm anzusehen, dass er sich gerade die Schuld für seine Unachtsamkeit gibt. Ich will ihm sagen, dass er keine Schuld daran trägt, aber ich merke, dass mich langsam die Kraft verlässt.

»William wird dich schon auf der anderen Seite erwarten, Miststück. Buenos dias«, sagt sie noch, bevor sie wieder ins Büro verschwindet und die Tür schließt.

Das Atmen fällt mir immer schwerer und mit jedem Mal Luft holen durchfährt mich ein Stich, der mich zusammenzucken lässt. Ich will nicht, dass mich die eisige Kälte holt und an jenen Ort bringt, an dem Williams Seele verweilt.

Ich versuche gegen die Müdigkeit anzukämpfen, aber nach einiger Zeit spüre ich nichts mehr und gebe mich der Erschöpfung hin. Der Schmerz der Schusswunde, die Angst um mein Leben und das Entsetzen, dass auf mich geschossen wurde – all das betäubt mich. Die Ereignisse der letzten Stunde fordern ihren Tribut und der bin ich.

Ich spüre breite Arme, die mich umschließen. Ein Gesicht, das sich in meine Haare drückt. Lippen, die immer wieder meine Stirn küssen. Eine Stimme, die meinen Namen murmelt. »Joana. Meine Schöne. Ich habe dich, aber du musst wach bleiben, hörst du? Wir sind gleich im Krankenhaus, du wirst gleich operiert.«

Ist das Diego? Ich weiß es nicht, aber ich weiß, dass es sich gut anfühlt, von starken Armen gehalten zu werden. Sein Körper strahlt eine Wärme aus, die mir gleichzeitig auch Sicherheit vermittelt. Sicherheit, dass ich einfach meine Augen schließen und schlafen kann.

Die Erschöpfung ergreift Besitz von mir und ich wehre mich nicht länger. Ich gebe mich ihr hin und spüre nur noch reine Glückseligkeit.

Kapitel siebenundzwanzig

In meinen Kopf rumort es, als würde ein Presslufthammer gegen meine Schädeldecke schlagen. Ich reibe mir über die Augen und dabei durchfährt mich ein stechender Schmerz. Als ich meine Hände wieder sinken lasse, streife ich ein Pflaster auf der Höhe meines rechten Wangenknochens.

Warum tut mir mein rechtes Auge so weh und warum habe ich darunter ein Pflaster auf der Wange?

Als ich versuche, meine Gesichtsmuskeln zu bewegen, stelle ich fest, dass ich genäht worden bin, denn es ziept ganz schön.

Zaghaft öffne ich meine Lider, jedoch verschlimmert das grelle Licht meine Kopfschmerzen. Ich brauche ein paar Minuten, bis sich meine Sehschärfe an die Helligkeit gewöhnt hat.

Wo bin ich?

Verwirrt blicke ich an mir herab und entdecke einen Katheter, der in meiner Armbeuge steckt. Meine Augen folgen dem Schlauch und am Ende sehe ich einen halbleeren Infusionsbeutel mit einer durchsichtigen Flüssigkeit. An meinem Körper sind weitere Kabel angebracht, die zu den umliegenden Geräten führen.

Ich versuche, mich aufzurichten, aber die Niedergeschlagenheit meines Körpers und der drückende Schmerz meiner Rippen belasten mich und ich sinke wieder in die Matratze.

Langsam gleite ich mit meiner Hand über die schmerzende Stelle an meiner rechten Seite. Ich fühle einen dicken Verband, der sich unterhalb meiner Brust befindet und fast meinen gesamten Oberkörper umschlingt.

»Sie müssen sich wieder hinlegen und ruckartige Bewegungen vermeiden.«

Ich suche nach der weiblichen Stimme im Raum und erblicke eine kleine Frau, welche in einem weißen Kittel am Fuße meines Bettes steht und etwas in einer Akte notiert, wobei ich davon ausgehe, dass es sich um meine handelt.

»Wo bin ich?«, krächze ich, aber die Frau dürfte mich verstanden haben.

»Sie sind im privaten Anwesen von Mr. López, Seniora.«

Was für ein Anwesen? Und wer ist Mr. López?

»Könnte ich bitte einen Schluck Wasser bekommen?«

Sie reicht mir einen Becher und ich nippe daran. Die Flüssigkeit flutet meine trockene Kehle und ich nehme noch einen großen Schluck, bevor ich den Becher zurückgebe.

»Ich bin Dr. Gomez und kontrolliere jeden Tag Ihre Vitalwerte und versorge Ihre Wunden, seitdem Sie hier sind. Mehr darf ich Ihnen leider nicht sagen, da Mr. López darauf bestanden hat. Ich habe ihn schon benachrichtigt, dass Sie wach geworden sind und er sollte jeden Moment hier sein.«

Ich nicke der Ärztin zu und als sie den Raum verlässt, sehe ich mich weiter um.

Es ist alles sehr schlicht gehalten. Weiße Wände, schwarzer Marmorfußboden, weiße Vorhänge und zum schwarzen Bett eine gleichfarbige Bettwäsche. Der einzige Farbtupfer in diesem Raum sind die Pfingstrosen auf der - wie nicht anders zu erwarten - weißen Kommode rechts von mir. Einige Minuten später geht die Tür auf und ein Mann betritt den Raum. Als ich ihn genauer betrachte, kommen die Erinnerungen wieder zurück: ich, vergewaltigt, geschlagen und angeschossen. William, tot.

All meine Gefühle überfluten mich gleichzeitig und mein Körper ist maßlos überfordert. Angst, Wut, Trauer und Erlösung.

Ein Film aus Tränen nimmt mir die Sicht und ich versuche, diese hastig wegzuwischen, doch es bringt nichts. Es kommen immer wieder neue nach. Mit einem trüben Blick bemerke ich, wie sich ein mir bekanntes Gesicht in mein Sichtfeld schiebt und er mit mir redet. Ich kann kein einziges Wort von dem verstehen, was er zu mir sagt, da mein Blut in den Ohren rauscht und ich nur noch meinen zu schnellen Herzschlag höre.

Seine große Hand berührt mich so zart wie eine Feder und wischt mir die Tränen aus dem Gesicht. Immer wieder streichelt er mir mit seiner Hand über die Wange - was irgendwie eine beruhigende Wirkung auf mich ausübt. Mein Herzschlag beruhigt sich, mein Atem geht wieder flacher und es kommen keine neuen Tränen nach.

Er zieht sich einen Stuhl an mein Bett und sieht mich an. »Hey, meine Schöne«, sinniert seine raue und männliche Stimme, gefolgt von einem leichten Lächeln.

Ich mag es, wenn Diego »Meine Schöne« sagt, auch wenn ich mich momentan nicht so fühle. Ich muss schrecklich aussehen, mit dem geschwollenen Auge, den Schrammen und Blutergüssen im Gesicht und an meinem Körper.

»Wie fühlst du dich?«, fragt er.

»Ich fühle mich, als wäre ich von einer Horde Elefanten niedergetrampelt worden. Wo bin ich hier, Diego?«

Er schmunzelt. »Das kann ich mir vorstellen, zumal du dich zum Schluss dann auch wie ein Elefant in meinen Armen angefühlt hast, als du bewusstlos geworden bist.«

»Hey, das ist gemein«, brumme ich und will ihm gegen seinen Oberarm boxen, aber mich verlässt die Kraft auf halbem Weg und mein Arm fällt wie ein Stein auf die Matratze.

»Wie ein kleiner Babyelefant«, korrigiert er sich und schenkt mir ein Lächeln. Ein Lächeln, das so wahrhaftig echt ist, dass mein Herz einen kleinen Satz macht. Ich habe ihn noch nie zuvor so lächeln gesehen, das ist nicht gut für mich. Überhaupt nicht gut. In meinem Magen fängt es an leicht zu kribbeln.

»Joana, kannst du dich noch erinnern, was geschehen ist?«

Ich nicke. »Ja. Ich wurde angeschossen und du wolltest mich ins Krankenhaus bringen, was du ja geschafft hast, da ich noch lebe.«

Glück gehabt.

»Ja, ich konnte dich zu meinem Freund ins Krankenhaus in Dubai bringen. Er fragte mich, wie das passiert sei, aber ich verriet ihm nichts. Deine Überlebenschancen waren unter fünfzig Prozent, da du so viel Blut verloren hattest. Die Kugel streifte beim Einschuss deinen Lungenflügel und etliche Arterien und Muskelstränge wurden durchtrennt. Ich drohte ihm, dass er dich nicht sterben lassen dürfe, denn sonst würde er sein eigenes Leben lassen. Aber er konnte die Blutung stoppen und versetzte dich ins künstliche Koma. Nachdem du dann nach einigen Tagen außer Lebensgefahr und transportfähig warst, verlegte ich dich hierher. Zu mir.«

Nach diesen ganzen Informationen betrachte ich sein Gesicht eingehend und erst jetzt stelle ich fest, dass ich sein Gesicht zum ersten Mal richtig sehe. Ganz ohne Maske und ohne das viele Blut.

Ein paar Strähnen seines rabenschwarzen Haares hängen ihm in die Stirn und berühren fast seine Brauen. Seine Stirn ist nicht besonders hoch und seine dichten Augenbrauen haben einen leichten Schwung. Eine kleine Narbe befindet sich oberhalb der einen Braue, die man aber erst nach genauerer Betrachtung erkennt. Seine Augen stehen genau im richtigen Abstand zu einander und die dichten, schwarzen Wimpern lassen die blaue Farbe noch mehr herausstechen. Unter dem linken Auge liegt noch ein leichter Schatten. Eine Erinnerung daran, dass auch William ihm zugesetzt hat.

Er hat eine wunderschöne, gerade Nase und seine Wangenknochen lassen das Gesicht markant wirken. Seine Lippen – wohlgeformt, aber nicht zu übertrieben – haben eine schöne Form, dafür, dass sie erst vor kurzem aufgeplatzt und mit Blut verschmiert waren. Ein schwarzer, gepflegter Bart ziert sein Gesicht, aber verhüllt es nicht. Ich kann förmlich spüren, wie seine Bartstoppeln über meine Haut kratzen, während er mich mit seinen Lippen berührt.

Schnell schüttle ich die unpassenden Gedanken ab und erwidere sein Lächeln. Er greift nach meiner Hand und umschließt diese mit seiner. Warum nimmt er denn jetzt meine Hand? Auf diese Geste war ich nicht vorbereitet und sie ist auch nicht besonders förderlich für mein Seelenleben. Scheiß Schmetterlinge.

»Diego, wie lange war ich im Koma?«, möchte ich wissen.

»Nach der OP warst du eine Woche lang auf der Intensivstation des Krankenhauses. Bis gerade eben hast du hier eine weitere Woche im Koma verbracht.«

Ich lag also ganze zwei Wochen im Koma und fühle mich noch genauso scheiße wie in dieser einen Nacht. *Na das hat ja sehr viel gebracht*, bin ich schon kurz davor, laut auszusprechen, aber ich lächle ihn einfach nur an und drücke seine Hand.

Ich sollte dankbar sein, dass er sein Wort gehalten und sich um mich gekümmert hat. Ich weiß gar nicht, wie ich all das wieder gutmachen kann.

In diesem Augenblick spüre ich, wie es mir leichter ums Herz wird. Ein Gefühl der Wärme breitet sich in meinem ganzen Körper aus. Nie hätte ich für möglich gehalten, wie sehr ich ihn brauche. Diesen Fremden, der mich aus einem Käfig befreit hat, dessen Gitterstäbe ich viel zu lange nicht gesehen habe. Ich bin einfach nur dankbar, dass er an meiner Seite ist und mich beschützt, so wie er es mir versprochen hat. Ich spüre, wie mir doch wieder Tränen in die Augen schießen, und beiße mir auf die Unterlippe, um sie zurückzuhalten. Zu spät, schon sieht Diego mich wieder mit einem sorgenvollen Blick an.

»Alles in Ordnung, Joana?«

Ich nicke nur und drücke seine Hand so fest ich kann.

Ohne ihn wäre ich nicht mehr hier. Aber wo ist hier? »Wo bin ich überhaupt?«

»Du bist in meiner Heimat, in Mexiko.«

Er führt meine Hand zu seinem Mund und haucht einen Kuss darauf. Seine Augen funkeln und verraten mir, dass es ihn glücklich macht, dass ich hier bin.

Doch bin ich das auch?

Epilog

Amira

Sie hat ihn mir genommen. Nach einem halben Jahr, seit William nicht mehr lebte, kann ich noch immer an nichts anderes mehr denken als an diesen einen Tag. Jedes Mal versetzt mir die Erinnerung einen Stich in mein Herz und Tränen bahnen sich ungehindert ihren Weg an die Oberfläche.

Ich liebte ihn. Ich liebte ihn mit jeder verdammten Faser meines Körpers, auch wenn er nie etwas von seinem zweiten Leben oder von *ihr* erwähnte.

Bis heute weiß ich nicht, wo Williams Leiche begraben wurde. In den Nachrichten tauchte ein Bericht auf, dass er angeblich bei einem Banküberfall in Mexiko in einen Schusswechsel geraten sei und mit seinem Leben bezahlt hätte.

Was für eine beschissene Lüge, dachte ich damals, aber Diego leistete ganze Arbeit und er war ziemlich gut im Vertuschen.

Nach dem Vorfall zog ich zurück in meine Heimat und setzte nie wieder einen Fuß in einen der Clubs. Kurz darauf fand ich einen Job als Assistentin eines Diskothekenbesitzers und ließ mir die Haare bei einem Friseurbesuch von Rot auf Schwarz färben und mir einen Long Bob schneiden. Dadurch wandte ich mich komplett von meinem alten Leben ab, aber die Erinnerungen blieben mir immer im Gedächtnis.

Heute habe ich frei und beschlossen, mir etwas Neues zu gönnen. Nach einer erfolgreichen kleinen Shoppingtour verlasse ich die Mall und begebe mich auf die andere Straßenseite zur Bushaltestelle. Während ich auf den Bus warte und in meinem Handy herumtippe, bemerke ich, wie vor der Mall eine weiße Limousine hält.

Ein großgewachsener Mann steigt hinter dem Fahrer aus dem Auto und umrundet es. Sein Gesicht kann ich nicht erkennen, da er eine Kappe und eine Sonnenbrille trägt. Er öffnet die hintere Tür auf der anderen Seite und hilft einer Frau mit blonden Haaren beim Aussteigen. Als diese ihren Kopf in meine Richtung dreht, gefriert mein Blut in den Adern.

Dieses Gesicht würde ich überall wiedererkennen, aber sie müsste praktisch tot sein.

Als ich den Mann genauer betrachte, fällt mir auf, dass es sich bei ihm um niemand Geringeren handelt als Diego.

Schnell schieße ich ein paar Fotos und hole mit zittrigen Fingern mein zweites Handy aus der Tasche und schalte es ein. Ich benutze es schon seit einem halben Jahr nicht mehr, aber lud es immer wieder auf.

Ich gehe meine Anrufliste durch und bleibe bei Williams Namen stehen. Mein Daumen schwebt kurz über dem Anrufbutton, denn ich würde jetzt gerne seine Stimme hören, aber das werde ich nie wieder.

Schnell scrolle ich weiter und wähle eine der wenigen Nummern, die abgespeichert sind.

»Verdammt«, fluche ich, als nur die Mailbox rangeht. »Malik. Ich bin es, Amira. Bitte rufe mich zurück, wenn du diese Nachricht abgehört hast. Ich könnte deine Hilfe gebrauchen«, hinterlasse ich ihm eine Nachricht und lege auf.

Eigentlich möchte ich keinen Pakt mit dem Teufel eingehen, aber allein schaffe ich es nicht, mein Vorhaben in die Tat umzusetzen.

Fortsetzung folgt ...

DANKSAGUNG

Ich habe es geschafft. Bis hier her bin ich gekommen, obwohl ich manchmal verzweifelt war und alles hinschmeißen wollte. Ja, ich wollte alles löschen und die Geschichte in meinem Kopf einfach dort existieren lassen. Doch mich haben so viele Leute unterstützt, mir gut zugeredet und an mich geglaubt.

Zuerst möchte ich mich bei meinem Mann bedanken, auch wenn er mein Buch oder diese Danksagung wahrscheinlich nie lesen wird. Bücher sind nicht so seins :) Ich weiß, dass es nicht immer einfach mit mir war, dass du oft keine gebügelten Hemden hattest oder ich keine Zeit hatte, um einen Film mit dir anzusehen. Trotzdem warst du für mich da, hast mich unterstützt, mich daran erinnert, etwas zu essen und zu trinken. Vielen Dank dafür.

Natürlich danke ich auch meinen Freundinnen und meinen Arbeitskollegen und Kolleginnen. Ihr habt euch für mein Werk interessiert und euch alles angehört, was ich so zu erzählen hatte.

Ein weiterer Dank geht auch an Julia. Ohne dich wäre ich womöglich durchgedreht und hätte es nie bis hierhin geschafft. Danke für dein offenes Ohr, deine Ratschläge und deine ehrlichen Meinungen. Ich weiß, dass ich in dir eine Freundin, eine Vertraute gefunden habe. Und ich werde dich weiterhin mit meinen Ideen und Storys füttern :)

Dann danke ich dir, liebe Kristina, für deine Unterstützung auf fast allen Ebenen. Danke, dass du mir dieses unglaublich wunderschöne

Cover gezaubert hast. Danke, dass du mein Buch auseinander genommen hast und mir gesagt hast, was gut war und was ich abändern sollte. Dank dir bin ich an einen Punkt gekommen, der mich verzweifeln ließ, der mich Diego neu erschaffen ließ. Nur durch dich bin ich darüber hinausgegangen und habe meinen Weg gefunden. Danke.

Danke auch an Kim vom Heartcraft Design, für diesen tollen Buchsatz.

Und natürlich darf ich nicht vergessen, meinen tollen Testlesern zu danken. Danke an Momo, Franzi, Ulli, Michelle, Eva und Feli. Auch durch euch ist das Buch zu dem geworden, was es jetzt ist.

Danke an alle Leser, die diesem Buch eine Chance geben und es gekauft haben. Die Geschichte zwischen Joana und Diego wird weitergehen.